白羽 著

鄧飛蛇延賢尋仇，小白龍脫劫迎親

小鏢記

一意孤行鄧飛蛇 × 年少鴻運林廷揚 × 翩翩少年小白龍

- -

尋仇而來的鄧飛蛇，殺了仇敵林廷揚仍不夠，
還想趕盡殺絕，斷其妻兒後路！
進逼老宅、雨夜追趕，更在江湖中四處求人助拳！
且看這血海深仇，究竟從何而來？

U0091931

目錄

目　錄

第十七章　鄧飛蛇激眾奮戰

此時烏雲乍斂，涼風吹溼衣，群盜個個身上覺著發冷。飛蛇鄧潮罵了幾句，窺看鎮口，聯莊會的人又是不時出沒。心中盤算了一會兒，頓足道：「不行了，咱們先找地方躲了吧！」鄧潮悻悻地帶群寇，穿田地退回來。仍由涼半截、烏老鴉兩人留在暗處，監視魏豪，免得被他溜走。

飛蛇鄧潮等十幾個人，不敢在一處走，分散開溜回來。且喜大雨甫過，路無行人，不一時又溜回瓦窯。放哨的弟兄從潛藏處溜出來，看見舵主神色若喪，忙迎上去。鄧潮問這裡的動靜，卻幸這裡地僻，沒有被人識破。眾人匆忙走進了土房，留守的人給眾人燒湯烘衣；把屋主的存糧弄出來，胡亂做熟；人多粥少，每人吃了一些。

有的人就往土炕上一躺，意思要睡。飛蛇鄧潮道：「這可不行，我們只能在這裡再待一個時辰。」他們本有潛身之地，和集眾之所，但是遠在曹州關廂，往來奔波數十里，分明不便回去。鄧潮思索了一陣，又向眾人道勞：「為了我的私事，叫諸位受累！」然後調過海燕桑七和胡金良，商量現下藏身之處，和今晚尋仇之計。他們在老河堤周莊一帶，殺了人，劫了車。

當時只顧追趕仇人，沒有把黃仲麟的屍身埋起來。料想今、明日難免破露。他們三十多個壯漢，異鄉口音，無論住店投廟，全嫌刺目，瞞不住捕快行家的眼。又一夜亂摸，派出去的人都沒有遇見。猜想他們不是奔老河堤，就是回了曹州府關廂騾馬店。趁天色還在朦朧，要動身還是時候。飛蛇鄧潮這才向眾人一舉手，道：「哥們，說不得，多受點辛苦吧！這裡咱們可待不住呀！」有的賊人懶洋洋地說：「這裡這座瓦窯好極了，前不著村，後不著店，怕什麼。」

　　飛蛇鄧潮笑了笑，目視海燕桑七。桑七道：「九頭鳥，這裡可不是死賴的地方。」由胡金良、桑七一再催迫，眾人無奈，一個個伸腿打呵欠，爬起來道：「咱們往哪裡去？這裡我可地理不熟。」

　　飛蛇鄧潮看了看手下的人，連留守的不到二十個人。立刻分派開了，叫兩個人接應涼半截等，又叫兩人回曹州和奔老河堤，專為找尋走散的人。找著他們，催他們趕快回來。今天定要夜探小辛集，搜殺仇人。然後把餘眾分成兩撥，留一撥仍守住瓦窯，其餘一撥卻潛藏在瓦窯附近的人跡不到處。把荒草斬除，這些個強漢就往草地上一躺。仍派兩個人，去到前面村鎮採辦乾糧。幸而他們從清江浦綴下來，早將綠林的本色，竭力掩飾下去。也有的扮作小販，也有的假裝苦工，也有的喬扮作鄉農。只要不成群結夥走，還不易被人看破。

　　等到派出去的小夥計，把乾糧買來，瓦窯的人又送來熱湯，大家倒換著班，把午飯吃完。飛蛇鄧潮諄囑眾人堅伏勿動，他自己和雞冠子鄒瑞，跟同伴調換了衣帽，溜溜躂躂繞出來，走上高崗，把附近地勢看了個明明白白。隨又走下來，鄧潮不願白天在這裡露相，叫鄒瑞引著，把由小辛集，奔冀南的前站村鎮看了看。鄒瑞熟悉曹州府的地理，此時鄧潮就請他做嚮導。但是這個小村小鎮，鄒瑞也並不熟。飛蛇鄧潮踏勘完了，又派兩三個人，分頭到外面梭巡。又加派兩個人在小辛集的西北面，暗地安了椿。心中想，姓魏的，除非你往回走；你要想奔保定，你卻闖不出我的手心。

　　隔了一會兒，派赴老河口的夥計匆匆折回來。在老河口大堤，只迎回來五個弟兄。這五個人昨夜倉皇迷路，既沒追上點子，又沒碰見同伴。猜想魏豪等也許逃出來，就一直往前站老河口趕過去，卻不想反倒撲空。飛蛇鄧潮看見他們，眉頭一皺，心中不悅，口雖不說，暗暗怪他們太不上心。可是一眼看見火燒雲苗福森，正瞧著自己，立刻放下笑臉來，對這些

人說：「哥們多辛苦了。你們想點子溜了，是不是？可是他竟沒有闖出圈外。」判官郭義堂忙說：「怎麼著，他們還在臥牛莊嗎？」鄧潮道：「他們鑽進小辛集了。現在更好辦了，我們已經放下卡子，看狗日的往哪裡跑？」

火燒雲苗福森過來，拉著鄧潮的手，說道：「二哥，我們太現世了，我真對不起你！昨晚上一陣亂追，轉了向了！」因問：「現時誰在小辛集把著？」海燕桑七道：「是涼半截梁文魁和烏老鴉葉亮功。剛才我們正和鄧二哥商量著，靜候梁、葉二人摸得實底，回來一報。咱們還是在半路上等，打算不進莊，省得多生枝節。」

正說著，在小辛集沿路安樁的小夥計，有兩個跑來送信道：「舵主，小辛集的舉動很怪。今兒早晨，他們裡裡外外還很鬆。由打過午起，忽然又緊張起來，三個鎮口全有聯莊會的人把著。梁文魁、葉亮功二位舵主從一早進鎮，直到這工夫，沒見出來。打接應的紀舵主恐怕他二位有差錯，吩咐我回來報信。問舵主看是怎麼著，是不是再派個人進去蹭一蹭？」

飛蛇鄧潮道：「唔？」面對著胡金良、海燕桑七、黑牤牛蔡大來，心中怙惙起來，莫非兩個人露了相，栽在小辛集了？降龍木胡金良就說：「怎麼樣，我本來說不進鎮的好，叫他倆只在外面盯著。」胡金良想起他身探鏢局的經驗來，以為進鎮硬闖太不合適。接著說：「這兩個寶貝一定是在外面伏得膩煩了，就進鎮了，可就露相了。」

海燕桑七道：「既往不咎，鄧二哥也用不著擔心。據我看，他們哥倆也是老江湖了，不至於掉在坑裡。他們倆沒訪得真章，自然不肯早回來，我們不妨再候一會兒，如果到晚上，還不見他倆回來，那就顧不得許多，咱們就只好聚眾搜莊，救友尋仇。聯莊會也不過一群笨漢，至多也不過百十個人，鄧二哥放心大膽豁著幹，不必顧忌了。」火燒雲道：「我們鄧二哥是諸葛亮，一生謹慎。其實這一回不比上次，姓魏的和林廷揚的老婆、孩子，斷不會跑出手心去。」

飛蛇鄧潮點點頭，心中暗恨拆幫落後的同黨，昨夜人數如果不散，那簡直當下就可以攻莊。尋思一刻，向海燕桑七一拱手道：「七哥，這事還得麻煩你，你去到小辛集蹚蹚吧。可是，最好別進去，只在外面打聽。」桑七道：「我這就去。」火燒雲道：「我也去吧！」桑七和火燒雲站起來走了。

飛蛇鄧潮坐在草地上，等二人去遠，捶地嘆道：「嗐！他們那些個人也不知摸到哪裡去了。」獨自支腮沉思著。又過了好半晌，忽然黑牤牛蔡大來叫道：「那邊來了幾個人，是幹什麼的？」群盜紛紛站起來。飛蛇鄧潮忙道：「你們快坐下，怎麼全站起來了？」

蔡大來隱身樹後，注視好久，回頭說道：「哦，來的是咱們的人。」鄧潮起身看時，正是昨夜走散的又一批人，這時候剛打曹州府關廂驟馬店，尋找回來。黑牤牛迎過去把這幾個人引到草叢中，大家席地而坐。問起來，這些人迷了路，竟奔回臥牛莊，撲入保鏢林的住宅，前後鬧了一陣，把房子放了一把火。因值大雨，火也沒有燒著，他們就翻回關廂了。鄧潮把滿腔懊惱藏在心裡，只得將目前之計告訴了他們。

看看天色，已近申牌。海燕桑七和火燒雲苗福森分兩路趕了回來，向鄧潮報導：「二哥，你真料著了！涼半截和烏老鴉兩個蠢材真格的都折在小辛集了。」鄧潮一拍手道：「糟！這是怎麼弄的，他倆的性命能保不能保？」

海燕桑七道：「這可難說。我和苗三爺依著二哥的話，先不進鎮，只在外面窺探。老實說，也混不進去。他們聯莊會把上卡子了，並且禁人出入，我們眼看兩輛大車被阻，不叫進去，我和苗三爺更不願莽撞了。我們倆正在打旋，事有湊巧，有兩個聯莊會的人，好像奉派出來有事，一直奔跑馬營走下去，內中一人還拿著一封信。他們一邊走，一邊說話，我們就綴過去。誰想他們一味閒談，沒有正文。我們倆就想動粗的，要把這兩個東西活捉過來。可巧走到十字路口，他們遇見熟人，他們就敘談起來。這

一下，可就摸著實底了。他們倆是到跑馬營，給什麼陶老太爺家裡人送信的。」

飛蛇鄧潮忙道：「到底姓魏的怎麼樣了？林廷揚的老婆、孩子跑了沒有？還有咱們的人，被他們傷著了沒有？」桑七道：「你聽我說呀！」遂將小辛集的虛實，魏豪、程玉英、鈴兒的下落，涼半截、烏老鴉的失腳，依據所聞，略加揣測，散散落落述說了一遍。有遺漏的，火燒雲在旁補說。雖不甚詳確，但已訪得大概。火燒雲又說：「梁、葉二人在店中遭擒，依著別人，就要把他倆活埋了。可是聯莊會的會頭那個姓辛的不肯。他大概是怕事，現在梁、葉二人還押在公所。」

鄧潮聽罷，十分憤怒，忙問二人：「到底這小辛集的聯莊會棘手不棘手？有能人沒有？」海燕桑七和火燒雲苗福森齊道：「有能人，並且不止一個。聽說那會頭姓辛的，就是個練家子。還有個姓陶的什麼老師父，大概從前是設場子教徒的。聽他們說，涼半截、烏老鴉這兩個寶貝，並沒有洩氣。他倆行藏一露，就在店中跟他們聯莊會招呼起來，並不是上了當，束手被擒的。聽說狠打了一會兒子，叫他倆傷了一兩個人，落後才被捉住。聽他們送信人的口氣，姓魏的和姓林的那個女人，跟這聯莊會倒沒有什麼干連。他們好像是聽見姓魏的黑更半夜的喊救命，喊殺人，才驚動了他們。」

鄧潮聽到這裡，重重地哼了一聲道：「這份出息，還是他娘的鏢頭呢，喊起救命來了！」群賊哄然笑起來。海燕桑七接著說道：「保鏢的也是怕死。他這一喊救人，他們聯莊會守望相助，又聽咱們是綠林道，他們自然出頭來給咱們打攪了。我猜想是這麼回事，二哥你酌量一下，咱怎麼下手。」

飛蛇鄧潮聽完，心中有了譜。因又問會丁送的那封信，可曾截取過來？桑、苗二人說：「正在大白天，有走道的，不便動粗，所以沒截。」鄧

潮點了點頭，向二人舉手道勞說：「我謝謝七哥和三爺。咱們現在是，一面要救自己人，一面要挖出咱們的仇人來；一面還要跟姓辛的兔蛋算算帳！他娘的，他倒硬要出頭多管閒事！」

此時暮靄蒼茫，將到黃昏時候。出去梭巡的人已換了兩回班。群盜再拿出乾糧來，大家飽餐一頓，就借草而臥，淨等半夜。飛蛇鄧潮心中焦躁，才耗到天色黑，更鑼響，便忙傳命集眾。這夥劇盜揉眼睛，打呵欠，個個倦眼迷離，坐的、站的，齊望著舵主鄧潮道：「是時候了嗎？還早得很哩。」散在各處安樁瞭哨的人，離得近的也湊過來，聽舵主的號令。

飛蛇鄧潮一算全班人數，現下共總湊到三十來人。又看眾人的神色，個個疲勞倦厭。鄧潮雙拳一抱，向眾人作了一個羅圈揖，低聲發話道：「諸位弟兄，昨天一夜太辛苦了。又偏偏趕上下雨，真是搞他娘的蛋。沒別的，今天夜裡，哥們再捧捧我鄧老二。我鄧潮懷著十五年深仇，請眾位弟兄幫忙，再一再二，滿打算這一回斬草除根；誰想平地起蘑菇，小辛集這一夥子聯莊會硬給攪了局。沒得報了仇，反倒把梁哥們、葉哥們給擱在裡頭。我若不把他兩位救出來，我鄧潮實在無面目重返老窯。況且他倆是給我一個人幫忙，又不是公事。我若撒手不管，還算人嗎？我就是死，我也要跟小辛集的聯莊會，見個起落。可是哥們太累了，現在哥們誰還肯再幫我一場，請弟兄們答話；不願去的只管言語，也可以留在這裡。給我鄧老二打接應，我也一樣承情。今夜探莊入鎮，動手不動手，還在兩可。可是不管怎麼樣，我們必得這麼預備著。你們哥幾個要曉得，咱們這一次不只為尋仇，咱們還要搭救咱們自己的人。哥們，哪位不去，快點說！」

群盜聞言，立刻把呵欠聲止住，齊告奮勇。紀花臉紀長勝道：「二哥不要多疑，我們不過看著天色還早。我們跟二哥共事，總得有始有終。眼睜睜我們兩個人陷在鎮內，我們焉能退後不管？二哥看著是時候了，請你只管分派。我們本領雖然稀鬆，賣命交朋友還行。別說探莊，就是進了

鎮，跟小辛集的人比畫上了，我們誰也含糊不了。來吧，該怎麼著，二哥你就趕快發令。」

鄧潮把大指一挑，道：「罷了，還是咱哥們。我姓鄧的交朋友真沒白交。我只怕哪一位或者也像人家小白龍似的，我不得不請問一聲，諸位這麼捧場，我鄧老二心上有數。現在時候倒是早點，可是分派一會子，再趕了去，也就差不多了。」又向眾人作一揖，這才開始派兵點將。

頭一撥，鄧潮先派四個弟兄，到小辛集前後鎮口換防。仍要密藏在鎮外，安樁下卡。一遇到情形可疑，或有大批人進鎮，安樁的要立刻用飛箭傳聲，火速報警，由沿路上放哨的弟兄接報轉遞。

第二撥又派花面狼黃啟泰和雙頭蛇丁六、沖天雷苗長鴻，跟兩三個幫手，仍伏在此處，作為臨時的堆子窯，以便遇事在此集合。守窯的如聽見撤退的警號，臨走之前，要趕快跑到瓦窯空房內，把那個鏢局趟子手姓邱地殺了，省得留下活口咬人。

雙頭蛇丁六忙問：「還有瓦窯的那一夫一妻，和那個小徒弟呢？」鄧潮道：「這三塊料倒是個麻煩。嘻，犯不上殺他們，隨他去吧，可是也別給他們鬆綁。」接著又派第三撥、第四撥的人。

這第三、四撥才是探莊、尋仇、救同黨的正兵。即請降龍木胡金良，分率著紀花臉紀長勝、九頭鳥趙德朋、雜毛劉繼清；海燕桑七分率著火燒雲苗福森、判官郭義堂、馮三勝。共分成兩隊，另外再各帶著四個弟兄，暗進小辛集東西鎮口，潛伏在鎮內人家房上，由開花炮馬鴻賓和一個助手做嚮導。聽得一交三更，兩下裡趕緊動手放火。但是不要跟聯莊會的人照面，只不過借此誘虎出洞，然後乘虛而入，逕取鄉公所，先救梁、葉二人。

胡、桑二人問道：「鄧二哥，你呢？可是在外面打接應嗎？」飛蛇鄧潮雙目霍霍閃光道：「我嗎？我要率眾搜尋林廷揚的孩子、老婆和那個姓魏

的。我要請水中二霸橫江蟹、鬥海龍和黑牡牛蔡大來，三位跟著我，再請雞冠子鄒瑞做嚮導。這小辛集的舉動，很像有能人操縱主持，這次我們偏要鬥鬥他們。我鄧潮不把獅子林的老婆、孩子得到，至死不能甘心罷手。哥們，若是沒有什麼說的，咱們就該著上線了。」眾人齊聲答道：「鄧二哥，你就放心，誰也窩囊不了。」

鄧潮目光向眾人面上一掃，黑影中看不見容貌。於是他用沉著的聲調說道：「哥們多捧我吧，我們心照不宣。」說到這裡一揮手，除花面狼黃啟泰、雙頭蛇丁六、沖天雷苗長鴻三個賊人守窯看票，其餘的一干匪黨，各按著舵主支派，分撥撲奔小辛集。

派赴小辛集安椿的四弟兄，抄小道先走下去。降龍木胡金良，跟海燕桑七一商量，由胡金良奔東鎮門，海燕桑七奔西鎮口。胡金良向海燕桑七道：「咱們的人還是散開了走。這麼成群結夥地走，雖說天黑了，究竟叫行家瞧上，咱們就不好下手了。七爺，你慢走一步，我先奔小辛集東鎮口。」

桑七答應了一聲，降龍木胡金良遂帶著紀花臉紀長勝、九頭鳥趙德朋、雜毛劉繼清，跟手下四個弟兄，穿過西南一段莊稼地，躥到前頭，往小辛集東鎮口埋伏。海燕桑七容胡金良走後，這才帶著火燒雲苗福森、判官郭義堂、馮三勝，跟四個得力的弟兄，繞東北一片樹林，斜穿莊稼地，搶奔小辛集的西鎮口。海燕桑七一身小巧的功夫，夜行術最為擅長，施展開輕身提縱術，拔步伏身急走，嗖嗖地只看見一條黑影擺動。跟他一路的幾位弟兄卻受了罪，拚命地緊趕，還是不免落後。

胡金良、桑七兩撥人既已出動，飛蛇鄧潮潛留草地，四望黯然。傾耳聽了聽，遠處梆鑼才交二鼓。此地離著小辛集不過十數里，動手也不宜過早。只是他心氣浮動，已經按捺不住。

便站起來，繞草地走了一圈，重囑咐在高處瞭望的人，要小心把守

著。只要聽出或看見什麼可疑的動靜，趕緊報知留守的人，千萬不要任性動手胡來。囑罷，身率水中二霸橫江蟹、鬥海龍，和黑牤牛蔡大來，竟取中路，徑奔小辛集。

　　也不過一頓飯時，小辛集的濃影已然在望。越走越近，遠遠的已望見把守鎮口的聯莊會的燈火，穿疏林，透淡光。

第十八章　小辛集群寇攻莊

　　鄧潮與部下借田禾隱身，漸漸地往小辛集鎮口欺進。相隔兩三箭地，已看得清清楚楚，沿鎮口一帶，把守著兩小隊聯莊會壯丁。每隊約莫不過七八名，打著方形的號燈。鎮口的木柵已然緊閉，沿著小辛集後鎮邊上，隱隱也有燈火移動，看出是梭巡鎮口的壯丁。橫江蟹用手臂一碰飛蛇鄧潮，低聲說：「舵主你看，那邊鎮口對面的莊稼地，一準潛伏著聯莊會；要不然，那片高粱梢不會無風自動。」

　　群賊急扭頭看。鄧潮正要答言，倏地聽側面一陣風動，高粱的葉子刷啦啦的一響。飛蛇鄧潮、水中二霸、黑牤牛等，立刻往四下裡一分，各急伏身，齊拉兵刃。人影未現，先聽見一聲吹唇的低嘯，跟著聽見低微的聲音道：「併肩子才來！」

　　飛蛇鄧潮，聽出來人是降龍木胡金良的語聲，這才撤回。

　　同時降龍木胡金良也從黑影裡現身出來，身後尚跟著九頭鳥趙德朋。飛蛇鄧潮才說了個「胡」字，降龍木胡金良忙低聲攔阻道：「念短吧，瓢把子。」飛蛇鄧潮忙把底下的話嚥回去。

　　降龍木胡金良往前又湊了一步，說道：「小辛集的點兒，全夠棘手的，他們這種布置真不容你輕視。舵主你看，這莊前一帶不是明安上卡子麼？這還不算，敢情昏天道上（黑道上），也全暗派壯丁把守。我們剛到這裡，也只疑惑不過是在東西窯上，擺上青子陣（刀槍陣），嚇唬嚇唬外行罷了。哪知我們才往前一摸，險些露了相。靠窯口前面的莊稼地裡，竟躥出七八個壯丁來，正是他們自己換班。這總算我們彩頭旺（機會巧），要不然準得跟他們朝相。我恐怕自己弟兄們不知底細誤撞上去，所以我留在這兒等候二哥；另派雜毛劉繼清，趕奔西鎮口，關照桑七爺。二哥，咱

們要打算暗入的話，還是留神他們卡子上的人才好。」

飛蛇鄧潮眉頭一皺，略一沉吟，從鼻孔中哼了一聲道：「好，我鄧潮很願意會會這有本領的人，像這樣才值得跟他鬥鬥。」這時黑牤牛蔡大來，拾了一塊土塊，一抖手往對面的一叢高粱棵子打去。啪嗒一聲，落在高粱地內；跟著就見那高粱地裡一陣響，三四條鉤鐮槍舉起來。更有幾個打黑包頭的壯丁挺身起立，在附近搜尋了半晌，依然伏身隱藏起來。

飛蛇鄧潮撲哧一笑，帶著睥睨輕蔑的神色，向黑牤牛蔡大來看了一眼，低聲道：「就是這種膿包，也配往線上安椿？船不翻，自己先往河裡跳。這不是親口告訴我們，他們在這裡埋伏人了？我鄧潮絕不把這群膿包放在眼裡。」降龍木胡金良不由臉上一紅，這一來很顯著自己過甚其詞，膽小怕事了。訕訕地說道：「鄧二哥，咱們按照原定的時候進攻，二哥你可該著往裡頭去了吧？」

鄧潮點頭道：「好，我這就進小辛集。胡二弟，你也早點摸進去才好。」胡金良答應著，遂與鄧潮分手。鄧潮帶著水中二霸、黑牤牛從高粱地繞著，直奔小辛集偏東北一帶。在民房的後身，擇了處較為幽僻的地方，又相了相附近，揣度聯莊會足可掩藏放哨壯丁的地方，試用問路石子，驟然地投過去。試了試，居然這黑影中沒有潛伏著人。這才從民房上，翻進了小辛集。

村中的居民，早奉到聯莊會的傳諭：這兩夜沒有緊急的事，起更之後，不準出入；就有急事，也須預先聲說。所以此時全鎮老早地斷了行人，連鋪戶都提早上了門。只有聯莊會下夜巡邏的人，不時在各街巷來往梭巡。鄧潮等在民房上，各展開身手，輕登巧縱，撲奔聯莊會鄉公所。

飛蛇鄧潮調兵遣將，竟分三路襲入小辛集。他分遣胡金良、海燕桑七，縱火救友，他自己卻專搜程玉英和魏豪。但程玉英和魏豪母子究竟在哪裡，他並不曉得，這只好見機行事了。他率水中二霸，躍登房上，連連

躍越，已入鎮裡。偌大的一座村鎮，此時家家關門閉戶，昏然無光，闃然無聲，但聞梆鑼。遙望那條通衢，有幾處燈光閃爍，人影綽綽，卻正是下夜的、守街的會丁。

橫江蟹竟溜下房來，伏身暗隅，打算奔去逮捕壯丁，持刀威嚇，可以逼他供出真情來。飛蛇鄧潮連忙攔住，說：「這可使不得。」自和黑牤牛蔡大來，仍在房上瞭望。並低囑水中二霸：「二位在地上由此往前蹚，千萬不要露了行藏。」水中二霸依言潛進，貼牆循壁，慢慢往前溜。鄧潮卻從房頭高處，偕同黑牤牛，往北探去。

二霸溜到小巷口，蹲在地上，往街上探頭。只見四個聯莊會壯丁，扛著花槍，打著燈籠，遠遠地走來，慢慢地走過去了。水中二霸互相招呼一聲，急急地跟綴過去。

飛蛇鄧潮帶黑牤牛，連躍過四五處院落。忽見伏身處對面街上，隱浮火光，二人忙一長身，往下端詳。隔鋪房坐北，有一處高大房舍，門外燈火輝煌。背後較遠處一條橫街上，也有一處高大房舍，門口卻無燈光，院內似有光亮。鄧潮一拉黑牤牛，用手指示有燈火處。黑牤牛注目細看，近處這所寬大的民房，是虎座子門樓，高大的風火牆，牆頭上滿築著箭堆子，上面顯見有平臺更道，人可以在上頭走，並可瞭望遠近。在山東地方上，凡有幾頃田地的居民，住家多半有這種建築。門口更有上馬石，拴馬椿，大門左右磚牆上，各掛著虎頭牌。看這勢派，很像是富戶豪家。

黑牤牛悄悄告訴飛蛇鄧潮道：「姓林的娘兒們未必在這裡。要找他們，我看得找店房。」飛蛇鄧潮搖頭微笑；把黑牤牛一拉道：「過去一探便知，我猜這個必是。」黑牤牛道：「必是什麼？」說話時，飛蛇鄧潮已一躍上房，順牆飛馳；又一躍下地，鑽入小巷。黑牤牛見狀，緊緊跟隨。

一眨眼間，兩個人先後來到那虎座子大門前，對面一家民房後。黑牤牛便要往外探頭，飛蛇鄧潮用手一指牆頭，說：「上！」兩個人立刻躍上房

去，這才伏在房脊後，探出半個頭來窺視。這迎面的房距鄧潮藏身處，不過四五丈，兩個人目力都很好，門前又有燈火，看得很清切。這大宅門，門前懸掛的虎頭牌，分明寫著「公所重地」、「禁止喧譁」。

黑牤牛道：「哦，這裡是鄉公所！」

飛蛇鄧潮不答，先凝目光細瞧。在虎頭牌下，臺階旁，立著兩根黑紅鴉嘴棍，門邊戳著兩架長方形官街燈，隱約辨出似有字跡，字跡筆畫卻看不分明。大門緊閉，微聞人聲，似門道內、更道上，還有人站崗。

鄧潮看罷，微微一長身，往四面拋了一眼，急忙伏腰，抽身下房，黑牤牛蔡大來也跳下來。兩個人躥落平地，尋暗影將身藏好。黑牤牛蔡大來忙道：「這裡是聯莊會公所，咱們的人囚在這裡面。瓢把子，怎麼樣？咱們攻進去嗎？」鄧潮濃眉一皺道：「且慢。」卻引著蔡大來，圍繞這鄉公所，遠遠地蹚了一圈。竟沒有遇見人，只在大街道口上，看見七八個壯丁。這些壯丁全是青短裝號衣，青包頭，號衣上嵌著「鄉勇」兩個字，打裹腿，穿沙鞋，樣子很精神。人人手中拿著兵器，有的雙手帶，有的鉤鐮槍，一個個雄糾糾地立在街口；有兩盞紙燈籠，插在鋪房門口。

飛蛇鄧潮不肯打草驚蛇，急一引黑牤牛唰的退下來。避著人，把鄉公所前前後後，都相度了一過，不禁冷然一笑。這鄉公所內外森嚴，房頂更道上，四面都有值更站崗的。可是東面有一條窄巷，只容一人出入；附近民房全是小戶人家，蓬門茅舍，高低僅及公所大庭一半，這不啻做了道上朋友墊腳地方。

老實說，布置情形雖嚴，防守卻有破綻，牆巷內外，聯莊會似乎並沒有設防下卡。

鄧潮仍不肯大意，相度出入之路，用白粉子畫了記號。然後又退到後街，奔橫街路西。到一所大宅附近，略一窺看，知是尋常一所較大的民宅。於是飛蛇鄧潮飛似的掠過來，掠過去，一霎時登房伏脊瞭望，一霎時

踏地伏隅窺察。果不愧飛蛇之名，雄偉的身軀卻跳躍如活猴，奔騰似靈蛇。不一刻把小小的小辛集兩條大街、三條橫街，凡是通衢要巷，都躲著聯莊會丁的視線，大致探看明白了。

這小辛集約有三四百戶人家，一共七個路口，現在大半堵塞了，只留下三個大道口，今夜都駐著聯莊會丁，居然把守得水洩不通。只就這鎮口和鎮內交道口看，裡裡外外足有六七十個鄉丁。飛蛇鄧潮暗暗咬牙，心想：「這些笨漢們，他們就準知道我們今晚要來探莊嗎？娘拉個蛋，叫你們瞎比畫！」

飛蛇鄧潮一路勘尋，在偏南口瞧見了自己人，是降龍木胡金良。但只他一個人，伏在牆根，正裝出大恭。飛蛇鄧潮哂然一笑，忙通暗號，湊近來互相詢問。鄧潮道：「桑七爺哪裡去了？你找著他沒有？」胡金良道：「奇怪，竟不曉得他又摸到哪裡去了。」鄧潮咳了一聲，道：「難道又散了幫不成？可是的，胡二弟你率領的那幾位，他們都到哪裡去了？」胡金良低聲一笑道：「二哥你看！」用手一指斜對面一家鋪房，鋪房門板上貼著四個字：「此鋪出倒」。鄧潮不由歡喜，用手拍胡金良道：「二弟，你真行！」空屋子裡藏人，最穩當不過；而且又是鋪房，人來人往，也可以偷聽他們過往行人的談話。

胡金良告訴鄧潮，他已覓好縱火的地方，在房後另一家，有兩個大柴火堆。又說道：「聯莊會會頭的住宅，我已經誤打誤撞尋著。」飛蛇鄧潮喜道：「你怎麼尋著的？」

胡金良又一指那鋪房道：「在這裡偷聽來的。」鄧潮大悅道：「二弟，你真是多辛苦了。你領我認認門，都說這聯莊會的會頭棘手，咱們倒看看他是怎麼個陣仗。」

飛蛇鄧潮把黑牤牛蔡大來留在空房中，他卻招呼著胡金良一同出來。由胡金良引路，直奔聯莊會頭的住宅。轉過橫街，只走得一半，鄧潮止步

道：「你說的聯莊會會頭的住宅，不是後橫街路西側大門麼？」胡金良道：「不錯，就是那裡。」鄧潮道：「我曉得了。剛才我們已經蹚過一遍，那裡只像個富戶住宅，雖有幾個值更的，也稀鬆平常，一點不見得棘手啊。別是不對吧？」

原來他們聽說的這地方，正是聯莊會正會頭夏二爺的住宅。

飛蛇鄧潮遲疑了一陣子，對胡金良說：「回頭再說，咱們先找二霸去，我叫他哥倆往那邊蹚去了。」兩個人重複折回來，到了一條僻巷，是飛蛇鄧潮與水中二霸現約定的接頭地點。鄧潮、胡金良東張西望，左閃右避，摸到僻巷口內。那水中二霸橫江蟹、鬥海龍二人，已然繞回來，蹲在那裡等候。

雙方見面問起來，橫江蟹已將小辛集那座唯一的店房尋著。謹依鄧潮之誡，未敢進店窺探。只在店房口，用白粉子，畫了三個圈，作為暗記，預備少時容易尋認。橫江蟹米壽山向鄧潮問道：「舵主，怎麼樣了？那樣暗摸，只怕不易把實底得著。人家已經處處暗有防備，不挑亮了，怕白費事吧？」鬥海龍接聲道：「依我說，咱們還是進攻鄉公所。我猜咱們失陷的那兩個人，現時一定押在鄉公所裡面呢。」

鄧潮兩眼灼灼放光道：「不錯，不錯！但是你猜獅子林的老婆、孩子，現在哪裡藏著呢？」鬥海龍回答不出來，胡金良搔著頭猜道：「我想他們一共三口，若是沒離開小辛集，他們不是藏在店中，就是寄住在人家。他們是本鄉本土，這裡也許有親戚。若叫我說，咱們該把三路的人湊一處，不用各處亂摸，我們徑直撲進鄉公所就結了。一來救烏老鴉、涼半截，二來捉住鄉公所的人，持刀逼問獅子林的老婆、孩子的下落。這一來一舉兩得。」

橫江蟹搖頭道：「二哥，咱別忘了這裡有勁敵呀。」湊過來，低聲對鄧潮說，「二哥你看，一進鎮口，靠那邊，第五個大門，就是有更道有高牆

的那一家，那裡一定有會家子。昨夜我們追趕那個姓魏的，我們一直撲進來了。獅子林的老婆砸門求救，就是這個大門先敲的鑼。他們勾出好多人來，亂拋磚頭，亂喊亂叫……」

飛蛇鄧潮聽到這裡，猛然站起來道：「什麼？是這一個門？」橫江蟹道：「在這裡。」說著眼望牆頭，嗖地躥上去。飛蛇鄧潮急忙跟上去，只有鬥海龍還留在地上。

橫江蟹引著飛蛇鄧潮，躥上房頂。伏身房脊之後，用手一指前面，低聲說道：「二哥，你瞧那邊那棵大樹，樹右邊，那所高大的房子，那就是。」

鄧潮極目看去，相隔尚遠，在黑乎乎一片濃影中，似在房頂上，微微閃著一點火星。原來這第五大門，就是聯莊會副會頭辛佑安的家。此時宅內宅外，戒備森嚴。飛蛇鄧潮往各處躥道，獨有這一面沒去，是他交給水中二霸了。水中二霸暗摸到此處附近，因他預存戒心，也未敢一直近前窺探，只遠遠瞭望了一會兒。看見黑影中似有聯莊會丁埋伏著，所以沒有過去。

飛蛇鄧潮和胡金良在高處，匆匆看了一下，急急躥下平地，四個人立即定計。胡金良還是主張先攻鄉公所；橫江蟹卻主張擒賊擒王，要先攻辛佑安的家；鬥海龍卻要先入店房。飛蛇鄧潮濃眉一皺，說道：「哥們別亂吵了，快跟我來吧。」率眾人立刻奔向那所空鋪房，把自己的人都聚在一處，按名點查，三路人已到齊兩路。只有海燕桑七那一路人，明明見他襲入鎮內，卻不知他遇見了什麼事故，至今還沒有露面。

飛蛇鄧潮哼了一聲，斬釘截鐵地傳令道：「眾位弟兄，現在將近三更，正是時候。眾位弟兄，咱們還是按照預定的辦法行去。」

當下命胡金良率紀花臉、九頭鳥、雜毛劉繼清，和四個兄弟，先撒亮子（放火），候火勢已起，立刻直攻公所；他自己身率水中二霸、黑牤牛

蔡大來、雞冠子鄒瑞和幾個手下弟兄，仍奔後橫街大宅。飛蛇鄧潮訂下毒計，要把會頭活捉住，用酷刑收拾他，要他獻出獅子林的妻子。如果此處不得志，再搶店房。

於是群盜從空鋪房出來，飛蛇鄧潮率眾徑撲後橫街。相離已近，不走平地，卻飛身躥上鄰近民房，由鄰房再往這夏宅逼去。

飛蛇鄧潮抽出金背刀，吩咐同伴暫伏在後，自己先行躥到東面，往夏宅院內張望。頭一趟踩探時，院內本來昏黑，只有一兩處房內閃著燈光；此時宅內三四十間房舍，倒有十幾處點起燈火。鄧潮往下一看，心說：「怪事！」忙由東面繞到北面，再往下窺視。

忽然身後偏西北一帶，鑼聲大震，倉啷啷連響起來，跟著聽得吶喊之聲。飛蛇鄧潮不由一愣。也就是一眨眼之際，背後房下，籲的一聲微嘯，嚮導雞冠子鄒瑞竟急匆匆地奔竄過來，在身後牆下，向鄧潮打手勢，調他下來。飛蛇鄧潮正要躥下去，突然間下面宅院有人聲。鄧潮忙又止步，注目下看。

只聽呼隆一聲，由第二層院內廂房中，門開處躥出幾個人來。這幾人各拿著火亮，互相喊問，相距稍遠。鄧潮只聽見人聲，辨不出語意。一霎時，院中陸續出來十幾個壯丁，拿火把的，搬梯子的，操兵刃的，頂門閂的，一陣忙亂。

一片火光中，越發照得三層院中，裡外通明。有一個年輕一點的壯士，穿一身短裝，光著頭，將辮子盤在脖頸上，手提一把明晃晃的鋼刀，最後從房中出來，很帶著英挺的神氣。到得院中一站，只見他眼往西北角一望。西北角一帶，鑼聲喤喤中，已掠空浮起一道濃煙。煙起處霍地冒起火苗來，人聲越發喧成一片了。鄧潮回頭往西瞥了一眼，微微冷笑，曉得必是胡金良發動了。但是方位卻不大對，胡金良本說定了是在東面，這起火處卻在西北。鄧潮心想：「莫非是桑老七幹的？」

鄧潮此時要看看院中壯丁的舉動，暫不管火光，忙向牆下的同伴雞冠子鄒瑞打一手勢，叫他別動；又用手一指院中，又做了個手勢。鄒瑞不知就裡，從地上一縱身，也躥上了房。幸而身法輕捷，距地稍遠，沒被院中人聽出。卻把鄧潮嚇了一跳，忙將鄒瑞止住，用手一比口唇，又一指院中。

院中的少年壯士指指點點，似像發令。只見他說著話，用手一指西北角，又一指上房，那個搬門閂的人，把門閂丟在一邊了；搬梯子的，也把梯子立在院子了，四個壯漢，被這少年派到中院上房。鑼聲越加響亮，火光已經大起。內宅的女眷，出來好幾個，站在正房臺階上，往天空瞭望。正房看不見，又走過遊廊，繞到南邊臺階上，仰面尋著西北角的火光，夾雜著咦呀哎喲的聲音。有的婦女還嫌臺階上看不真，竟又登上游廊的欄杆，抱著明柱，引頸張望。

忽聽一個清脆女子的口音道：「這是誰家失火了？咱們往平臺上望望去吧。」一言未了，那少年壯士率四個人，已由前院走進角門，奔到院內。一見這群婦女，厲聲喝道：「全進去！這是什麼事，還要往當院跑？」幾個婦女，七言八語地不聽指揮，道：「看個失火的，又礙什麼？」那少年壯士忽一聲斷喝道：「這是賊人放的火，你當是敲鑼救火嗎？這是鳴鑼聚眾拿賊！」一個青年女人正要上平臺，登時被那少年壯士趕逐下去，一迭聲地把女眷逼進屋去。鄧潮身在鄰舍，雖聽不清他們說話，但見女眷們進屋之後，各屋的燈火立刻全滅了。鄧潮心說：「好小子！」

這個少年壯士指點著那十幾個人，將內院外院，前門後門，都把守住。叫一兩個持刀槍的，一兩個拿弓箭的，組成一小隊。一共十幾個人，居然分成五隊，令眾人都藏在暗處。另派兩個人，速往鄉公所查問動靜。又囑咐先到公所，次到辛二爺家，打聽打聽去。叫兩人千萬不要聲張，不要奔火場。少年親自開門，把二人送出大門，然後他自己身率四個人，就

要往屋頂平臺上去。

這時候，上房的燈火已滅復明，出來一個五十多歲、紳士模樣的人，顫顫哆嗦地招呼道：「小椿，小椿，你快進來！你，你，你不要上房。今天這火可不對呀！」那少年應聲道：「不要緊。爹爹，我只在房上看看。」那少年又在屋中，取出來一個皮囊，似是暗器，竟將老紳士攙回上房，他自己奮然走上平臺，叫四個壯漢也上了平臺。又吩咐將抬槍、鐵砂子、火藥，樣樣裝好；只要有大批匪人模樣奔本宅，只聽號令，立即開槍轟擊。

全宅各院的燈火忽又全熄，全宅陷於黑暗之中。外面西北角卻火光騰起，夾雜著濃煙，乍明乍暗。鑼聲震耳，隨風送來一陣陣吶喊之聲，倍覺驚人。這少年壯士雙眼如星，時時刻刻照顧到院內各處，和院外前後各街；卻沒想到肘腋之下，已藏伏著匪人。

飛蛇鄧潮在暗中，雖未聽清他們的談話，卻已看了個明明白白。心中暗笑：「好大膽的一位少爺，看樣子也像是個慣家子。獅子林的老婆、孩子，保不定就窩藏在這小子家裡哩。」

鄧潮等這少年走上平臺，安好火槍，就唰的先退了下來。退下房脊，一拉雞冠子鄒瑞，輕輕一躍，兩個人早落到平地。會著水中二霸鬥海龍和橫江蟹，與黑牤牛蔡大來等人，悄悄疾行，來到小巷中，這才低聲私議。

鄧潮道：「你們哥幾個看怎麼樣？這裡定是點兒窩藏的所在。要知山前路，須問過來人。我們要想見見對頭人，不動手是不行了。哥幾個替我瞭著點，我要先拾掇這個小秧子，叫他先嘗嘗鄧老二金背刀，鋒利不鋒利！」

鄧潮說罷，就要轉身，雞冠子鄒瑞忙道：「舵主，你先別忙。這裡的情形，不像有獅子林老婆、孩子，這裡不過是個土財主。舵主你看，西北角火勢已起。桑七爺又不知撞到哪裡去了，莫不是被聯莊會包圍，動上手了？我看還是咱們先撲奔有殺聲的地方看看，咱們這一回雖不是開耙（打

槍），也得要個彩頭。打不成米，再丟了口袋，我們就太栽跟頭了。況且涼半截、烏老鴉兩個倒楣鬼，也不知救出來沒有？若叫我說，我們尋仇還在其次，先要援救自己的人才好！」

這幾句話直刺入飛蛇鄧潮的心曲。鄧潮大怒，卻立刻把怒火遏下去，搖頭冷笑道：「不不不，桑老七跟我共事多年，手底下很有兩下子，攢兒（心眼）也來得快，我倒放心他。胡金良去到鄉公所，就是為救梁、葉二人。胡老二也是老手了，他不會撲了空耙。這裡咱們已經入了窯，就不能走空。無論如何，也得動他。你瞧我的吧，我要活捉這個小秧子，從他嘴裡擠出實底來。」

黑牤牛蔡大來忙說：「鄧二哥，你可小心火槍，這不是鬧著玩的，來，我陪二哥下去一趟。」水中二霸道：「我也來。」

這一來倒把雞冠子鄒瑞撂了一下子，弄得很難為情。忙忽找話道：「二哥既然看準，還是我陪二哥。」

飛蛇鄧潮這個人說到就辦，毫不游移。遂只留黑牤牛蔡大來在外巡風，命雞冠子鄒瑞登房誘敵。飛蛇鄧潮自己一順金背刀，墊步擰腰，躥上檐頭，輕聲提氣，生怕踩碎了屋瓦。身到房脊之後，藏好身形，再向水中二霸一做手勢。水中二霸立刻也偷偷上了房。飛蛇鄧潮等人都是久經大敵的劇賊，知道這時若被少年驚覺，鳥槍抬桿是惹不得的。這必須用迅雷不及掩耳的手段，才能突然襲擊，一舉成功。

容得水中二霸，躥上平臺東面鄰房，鄧潮急將龐大的身軀一伏，腳尖一點，立刻捷如狸貓，輕輕躍到平臺的西面。伏身挪步，越挨越近，屏息吹氣。三個人各借牆頭房脊，隱蔽身形。此間的地勢，飛蛇鄧潮早已看好，落腳處、障身處、襲敵突擊處、施展身手處，一一揣度過了。然後雙目睃定敵人，靜等雞冠子鄒瑞發動誘敵之策。

這時午夜昏黑，暑氣蒸人。鄧潮距夏宅平臺，不過三丈多遠，水中二

霸距敵三四丈內外。那雞冠子鄒瑞銜命誘敵，卻從平地上，循牆遠繞，直繞到隔街夏宅後面民房，嗖地騰身上房。第一步，先看看這院宅主的動靜──宅中悄然，內外昏黑，這毫不足慮；第二步，急覓好藏身避攻之處。

這最要緊，鳥槍抬桿一發出去，大片的鐵砂子，厲害非常，若被瞄準了，再也躲不開。然後雞冠子估量時候，從房坡上揭起一片瓦，把鹿皮囊中所帶的火摺子，從管子裡拔出來。

雞冠子鄒瑞蛇形而前，身臨高處，急一長身立定。瞄準夏宅的平臺，用足了十分腕力，一抖手，將瓦片打出去。雞冠子鄒瑞趁這一下，把火摺子一晃，忽地晃起一團火光。就在這時候，瓦片橫飛，從高下落，咔嚓一聲暴響，落在平臺院中。夏宅平臺上那幾個人，不覺一齊失驚。少年壯士咦了一聲道：「留神，這是有人拋的！」內中一個壯丁，忽一眼瞥見背後鄰家房頭，火光一閃，忙嚷：「不好！有賊放火了，快快開槍！」

少年壯士霍地一轉身，雙目炯炯，驟見鄰家房頭，人影一晃。跟著又聽自己後院中，啪嚓、啪嚓地響了兩次。少年急喝道：「不要慌！快看前院……」話還沒說完，平臺上早已晃火繩，點火門，轟的一聲，四桿火槍不約而同，同時打出去。少年再想攔阻，哪裡來得及？槍口噴吐一團團火光，似閃電般，照得平臺上五個人面目歷歷，毫無遁形。跟著一陣濃煙火硝氣息，障目撲鼻。飛蛇鄧潮、水中二霸，一霎時如箭脫弦，跟隨槍聲，突然一縱身，騰空躍起，由鄰舍一躍再躍，早已分三路，襲上平臺。

少年提刀張目凝神四顧，陡見東面兩條人影撲來，厲聲喝問：「什麼人？」來人未答，叱吒聲中，少年一個箭步，急截過去，掄刀就剁；想這一下將賊人逼墜牆外。哪知水中二霸隨風擺柳，往兩旁一閃，答道：「嘿，朋友，小白龍借道！」咻的兩點寒星，迎面打來。少年喝道：「去！」急一閃身，一揚手，也發出一件暗器，並立刻又一刀砍去。哪曉得水中二霸未

到，飛蛇鄧潮的來勢尤為兇狠，腳找平臺，身落實地，金刀背往外一展，順水推舟，突從後面掩襲過來，刀鋒惡狠狠，橫腰截斬少年。

少年耳聰身快，猛一掠，轉身側閃，甩刀換式，一個旋身，暫拋開東面勁敵水中二霸，變招為「鳳凰展翅」，斜轉刀鋒，照鄧潮右臂斬來。一面厲聲喝道：「朋友，報個萬兒來！」

鄧潮怪叫道：「太爺小白龍，要會會你小辛集的能人！」兩個人在平臺更道上，交起手來。

四個壯丁空托著四桿抬槍，再想裝砂子發火，哪裡還行？竟嚇得出聲大喊：「歹人攻上來了！」一個人就往臺下飛跑送信，兩個人倉促間，要拿抬炮做兵刃。獨有一個黑大漢，百忙中操起一桿花槍，照賊人便扎。鄧潮回刀招架。橫江蟹趕過去，將那要下去送信的壯丁，一個跺子腳，直踢下去。唉喲聲中，這壯丁直栽下來，動彈不得了。水中二霸趁這工夫，把平臺上舉抬槍的兩個壯丁，揮刀背砍倒。一個人失聲大號：「救命呀，殺人啦！」登時間平臺上只剩下少年壯士，和那一個黑大漢護院壯丁。兩個人被飛蛇、二霸三個賊前後夾攻，陷身重圍。鬥海龍惱著壯丁們喊叫，順手掄刀，把那倒地喊殺的壯丁，照頭上猛打一刀背，立刻不哼了。

水中二霸，肅清了平臺，讓飛蛇鄧潮對付那少年壯士。他兩人一擺兵刃，跳過來把那黑大漢圍住。這黑大漢一條花槍，拚命亂扎，兇猛異常，卻不是二霸的對手。那一個少年壯士，一見賊人撲上來，情知不妙，一展手中刀，想要脫身下臺，鳴鑼拒盜；只不過飛蛇鄧潮早有打算，晃金背刀，橫身擋住去路，一連三刀，刀沉力猛。少年壯士便知不敵，牙一咬，仍在拚命突擊。飛蛇鄧潮立刻施展開九宮刀法，刀環嘩啦一響 ——「獅子搖頭」、「封侯掛印」、「金針度線」，一刀緊似一刀。

那少年壯士，手忙腳亂，且躲閃，且招架。飛蛇鄧潮更不容緩招，一個盤旋，「饑鷹捕兔」，金背刀挾一股寒風，當頭蓋下。少年壯士挺鋼

刀，攢勁往外一蹦。叮噹一聲響，少年的刀竟被磕掉。把他嚇了一身冷汗，一抹身，待上房而逃。不想黑影中，雞冠子鄒瑞已經撲來，冷不丁被鄒瑞一個靠山背，扛了個正著。少年壯士倒栽出好遠，摔在房上面，軲轆轆一滾，就勢要想下房，被飛蛇鄧潮躍過來，一把拖住，只一甩，摔在平臺上。

雞冠子乘勢掄刀，照少年便砍。飛蛇鄧潮已飛躥過來，急救不迭，一展手中刀，扁刀背，手腕一坐勁，倉的正兜在雞冠子的刀鋒上。鄒瑞的刀反激回去，險些撒了手，震得虎口冒火。就在這時候，又聽一聲怪叫，那個黑大漢也被水中二霸，一個掃堂腿，一個翻手刀背，給掃下平臺，咕噔摔了一個半死。平臺已被賊人占領。

雞冠子鄒瑞叫道：「二哥，你真使勁，我虎口全要裂了！」

飛蛇道：「你怎麼亂來，不知要留活口麼？」

少年已被摔暈了，水中二霸上前把少年接住。一剎那間，平臺下面，夏宅內外，早已亂成一片。火把高舉，人聲嘈雜，兩個人一桿抬桿，亮出好幾桿。有的開弓箭，有的持刀矛，在下面大叫：「了不得了，少當家的被賊人逮住了！」

火光影裡，飛蛇鄧潮看得分明，角門後露出三四根抬槍，抬槍口正對著平臺。

好飛蛇，如生龍活虎般，猛一撲，把少年壯士劈胸抓住。

少年的兩手，早被二霸倒綁。飛蛇鄧潮抓小雞似的，把少年捉到平臺上，金背刀一掄，往少年頭頂上一按。當此時，水中二霸每人手中一把刀，一個火摺；火摺子已然晃著，火光閃閃，吐出光輝。雞冠子鄒瑞一個人，橫刀怒目，照顧後路。

飛蛇、二霸正對前面，舌綻春雷，厲聲大喝：「咄，下面聯莊會聽真！

太爺小白龍，今天到小辛集尋訪仇人，本來與你們無干！你們敢放槍，你們只管打，你們的少莊主已入太爺掌心！你們看！」對少年道：「相好的，怎麼不言語？」又轉臉叫道，「你們敢動手？太爺先把他殺了，再把你們全家殺盡，一個不留！」

平臺下的壯丁仰頭一看，飛蛇鄧潮凜若煞神。清清楚楚地看見夏少莊主，落在賊手了。登時人心騷亂，不知所措；空有火槍，不敢燃放。如要燃放，玉石俱焚！

那少年壯士，身落賊手，刀加頭頸，卻不料他竟很倔強。朗然大叫道：「你們先別開槍！」對鄧潮道，「朋友，你們到底是什麼來意？要借盤纏，只管言語，我們都是武林道。你若尋仇，我和你卻素不相識。」

鄧潮吼道：「我要的是獅子林的老婆、孩子！你們只要交出來，咱們兩罷干戈，立刻算完。」少年道：「什麼獅子林，我們不認識。」水中二霸急忙插言：「我們兩位朋友，落在你們手裡，你們趁早放出來。再把獅子林的老婆、孩子交給我們。我們拍腿就走，寸草不沾。」

少年竟不知獅子林是怎麼一回事。平臺下的人卻已聽明白，正要答話，忽然上房門大開，宅主夏二爺竟奔出來。這老頭子愛子心切，不顧女眷們攔阻，沒命地搶到院中，對眾人吆喝釋兵罷戰。他自己敞著衣襟，獨對平臺，大睜眼叫道：「椿兒，椿兒！」少年壯士吃了一驚，忙應了一聲。

夏二爺略略寬心，急對飛蛇鄧潮道：「道上的朋友，你們找的不是昨天逃難來的一男一女和一個小孩嗎？」鄧潮切齒道：「老子要的正是他們三條狗命！你們只要交出來，我們好打好散；我一定把你們少莊主好好放還，毛髮不傷。傷了他，算我姓……小白龍不是人！」

夏二爺沒口地答道：「諸位好漢，那三口不在我們這裡，他們跟我們無干，我們這裡姓夏；你找姓辛的去，是姓辛的窩藏他們，沒有我們這裡的事。你們那兩位朋友，現在聯莊會公所裡押著哩。你放了我們少莊主，

我們就放你們的人，兩個換一個。朋友，咱們哪裡都交朋友，我們聯莊會就是守望相助，不管別的事！」

夏二爺素日膽小，此時敞胸露肚，只披小衫，兩眼急得通紅，竟不要命地與強人對面答話。院內外的壯丁，所有兵刃、火槍全被他吆喝著放下，只求釋放他的兒子，賊人要什麼他都肯給。

少莊主夏少椿雖落賊手，本甚倔強。不想一見他父出來，爺倆一個失計，豈不都落在賊人手裡了？心中一著急，又一陣心酸，不禁掉下淚來。在臺上扭項對鄧潮抖抖地說道：「朋友，你們的來意，我明白了。我可以陪你要人去，我一定把你們那兩個朋友要出來。獅子林的家眷是姓辛的事，我們不曉得，你們自己找他去。我可以陪著你們走下平臺。大丈夫一言為定，我們絕不會暗算你們。至於我，殺剮存留，願聽你的便。你是光棍，只別傷害沒本領的人，我至死承情。」

飛蛇鄧潮道：「好，小夥子是條漢子！太爺冤有頭債有主，我自會找對頭算帳去，礙不著你們。現在你陪我辛苦一趟，把我們的人弄出來。」

少年壯士夏少椿一面和飛蛇對答，一面不斷地眼瞟著下面。此時聽鄧潮說得如此堂皇，立刻答道：「朋友，你既然不傷害我，你容我向下面交派兩句話，咱們就走。」說著轉身移動，要往平臺邊上湊。

水中二霸和雞冠子鄒瑞，三把刀齊展，把少年擋住，向鄧潮道：「當家的，終日打雁，別叫雁啄了眼哪！若叫他滑了，咱可栽不起。」飛蛇鄧潮嘿嘿冷笑了兩聲，道：「沒有金剛鑽，不攬碎瓷器。」向少年一揮手道：「請說吧，太爺不怕你逃躲。」

夏少椿不再答話，站在平臺上，向院中人說道：「你們千萬不要亂動，這來的都是外場朋友，我陪他們到鄉公所去一趟。你們只把燈挑起來，兵刃、抬槍都撤下去。你們只可守院子，不要出來。告訴老當家的，老老實實在家睡覺，千萬不要跟尋我。辛二爺那裡，你們……不要知會他。」說

著兩眼看定他父夏二爺。末兩句大有深意。

下面的夏二爺無可奈何，急命壯丁撤下來，後院全空了。

少椿又命人，開了後院的街門。然後對鄧潮說道：「朋友請吧。我給你領路。走後門，奔鄉公所。」遂一側身，虛探了探。

少年一言一動，橫江蟹、鬥海龍、雞冠子等，都提神監防著。人人手中都暗藏著暗器。看這少年只一想逃，抖手便是一下。這少年壯士卻沒有打算逃走，他的眼力尖，早看見鄧潮手中，也有一件暗器。

少年正要引路往下走，鄧潮忽道：「且慢。」大聲向臺下叫道，「那位老者聽著！你一定是宅主，告訴你，我們不想綁票，你別害怕。你兒子在我手心，我絕不害他；可不許你輕舉妄動。我們現在就要人去。要得出來，好好地還你一個兒子。」

突然一探身，向少年一撲，把少年往肋下一挾，喝一聲：「走！」竟不走平臺正道，仍從房上，一頭躍到院外去，迅疾無比，出人意外。水中二霸跟雞冠子，立刻縱身也跳下來。

夏二爺目瞪口呆，大喊著，沒命地便往後門跑。黑影中，奔來一個黑大漢，便是黑牤牛蔡大來。凶神似的橫刀一擋，大喝道：「滾回去！」那一邊，聽他兒子夏少椿，也大聲叫道：「你們別跟我，快快回去呀！」一面聲音顛頓，竟與賊人沒入黑影中去了。夏二爺被黑牤牛一掌打入院內，栽倒在地上。

鄧潮活捉著聯莊會會頭兒子夏少椿，奔出十數丈，這才放下他，說道：「朋友，對不住！我們身入虎口，不得不然。現在你快領我去。」夏少椿冷笑道：「朋友，你也太不放心我們了。咱們走，去鄉公所往這邊拐。」鄧潮道：「住，我不先到鄉公所。相好的，你先領我到姓辛的那小子家裡去，你得替我詐開門。你只要給我詐開門，把獅子林的老婆、孩子尋著，

我不但絕不加害，立刻把你放了，我還要感謝你，日後必有補報。」

少年壯士夏少椿牙咬得亂響，半晌道：「我就陪你詐門去。詐開詐不開，那可是碰機會。你就砍了我，我認命，你可別叫我難受。」鄧潮怪笑道：「那也犯不上。你只不玩花活，我總對得過你。」

鄧潮率水中二霸、雞冠子、黑牤牛，押著夏少椿，直奔小辛集南鎮口，聯莊會副會頭辛佑安之家。夏少椿依然倒綁雙臂，由群盜押著，任他自己走。

不一時已到地方，飛蛇鄧潮咦了一聲。只見這一所大宅，又不是先頭初踏勘時的景象了。院前後，街南北把守的人，已然一個也沒有了，圍著辛宅卻有一片燈光。這燈光竟是由高牆更道內，探出來很長的竹竿，上懸燈籠，直垂下來，光明照耀，把牆外的夾道暗隅，都照得毛髮畢現，物無遁形。可是牆上頭、平臺、更道，黑乎乎一片，一點光也沒有。也就是院內的虛實，從外面一點也看不透。賊人襲入小辛集西北角，及夏宅內進去賊人的情報，辛氏兄弟已然全曉得了。

飛蛇鄧潮逼著夏少椿，前來詐門。燈影中雞冠子鄒瑞詐裝壯丁，陪伴夏少椿，走到辛佑安大門前。飛蛇鄧潮和水中二霸稍稍落後，潛藏在暗隅。將近辛宅，突然聽更道上有人厲聲喝道：「站住，開槍了！」燈光一閃，露出來兩桿抬槍和一個老頭。但是燈光又一閃不見了，上面還是黑洞洞的。鄧潮大驚，暗推夏少椿叫門。飛蛇鄧潮一怒，嗖的竄上一家民房，到最高處，遙探辛宅內布置的內情，卻已看不出來了，前後院黑乎乎，連半點燈光也沒有，不但辛宅如此，連四外鄰舍也一樣。

只聽夏少椿猛然發言，大聲叫門道：「喂，辛二叔，是我！我是夏少椿，我父親請你老人家答話。江湖道上的朋友，小白龍白老英雄，上咱們小辛集，尋找獅子林來了。你老人家快把獅子林交出來，就沒有咱們小辛集的事了。」

更道上一個蒼老的喉嚨答道：「是夏少爺麼？辛二爺沒在家，你找他往鄉公所找去吧，他們到西北角救火去了。獅子林是誰呀？我們這裡不知道。」

答的話不得要領。鄒瑞不知道如何是好，只催夏少爺快叫辛家開門。夏少椿被逼無奈，又復叫道：「辛二叔沒在家麼？你，你，你們開開門，讓我進去。」說出來的聲音，忽然另變了一種腔調，好像害怕似的。

房上的老頭子叫道：「夏少爺，你呀，你等一會兒。……我這就給你開門。」夏少椿吃了一驚，道：「你，你，你是誰呀？你給我開門嗎？」夏少椿被雞冠子狠狠地搗了一下，只得說道：「快點吧。」

房上說：「我這就下去。門全鎖了，前門後門全鎖了，等我找鑰匙去。辛二爺沒在家，他上鄉公所去了，由那裡奔西北角救火去了。你等著，我這就下去。……你身邊那是誰呀？夏少爺，你瞧那邊黑影，那是誰呀？」

鄒瑞不言語，只低催夏少椿。夏少椿道：「這是做活的。我們家裡現在來了朋友，你們快開門，那邊黑影不是人。」

半晌，上邊不言語。直等了好久的工夫，鄒瑞叫夏少椿再催，房上竟沒有人回答，竟這麼耗起來了。

鄒瑞猛然醒悟，不由大怒。忽然，那邊人影一閃，飛蛇鄧潮已然低吹口唇作響，用另一種聲調，催鄒瑞快退。鄒瑞再逼夏少椿，再對房上遞了幾句話，道：「我們先不進去了，我們上鄉公所，找辛二叔去了。」兩個人退到黑暗處。這時候殺聲震天，鑼聲哇哇，那邊鄉公所已然打起來了。

飛蛇鄧潮怒目圓睜，把夏少椿揪到黑影中，啪啪打了兩個嘴巴，罵道：「好小子，你給太爺誤事！」夏少椿口鼻噴火叫道：「朋友，殺剮存留全在你，你怎麼挫辱我！我怎麼誤你的事了？」鄧潮罵道：「有你的快活！你剛才那是怎麼說話，你竟敢當太爺搗鬼！告訴你，這回你快跟我叫鄉公

所的門去。只要你不把我們的兩個人，和獅子林的家眷交出來，我不但要你的狗命，還要你一家男女老少的腦袋！小兔蛋，你跟我搗鬼！」

飛蛇鄧潮暴怒如雷，向夏少椿一迸聲怒吼。夏少椿的生死已在飛蛇掌握中。若不是還有用他處，只怕三尺青鋒，早砍在夏少椿的脖頸上。夏少椿也不告饒，也不退縮，叫他走，他就走，立刻來到前街。前街上喊殺叫罵之聲越大。夏少椿不住心頭突突跳個不住。順著街道看，鄉公所附近火光閃爍；人聲吶喊，把銅鑼敲得響成一片。原來鄉公所內，由辛佑安指揮著，已經和賊黨降龍木胡金良等衝突起來。

飛蛇鄧潮怒催水中二霸，挾著肉票快走。二霸更不答話，左右挾持著夏少椿，趕奔鄉公所而來。越走越近，火光中已看見不少的聯莊會丁，在房脊上，更道內站滿；街頭路隅，影影綽綽，也是人影亂竄。

鄧潮一擺手中刀，剛往前一縱身，嗖的一條黑影，疾如飛鳥，由房上下來，一柄鋼刀明晃晃地隨著往下一落。飛蛇忙一收式，右腳往後一撤，把身勢一閃，左手按刀背作勢，才待細辨來人。這人的身形一落，口中似說了句什麼。就在這當口，那邊轟轟連發了兩火槍。飛蛇陡然喝了聲：「好，你先來送死！」挺身而進，一翻腕子，「夜叉探海」，金背刀照來人的小腹便扎。這人用刀往外一封，大聲急嚷：「鄧二哥，是我，是我。」

飛蛇這時才辨出聲音，來者正是紀花臉紀長勝。鄧潮已預備進步換招，這時急將刀往回一撤，立刻問：「怎麼樣？栽了麼？」紀花臉道：「沒栽，可是扎手得厲害。鄧二哥，今夜咱不下絕情，這事大約完不了！」

飛蛇鄧潮冷笑一聲：「沒想到小辛集，真敢跟咱們這麼招呼！紀老弟，我們不給他個厲害，他絕不肯痛快交人。可是的，胡金良呢？」一扭頭，看見水中二霸挾持著夏少椿，復向紀花臉道：「那姓辛的會頭可在這裡嗎？紀老弟，我捉了一個秧子。」紀花臉道：「秧子在哪裡？」一眼看見夏少椿，不由大喜道，「還是二哥！」又道：「跟咱們拚死支持的就是那姓辛的。

他現在鄉公所裡面，胡金良二哥正跟他較勁哩。」鄧潮道：「好！我正要會會這姓辛的！」說到這裡，把金背刀反交左手，倒提著，闖向前去。

這時胡金良親率著一班弟兄，正在瘋狂似的要硬闖鄉公所。只是鄉公所的大牆上，已經安排下好幾桿抬槍，十幾名箭手；賊人只要往上一欺，不是抬桿轟，就是飛箭射。群賊竟無計可施，只圍著鄉公所亂轉，總是打不開進去的路。但鄉公所的壯丁，有一小隊留在外面，分布在附近民房上，竟跟賊黨交上了手。鄉公所牆上的抬槍不敢亂發，要不然這一群賊黨更無法近身。鄧潮躥在前面，喝令群賊退後，抬頭向鄉公所房上一照，即令黨羽齊聲大喊道：「呔，我們舵主小白龍，請你們小辛集的會頭答話！」

鄉公所更道上一陣騷動。突有一個人探身露頭，接聲答話道：「喂，我就是本鎮的會頭。朋友，你率眾到我們小辛集，放火殺人，到底要怎樣？你們誰是領袖，誰是小白龍？請你們報個萬兒來，我姓辛的也好認識認識這個朋友。」

飛蛇鄧潮已躥到鄉公所對面房上；黑牤牛蔡大來、雞冠子鄒瑞，分伏在後面，保著鄧潮的後路，以防暗算；水中二霸和紀花臉，押定夏少椿，藏在街旁小巷拐角處，靜聽首領的號令。飛蛇鄧潮於火光中注視對面，只見這辛佑安一長身，亮出上半截身子來，短衫敞懷，手提兵刃，昂然往這邊看。旁邊還有一個矮身量的壯年人，是鄰村的壯士錢介塵。更道上人影閃動，藏著許多聯莊會丁。群盜互相囑告，這最要提防的是火槍抬桿，須防他突然開槍，攻己不備。

強敵抵面，四目相對。飛蛇鄧潮厲聲道：「你就是姓辛的？很好，我找的就是你！你問我們首領嗎？好漢行不更名，坐不改姓，太爺就是兩湖的小白龍！」辛佑安道：「咦，你是小白龍？」

飛蛇鄧潮不拾這個話，卻叫道：「小白龍仗義遊俠，一向是恩怨分明，人不犯我，我不犯人。你們小辛集團練鄉勇，守望相助，本來與我們無

干；但是，你們最不該倚仗著聯莊會的人多勢眾，來管閒事，把太爺的仇人獅子林的老婆、孩子窩藏起來。你卻不曉得太爺和這獅子林仇深似海，有著三劍十五年的交道。太爺眼看探囊取物，把他們三口拿住了；你們卻偏來多事，橫插一腿，把他們救下來。你們更不該把我們蹚道的兩個弟兄扣留下來。姓辛的，光棍眼裡不插棒槌，太爺最講究的就是恩怨二字！姓辛的，繫鈴解鈴全在你。你只要把我們三個仇人、兩個朋友乖乖地交出來──辛莊主，萍水何處不相逢？山高水長，知情感情，我……小白龍遲早必有重報。你要是恃強倚眾，不肯交出來，嘿嘿，姓辛的，你有本領，你可是有家有業！」

鄧飛蛇把金背刀一彈，續說道：「相好的，再不然你有本領走下來，陪太爺走上三招兩式。你若是勝得過我這把刀，太爺我拍腿就走，立刻算完；你妄想著你們人數多，有抬槍火器，你妄想跟太爺鬥鬥，哼哼，朋友，太爺若不把你小辛集燒成一片焦土，把你們男男女女，老老少少，一個個斬盡殺絕，雞犬不留，那算我小白龍說大話，嚇唬鬼！太爺口說無憑，喂，姓辛的朋友，我先給你看個榜樣！」

飛蛇鄧潮立刻厲聲喝了一聲，「抓過來！」登時間，水中二霸橫江蟹、鬥海龍從牆角轉出來，把夏少椿架到聯莊會燈火所及處。二霸齊聲叫道：「相好的，你瞧這是誰？」

夏少椿倒剪二臂被拖出來，鄉公所更道上的人驀地一驚。

更有一人失聲喊叫道：「哎呀，小椿呀！」夏少椿急抬頭看時，登時一陣悲楚。更道上除了辛佑安、錢介塵，又鑽出來一個五十多歲的胖子，呼呼地喘息聲音，連夏少椿也都聽見，這正是他父夏莊主。為救愛子，奮不顧身，將家財搜尋了一大包，沒命地率人奔到公所來求救。他要破產取贖，又想用武力、財力，雙管齊下，把少椿救回。

不想他才到公所，賊已潛從背後掩來。那聯莊會副會長辛佑安，遙望

西北起火，早派三弟辛佑平，偕二陶，引會眾馳往救火拿賊。又料到賊黨救友尋仇，必遣大隊來擾，便挺身留守，把排槍架在平臺上、所門裡。他本人和友人錢介塵，藏在更道內，瞭望遠近，等候動靜。

於是噩耗頻來！初報賊人夏宅，續報少椿被擄，三報夏莊主喘息著奔來砸門。欲待不開門，夏莊主狂喊哭罵；方才開了門，賊黨吱的一聲呼哨，乘隙猛襲過來。

幸而有備，辛佑安屬喝一聲：「開槍！」轟然大震一聲，火藥濃煙過處，賊人才狼狽撤退下去。公所的門已開復關，夏莊主到底擠進來，卻已面無人色。所帶的人只進來一半，竟害得鄉公所險些失守。

群盜仍不甘心。降龍木胡金良率群賊，紛紛躍上狹巷鄰房，一聲不響，二番進襲。只見人影頭顱一晃，錢介塵大喝一聲：「開槍！」火光一閃，轟的一震，卻打了一個空，眾盜已然闖上來。「開槍，開槍！」平臺上喊成一片。辛佑安早將弓箭取過來，嗖的一下，當先一賊，一頭栽下去。大抬桿又轟然地連響數聲，賊人沒命地跳下牆頭。

胡金良大怒，第三番結隊，分派開，往四面環攻上來。辛佑安、錢介塵拚命拒戰，賊人終不得逞；反倒陣亡了兩個賊，傷了一個賊。於是飛蛇如飛地奔到公所來。

當下，鄧飛蛇昂然立在鄉公所對面房上，聲勢咄咄，向辛佑安索要三仇二友。辛佑安連聲冷笑，自恃布置周到，料賊黨的伎倆，不過乘夜縱火；一到天明，不用趕他，他們也得自己溜跑。因此並不怕鄧潮威脅的話。但是夏少椿落在賊人手中，心中究竟有些疑慮。

那正會頭夏二爺更是驚慌，未容辛佑安發話，他就顫顫地叫道；「小白龍白舵主！你們找仇人，我姓夏的和你無仇啊！你把我的兒子綁去做什麼？你不是要你的朋友嗎？你不是尋什麼獅子林麼？我們都獻給你，你只要放了我兒。」便催促人快快把烏老鴉、涼半截，鬆綁釋放。副會頭辛佑

安一把將夏二爺扯住，往後用力一拉，道：「夏二哥，你別做糊塗事。」夏二爺把眼睛一瞪，雙手亂推辛佑安，跺腳道：「你不知道你侄子的命，現在人家手心麼？你，你，你不知道我就有他一個嗎？」

辛佑安用沉著的語調說道：「二哥，你不要心亂，你要顧全大局！少椿的性命由我擔保。你不要在匪人面前示怯，你叫他捏住了，更壞！二哥，你瞧我的吧！」隨聲叫道，「呔，對面小白龍白舵主聽著！我小辛集是不受威嚇的……」

一聲未了，夏二爺老淚縱橫地嚷道：「辛二弟，你沒見少椿叫他們收拾得那樣麼？自己的肉，誰不心疼？我不管你們，我一定要把白天逮的兩個賊跟他們換。兩個換一個，不就把我兒換回來了？」辛佑安道：「二哥，咱們一定跟他們走馬換將；可是得對付好了，別上了賊人的當。二哥，你先沉住氣。」

錢介塵等也忙勸夏二爺忍痛顧全大局，低聲道：「二哥，你不要往下看，越看心越亂。這件事你交給辛二爺辦，一定把少椿救回來。你千萬別說輸氣的話，那一來賊人更要挾得厲害了。二哥是明白人，你不過是矇住了。」

夏二爺拭淚嗚咽。他們在鄉公所更道上，鬧起內亂來，早已被飛蛇鄧潮看在眼內。立刻大聲催促道：「呔，小辛集的會頭，太爺說的話，你們是依不依？趁早說，趕快辦，太爺沒有閒工夫跟你泡！我說併肩子，亮一手給他們看！」

水中二霸立刻暴應了一聲，大叫道：「聯莊會姓夏的會頭，你要你的兒子不要？」掄刀背沖夏少椿連連敲了數下，滿想敲得夏少椿慘號出一兩聲來，好收要挾之效；偏偏夏少椿是個硬漢，反而敲打出一陣狂笑來。夏少椿冷冷地說道：「相好的，你們來這一套，也不怕叫行家恥笑麼？」

那辛佑安已看了個明明白白，怒目圓睜地叫道：「小白龍，你是什麼

人物？你就砍了姓夏的小孩子，又當得了什麼？相好的，你少玩這一套，你不怕叫姓夏的小孩子笑掉大牙？你不是要拿姓夏的孩子，換你的三仇、二友麼？你要願講和，你把姓夏的孩子先放開；我自然叫你稱心如意，只怕你沒有這份膽量。」

飛蛇鄧潮紫醬色的面孔上，泛起一片羞雲。突從羞愧轉成激怒，道：「姓辛的，你說出天花來，老子也不聽那一套。你不把我的三仇、二友放出來，我絕不把這個秧子輕饒。告訴你，太爺還是沒工夫跟你多耗。我限你立刻獻出來，若要不然，我把姓夏的胳臂先卸下一隻來還你。」說著唰的跳下房來，金背刀一揮，抓住夏少椿，就要掄刀砍臂。

這一來，鄉公所更道上登時騷亂。夏二爺恨不得一頭跳下來，替兒子死，沒命地向辛佑安撞頭，又向飛蛇鄧潮沒命地喊叫。

辛佑安急命好友錢介塵，把夏二爺抱住。他也激怒起來，吩咐把抬槍亮出，自己握定一桿。也把烏老鴉、涼半截，倒剪著押上來，都堵住嘴，不叫他們聲喊。又用燈一照，吆喝道：「小白龍！告訴你，你敢傷夏少椿一根毫毛，二太爺不把你們轟了，算我不是人！你莫道傷了夏少椿，可以嚇住我們；嘻嘻，你會傷我們的人，我也會傷你的人！」卻將抬槍一放，也掄刀背，啪啪啪，打起二賊，連敲數下，道：「你只管砍，你砍我們一隻胳臂，我砍你兩隻。相好的，咱們看看誰合算！」

辛佑安毫不示弱，卻把鄧飛蛇氣了個半死。怪吼一聲，掄金背刀，撲到夏少椿面前，惡狠狠舉刀待下。夏少椿把眼一張道：「你砍！」橫江蟹連忙攔住，仰面大叫：「姓夏的，你要你的兒子不要？」辛佑安也叫道：「小白龍，你要你的夥伴不要？」

雙方針鋒相對，不得開交。

錢介塵忙接聲道：「小白龍的朋友們，你們可看清楚，你們的頭子就這樣對待朋友！不管救朋友，只管尋仇人，這叫什麼江湖道？」

看見橫江蟹攔住了鄧潮，口中曉曉，似有辯論。錢介塵忙給加上幾句挑撥話，跟著又叫道：「小白龍，告訴你，我們守望相助，人不犯我，我不犯人。你們無故鬧到我們鎮上來，不是我小辛集無理。你只有把夏少椿放了——相好的，咱們好打好散，我們立刻把你的兩個朋友放出來。兩個換一個，你不算吃虧；你要想來硬的，哼，我們小辛集不吃這個。」

飛蛇鄧潮狂叫道：「姓辛的，我要的是獅子林老婆、孩子，和那個姓魏的！他們是老子的仇人，十五年三劍的仇人，你不給我，我老子把命拚給你，絕不含糊！」

辛佑安冷笑道：「你要拚命，我的命也不特別值錢。你要救你的朋友，我卻要救我的鄉親。你還要獅子林的老婆、孩子麼？實告你說吧，你一步來晚，他們早走了。」

飛蛇鄧潮道：「放你娘的狗屁！」辛佑安道：「朋友，別帶髒字！老實告訴你，姓林的老婆、孩子，不錯，曾逃到我們小辛集來，這與夏家父子無干，是我姓辛的念在江湖一脈上，收留了他們一夜。我在下和獅子林素無一面之識，我不過看他們孤兒寡母可憐，是我把他們放走。相好的，你要識相，你把少椿釋放了，我們把你的兩個朋友釋放了，兩個換一個，公公道道，這是你上算，面子上又好看。江湖道上的事，將來說不定誰用著誰。你要找獅子林的妻、子，他們早已離開小辛集了。你有本領要報仇，你自己趕快追尋去，別在這裡瞎磨煩！」

兩下裡相持不下。飛蛇鄧潮尤其著急，唯恐中了聯莊會的緩兵計，一狠心，便要拋棄二同伴，刺死夏少椿，叫聯莊會兩個首領自起內亂，他便率眾焚殺小辛集，以泄深憤。只是又一想，這不啻應了錢介塵挑撥的話，怕招得同伴寒心。倘或有人說，當家的只顧尋仇，別忘了救友啊！這可怎麼受得？

鄧飛蛇委絕不下，暴跳如雷，持著刀，對準夏少椿，比了又比。夏二

爺一見這情形，就瘋了似的，恨不得一頭跳下來，與愛子共命。他把全部怨恨都種在辛佑安身上，與辛佑安大鬧。辛佑安左右為難，也是不得開交。這越弄成僵局了！

但是，事情陡然一變，竟急轉直下。後街上呼哨連響，數條黑影奔尋過來。雞冠子鄒瑞迎上去一看，原來是海燕桑七在西北角放火得手，把藏伏鎮外的人都引入進攻。忽聽說北面鎮口外，有一輛車奔馳投暗而去。海燕桑七急忙糾眾奔逐下去，又急命開花炮馬鴻賓等，給飛蛇送信。

飛蛇大喜，匆忙的問明，立刻變計求和。嗖地跳上房，向辛佑安叫道：「姓辛的，拿姓夏的一個秧子，換我們兩個夥計，就算依你。獅子林的妻、子，你到底把他窩藏到哪裡了？你趁早說出來，太爺自己找去。你要是欺騙我……哼哼，你可是有家有業，溜不了，躲不開的！」

辛佑安大笑道：「好漢說話，有一句算一句，我說獅子林的老婆、孩子沒在這裡，一定沒在這裡。他們早跑了！」黑牤牛在旁叫道：「相好的，你一定把他們藏在別處了。」辛佑安道：「我和他非親非故，我藏他們做什麼？我們起初收他們，只像搭救逃難的難民一樣。我也不瞞你，他們逃出小辛集，往西北跑去了。你們有本領，自己快追去。我們犯不上永遠窩藏他們，跟你們結仇。」

飛蛇鄧潮暗想，這和海燕桑七報來的話正好對景。當下提出走馬換將的辦法，先由聯莊會把烏老鴉解了綁，從更道上繫下來；然後又要換夏少椿和涼半截了。飛蛇鄧潮突然不放心，要辛佑安先放他的人。他怕辛佑安換了人之後，再放抬槍轟擊他們。辛佑安拍胸起誓道：「朋友，你太小瞧人了。你只要不擾害我們，我們犯不上跟你們作對。」

雙方互相提防著，開始換末一對。更道上的聯莊會全撤退下去，群盜也往後退。鄉公所押著涼半截，開了公所旁門，用長繩拴著他；賊人那邊，也用飛索繫著夏少椿，藏在小巷。放風箏似的，把兩個人放出來，放

在街心。辛佑安和鄧飛蛇都站在高處提防著。走馬換將式，雙方喊了一聲，牽繩的人把繩一鬆，夏少椿和涼半截擦肩奔過自己這邊去。

涼半截奔入小巷，向黑牤牛叫道：「丟人，丟人！」夏少椿直奔入鄉公所街門以內，夏二爺撲過來，一把抱住。雖僅一頓飯的時候，恍如隔世，父子二人幾乎失聲痛哭出來。

兩邊的俘虜都沒有受暗傷。飛蛇鄧潮這才向辛佑安叫道：「朋友，在下小白龍承情了。咱們後會有期！我一定往西北搜去。搜得著，咱們兩罷干戈；搜不著，咱們還有見面的日子！」

說罷，一聲呼哨，率眾退出。水中二霸當先開路，飛蛇鄧潮與降龍木胡金良，橫刀斷後；涼半截、烏老鴉躥房越脊，倏高忽低。來似一窩蜂，去如風掃葉，一眨眼退淨。

夏二爺容得兒子生還，賊人撤退，直著脖子罵道：「好賊！喂，快開槍轟擊他們！」一迭聲催會丁開火。辛佑安、錢介塵忙攔住道：「這可使不得！」夏二爺還是怒氣不出。雖因辛佑安沉著應付，把夏少椿換回；他到底惱著辛佑安，以為漠視別人的骨肉。夏少椿卻明白，抱住父親道：「爹爹算了吧。咱們有身家的人，這些東西是亡命徒，跟他們結仇不是事。你老看，我這不是一點也沒有傷，好好地回來了麼？」

夏二爺眼望著黑影，喃喃地怒罵，拍著兒子，嘆了一口氣道：「上陣還是父子兵，外人誰管呀！」說得辛佑安老大不痛快，卻也不好接茬，只得說道：「二哥，不是我心狠，拿著別人骨肉不當事；無奈賊人意在要挾，我們越將就他，他們越來勁。二哥你是心疼沒想開，少椿你可明白。我問問你，我答對的話究竟對不對？」

夏少椿賠笑道：「二叔別過意。我爹爹氣糊塗了。二叔看著我吧，現在還是辦善後要緊。二叔你快回家看看去吧，賊人可是押著我，到您家裡去了一趟。賊人逼我詐門，二叔你別怪我嘴直，賊人可是單衝著二叔來

的，跟我們父子無干。賊人口口聲聲說二叔把獅子林的老婆、孩子藏起來了。我們父子吃的是掛落，似乎冤點，也難怪我爹爹著急。」說著，笑了一聲。

辛佑安驀地耳根發燒，倒叫小孩子給了幾句，真是哪裡的晦氣！剛要還言，夏二爺半晌沒開口，忽然問道：「對呀，我說辛二弟，你把那個獅子林的三口藏在什麼地方了？險些為了人家，把自己人饒在裡頭。誰叫我只有少椿這麼一個兒子來？我要有三男一女，叫賊綁了去，我也不心疼。」

辛佑安說：「這是怎麼說的，我藏他們做什麼？那個小孩是黑鷹程岳程老英雄的外孫，那個女子是程老英雄的侄女。這三口真要從咱們手裡，被賊人要出去，哼哼，人家程家怕不告咱個通匪幫兇！好在這三口奔馬頭村去了，我也沒有藏他們。二哥願意獻出來，可以給他們送信去。」夏二爺說：「我憑什麼給賊人送信！」

夏少椿忙過來一拉他父親，說：「得了，得了，事情過去了，咱們快回家吧。咱爺倆盡在這裡，家裡我娘和我姥姥還不知怎麼著急呢！辛二叔，您費心料理吧，我爹爹心亂了，他也不行了。」

辛佑安氣得面目更色，還要說話。那錢介塵連忙推勸說：「二哥少說兩句，辦正事要緊。」辛佑安忍了又忍，這才登高一望，黑乎乎看不見什麼。只聽西北一陣犬吠，猜想賊人全都奔西北去了。辛佑安下了更道，率領聯莊會丁，挑燈持兵，急到各處巡哨了一遍。在各要道增人安崗哨，直到天色將明，然後收隊回家。

到了家門口，陶老英雄藏在更道上，先問明，又看清，這才開門。辛佑安動問：「賊人沒有到家裡鬧麼？」陶老英雄說：「哼，也夠瞧的。老二你不知道，賊人架著夏家小椿子，到咱們這裡詐門來了。你想我豈肯上他的當？」

　　辛佑安愕然，剛才夏少椿說到詐門的事，在氣頭上，並沒有聽清。此時急忙詰問情由。陶老英雄答道：「沒事了，你別著急。是幾個賊押著夏小椿子，到這裡來拍門找你。這個夏少椿別看年紀輕，倒有種。賊人拿手叉子比畫著他，逼他詐門；這小子竟敢當著賊耍花招，小夥子真不含糊。其實他就不說，我也看得出來。他兩隻手臂明明齊肘綁著條繩哩。笨賊只當我看不見，真他娘的屁蛋，叫我冤了他一頓好的。」辛佑安道：「你老怎麼冤他們了？」

　　陶老師父捋鬚笑道：「我老頭子裝傻，只跟他耗，磨磨蹭蹭找鑰匙。嘿嘿，到底把兔蛋們耗跑了。武戲文唱，你沒在這裡，有意思極了。現在外邊怎麼樣了，賊人都退了麼？」

　　辛佑安道：「別提了。你老人家倒高興，你不知我叫夏老二囉唆了一大頓。」陶老英雄道：「他囉唆你做什麼？」辛佑安道：「他兒子叫賊綁去，他就訛上我，嫌我不跟他一塊洩氣，他還抱怨我，不該收留獅子林的家眷。」說著坐下來，拭汗問道：「咱們先說以後的事吧。老師父你看，賊人還來不來？還有，你老辦的那事怎麼樣了？不致有閃錯吧？」

　　陶成澤捋鬚笑道：「賊來不來可難說，反正賊人們得上我一個當。我叫小婿、小女專辦這一件，又有晏揚初晏老四幫忙，沿道上又有人接應，管保沒有錯。你看著吧，明天下半晌，準能聽到回信。」

　　辛佑安點頭稱是。陶成澤又道：「這個小白龍氣焰好凶，真得防備他撲空上當，再來第二回。」辛佑安道：「我們只要提防到明天。我已經報官請兵，我算計不出三天，就有官兵來到。」陶成澤放低聲音，把手指伸出三個道：「他們呢？」辛佑安搖頭道：「噤聲！夏二爺正為這個跟我鬧。現在咱們不但要躲避賊人的眼目，就連聯莊會，也得瞞著他們。咳，做好人真難。獅子林是死了，咱們這番苦心，有誰知道？」陶成澤用手一指上空道：「天知道！二爺，咱們就求對得起自己的良心！扶危救孤，是大丈夫

的本分！」於是辛佑安不遑寧處，又和陶成澤忙著安排起來。

那一邊，飛蛇鄧潮率眾退出小辛集，如飛地先撲到一片柳樹下。預遣同黨吹呼哨、繞鎮口，把攻莊瞭哨的人都聚攏來。

先慰問涼半截、烏老鴉。梁、葉二賊都說被擒之後，沒有受刑傷。然後，鄧飛蛇拉著開花炮馬鴻賓，盤問他巡風見車的詳情。開花炮竟說，這輛車不是由小辛集北口闖出來的，乃從一個不知名的小村奔出來的。也並非開花炮親眼所見，只是巡風小夥計瞭見的。鄧飛蛇忙問：「車中人是男，是女，可是三個點子麼？」開花炮愕然道：「這可不知。不知這小夥計怎麼告訴桑七爺的……可是，我想這一定有譜。要不然，桑七爺不會丟下攻莊的事追出來。」

飛蛇咳了一聲，道：「馬爺，你怎麼就不細問問？這是能模糊的事麼？」馬鴻賓青筋直暴，怫然道：「二哥倒說得好聽，你就不知道當時哪有問的空？我們放火得手，聯莊會四五十人趕來救火，我們就打起來。踩盤子的一報信，桑七爺抽身便退，拔腿就追，忙忙叨叨的，催我給你送信。二哥，你叫我怎麼細問？我可怎能細問？」

鄧潮一想也對，一時情急，又得罪朋友了。他忙拉著開花炮的手，連連賠禮。黑牤牛道：「自己哥們沒說的。二哥，咱們還追麼？」開花炮道：「追不追的，大主意，二哥拿。」橫江蟹推他一把，道：「得了，馬爺。」

飛蛇鄧潮急忙站在高處，向西北角一望，黑影沉沉，一點什麼也看不見，卻隱隱聽得群狗吠聲。想而又想，小辛集說獅子林的妻、子奔西北角去，海燕子已奔西北追去。海燕子是老手了，絕不會幹沒影兒事。鄧飛蛇一頓足道：「咱就往西北追。追不上，回來再跟小辛集算帳。」把現有的人全集聚起來，留三分之一，仍在小辛集埋伏，親率著胡金良、黑牤牛、水中二霸、九頭鳥、雞冠子等，決計前追。

第十九章　尋仇客歧路亡羊

「獅子林的老婆、孩子往西北逃去了。」小辛集的人這麼說，巡風的同黨也這樣說。飛蛇鄧潮遙望西北濃影，略一沉吟，決然道：「追，就先往西北追！」海燕桑七雖已急躍下去，飛蛇還是不放心，要親自率眾追趕。就在林邊，查點人數，同伴只有十幾個人在身邊，其餘的人分散到各處去了。黑牤牛道：「那些同伴怎麼辦？」鄧潮道：「咱們一面先追，一面聚人後趕。這一回再放走了獅子林的老婆、孩子，我簡直不成人了。有咱們哥幾個，還殺不了他們麼？」

飛蛇鄧潮打著呼哨。圍繞小辛集，又尋喚出幾個巡風的人來。覆命兩個同伴，到各處送信，把人聚合來。吩咐他們：留幾個人看守小辛集。再打發幾個人，到磚窯把鏢行邱良殺了。

然後聚齊了，同趨西北。遂親率降龍木胡金良、黑牤牛蔡大來、開花炮馬鴻賓、九頭鳥趙德朋、紀花臉紀長勝、雞冠子鄒瑞和水中二霸，這幾個腳程快、武功好的人，先往西北追去。

鄧潮不顧勞累，望風捕影趕出一段路。後面同黨忽又追上人來，連吹呼哨，催鄧潮速回。說是有人在小辛集東南鄰村，瞥見一輛車，從村中躥出，往東落荒逃去，已經分人追下去了。問鄧潮究竟該追哪一面，鄧潮愕然，愣了愣，跺腳道：「又不準知道哪一面是點子，只得全顧著。」向胡金良拱手道：「這麼辦，胡賢弟你費心，往東路追，我還是追西北。」鄧潮訪知程玉英母子，預備逃往直隸省保定府，西北方恰是赴保定的正道，所以他要自己親追。

分撥追兵已定，鄧潮率眾拔腳，又往西北追趕。偏偏那雙頭蛇丁六，又喘吁吁地從後追來，一面跑，一面喊叫。那守磚窯的同伴也派人送來

信，說剛才也瞥見一輛車，從磚窯馳過。

黑影中看不清坐車的有沒有女子？可是同伴剛持刀上前攔問，那跨車沿的人竟揚手打過來一鏢。跟著跳下車來，是個細高挑，穿青衣，持鋼刀，很像那個摩雲鵬魏豪。這人功夫很好，竟先下手，打起來。丁六說：「我們留守的人竟不是這小子的對手，被他連砍傷了兩個人；到底被他驅車奪路，奔南邊逃走了。當家的，快去看看吧，就許是獅子林那一窩。」

飛蛇鄧潮一聽這話，人家竟傷了自己人，他倒猛然仰天狂笑起來，笑得同黨無不詫異。鄧潮停笑說道：「好好好，姓魏的，到底我也尋著你們了！這裡才真是仇人呢，西北方和東方的車一定不是。」立刻吩咐全夥，一齊跟著他，撲奔磚窯那邊。

一面飛跑，一面不住聲地盤問丁六，並催促快走。

但是事情往往不由人打算。飛蛇鄧潮不要命地窮追逃人，率領十幾個劇盜，一陣風地逃過磚窯。磚窯上放卡的人迎來報告，已遵命把囚在磚窯的鏢行邱良殺了。可是那派出去跟追那輛車的人，竟追得沒影兒了。飛蛇鄧潮暴跳如雷，一直往前趕，直趕到馬頭村，才在村外遇見了一個同黨。問起來，那輛轎車已經直開入馬頭村。及至再往馬頭村裡趕，卻是雞聲連唱，天色漸明了。

飛蛇鄧潮不是鐵打的身子，到這時也有些支持不住。一咬牙，搶入村中，與黨羽窮搜之下，這小村中連個轎車也沒有。鄧潮頓足失望，復又出村窮搜。直搜到村外三里地，竟在青紗帳裡，尋著一輛轎車。車是空的，牲口卻沒有了。這一推測，便可想見坐車的人已經棄車而逃，改騎著馬跑掉了。

鄧飛蛇大怒，沖那守磚窯的同伴大鬧，但也無濟於事。鄧飛蛇瘋狂了似的略想了想，復又盤問追車的人。追車的人說：「那個跨車沿的小夥子，非常扎手，四個弟兄竟截不住他，反倒被他用暗器打倒了兩個。所以

無計可施，才打發一個弟兄給舵主送信，打發一個人退得遠遠的，在暗中綴著他那輛車。眼見這車開入村中，竟不知什麼時候又溜出來的。最奇怪的是，沒聽見車輪響。」飛蛇發狠道：「你們瞧瞧這車輪子，它自然不會響了！」原來車輪包上軟東西了。

飛蛇鄧潮搔頭盤算了一陣，對水中二霸道：「這裡還得搜，這就請二位費心吧。」水中二霸道：「那麼，二哥你呢？」飛蛇鄧潮道：「我嘛，我還得奔西北。獅子林的老婆、孩子不會滾到別處。他們一定是奔保定府。」飛蛇說罷又慌慌張張，要奔西北趕去。卻又將餘眾分散開，叫他們以臥牛莊、小辛集為中心，往四面八方排搜下去。北到雙合嶺，西到劉莊，南到定陶，東到鉅野，都要下心細搜。又指定了傳信的地點，限定了踩訪的日期。飛蛇鄧潮這才一直往西北趕下去。他先要趕到濮陽。如果還追不上，便囑餘人於約定之日，務必全返回老河堤店房，以便聚齊，聽各路的報告，想第二步辦法。

飛蛇鄧潮此時身邊，只剩了雞冠子鄒瑞、黑牤牛蔡大來、紀花臉紀長勝、九頭鳥趙德朋、開花炮馬鴻賓了。所有桑七、胡金良、水中二霸的橫江蟹、鬥海龍和雜毛劉繼清、火燒雲苗福森、判官郭義堂、馮三勝、涼半截梁文魁、烏老鴉葉亮功以及雙頭蛇丁六、花面狼黃啟泰、滾地雷苗長鴻這些人都已四散開，替舵主分路跋涉尋仇。但是飛蛇鄧潮催得太緊，趕得太絕了，就有人認為飛蛇做事太過分了，閒話也隱隱約約鬧出來了。飛蛇鄧潮還是不管那一套，還是要搜殺獅子林的家屬，還是要斬草除根。不把姓林的滿門廢於刀下，他死也不肯甘休。

飛蛇鄧潮率領著雞冠子鄒瑞、黑牤牛蔡大來、紀花臉紀長勝、九頭鳥等這幾個人，一口氣追出直、魯交界，竟未和桑七碰上，卻略得仇人的一點蹤跡。鄧潮一路急追，逢人打聽，把尋仇實情瞞過，自己是奉主人之命，追拿拐帶。誣說程玉英娘子是他主人家的寡居弟婦，小鈴兒是他主人

的姪兒，摩雲鵬魏豪是他們宅中的護院的。這個護院的竟忘恩犯上，與孀居的二主婦通姦，膽敢拐帶財物逃走，還把少主人拐走了。這番措辭，居然裝得很像，並且極容易引起好事之徒的同情。結果居然在顧家營，聽見一個野店夥計說：「看見了一個婦人坐車，一個少年趕車，在店裡打了一個尖，當夜起四更走了，神色是慌張的。」

飛蛇忙問這一男一女的面貌，回答說：「女人像個鄉下人，紫棠色的面貌；那少年臉瘟而長，倒像是個鏢客。」飛蛇忙又問：「他們奔哪裡去了？」店中人說：「由這裡奔曹州府去了。」

這倒往回走了，飛蛇不由迷惑起來。接著打聽，忽然又在家店中，得到水中二霸的消息。二霸竟在櫃房中，留下一封信，信上說：「一路奔尋，那一男一女一小孩，似已奔到直隸邊界，復又折向南走，好像要逃回去。」這話和剛才訪的消息很相接近。可是，旋又得到海燕桑七派人帶來的一個口信，竟說這一男一女一個小孩，似乎往東北逃去了。

同時水中二霸沒有追上逃人，也沒有訪出確耗。飛蛇快快地返回老河堤，在店中蹲了兩三天。一面打發人四面暗訪，一面彙集各方消息，竟都是迷離恍惚，沒有一點準影。在小辛集附近放線的人，也回來送信，說是沒有看見小辛集逃出人來。

還有返回臥牛莊林宅的賊黨，也奔來送信，報告獅子林的妻、兒，的確沒有再逃回家來。

飛蛇鄧潮竟束手無計了。查點黨羽，還有沒回來的。頂要緊的是桑七，以前還不時派人帶來口信，以後竟也追得沒了蹤影。飛蛇在店中，如熱鍋螞蟻一般，直盼了四五天，桑七和胡金良等，才先後垂頭喪氣地回來。兩撥人都說：「二哥，我對不住你！把點子追飛了，簡直不知他們是怎麼遁走的！」

飛蛇鄧潮道：「你們幾位也把人追丟了。好啊！可惜我忙活了十五年，

布置了整一年，末了一場空，還留下了兩條禍苗！我，我，我……」一口氣倒噎，半晌說不出話來。定醒移時，飛蛇鄧潮睜開眼，看著這些夥伴，有的面含愧色，有的竟似乎不大樂意，俱都默默無言。飛蛇鄧潮獨自盤算了一會兒，在店中祕議，終有不便，遂邀同伴，出離房店，找了一片叢林。命九頭鳥、雙頭蛇，在林外巡風，他自己與同黨藏在林中隱僻處，密計今後的打算。飛蛇鄧潮嘆了口氣，道：「諸位哥們，你們辛辛苦苦，跟著我忙活了這些天，風裡雨裡，大熱的天，我心上很下不去。無奈，我們的事情沒有辦完，我們實在不能就此罷手。」

　　尋仇最急的黑牤牛蔡大來，此時也有些厭煩了。他眼望眾人的神色，對鄧潮道：「獅子林是二哥的仇人，也是我蔡大來和桑七爺的仇人，其餘的別位也跟姓林的拐彎抹角有茬，尋仇的事，不只是二哥一人的事，乃是我們大夥伙的事。不過有一樣，咱們各人身上都有正事，如今全把它擱下來，專尋找姓林的，也整找尋了一年了。我不知別位怎麼樣，我個人就有點耗不起了。我們不能淨報仇，我們也還得吃飽飯。再說這尋仇的事做到這樣，也算很可以了。姓林的性命是斷在咱們手裡了。他們師兄弟和朋友也饒了好幾個。他的家是破了，他的鏢局也得關門。咱們可算是報復盡情，頂頭頂梢了。現在只不過剩了姓林的一個年輕老婆，和一個屁蛋的孩子。這一母一子滿不用我們料理。你看他那老婆才二十幾歲，一定要改嫁別人。那個屁蛋的孩子更不足慮，一準活不長久，這一路嚇還嚇不死他？依我說，做到這裡，完了就完了吧。」

　　降龍木胡金良也道：「姓林的弄到今天，可以說是家敗人亡，我們的仇可以說是報到頭了。再趕盡殺絕，也怕江湖上的人笑話咱們哥幾個欺孤凌寡。……」

　　飛蛇鄧潮一聽這話，臉色一變，忽地滿面堆下笑容來，說道：「是的，諸位哥們全是這個意思麼？……諸位哥們若覺著不用窮追了，我也不能太

幹什麼。」眼望眾人又道：「說真格的，你們眾位看著怎麼樣？若說幹到這裡，可以罷手了，就請說出來，我一人不違二人意。」

群賊多半搭腔道：「胡二爺、蔡五爺說得很不錯，我們就算了吧。姓林的只剩下一個寡婦、一個孤兒，很不足為慮。況且我們好漢尋仇，一個頂一個。咱們是找姓林的本人，跟老娘們、小孩子不相干。咱們光棍做事，吃柿子單捏硬的，犯不上一死勁兒盯那軟的。」飛蛇往後一挫身道：「大家都是這個看法麼？」

雞冠子鄒瑞道：「其實鬧哄了一年了，也夠勁了。」

飛蛇鄧潮陡然立起來，聲如裂帛地叫道：「好！大家都這樣想，我，我就謝謝大家，咱們就從今天起散夥！」說到這裡，海燕桑七、降龍木胡金良等，突覺鄧飛蛇聲色不對。再一看鄧潮的臉，虯髯繚繞的紫面，陡然泛成慘白，豆大兩滴眼淚，倏地從眼角滾來滾去。海燕桑七道：「二哥怎麼了？您別著急，有話咱們好好地商量。」

時在白晝，飛蛇鄧潮毫不顧忌，竟大叫道：「好好地商量？還商量什麼！一人不違二人意。你們大家都覺得我報仇報得過勁了，我姓鄧的還有什麼說的？」雙眼一闔張，一串串的熱淚滾流下來。飛蛇鄧潮不管這些，信手向臉一抹，搶過去抓著胡金良的手道：「別人不清楚我的事，胡二爺你是明白的。我欺負孤寡？不錯，我欺負孤寡了！我趕盡殺絕？不錯，我趕盡殺絕了！可是我為的是什麼？」霍地一翻身，面向眾人道：「你們諸位給我幫忙，我謝謝。天長日久，我一定肝腦塗地，報答你們諸位。」趴在地上，就一氣磕了三個頭。海燕桑七等人面面相覷，連連攔勸。飛蛇鄧潮瘋了似的叫道：「你們諸位不願意欺負孤寡，我姓鄧的可不行。我姓鄧的一定要把姓林的一條根也不留！我不但要報深仇，我還要除後患！你們諸位難道不曉得嗎？姓林的把姓鄧的一家四口，毀了三個，只剩下我一口。我忍氣吞聲，我整整苦挨過了十五年，到底叫我翻過手來。難道姓林的老

婆、孩子就不會麼？」

雞冠子鄒瑞忙道：「二哥別著急，咱們可以再追再趕。」鄧潮苦笑一聲道：「再追，那是我姓鄧的一個人的事！諸位哥們也許不知道詳情。實對諸位說吧，我大哥鄧飛虎，叫姓林的一箭，射著胸口，血淌了我一身！我們家嫂，那時候就逼我立刻報仇。我說我能力不夠，我大嫂就罵我，說我不是人生父母養的；小貓小狗惹急了，還會抓人咬人。」飛蛇回頭來叫著桑七道：「七爺，你曉得我從十三歲上沒了爹娘，我老早就跟著哥哥嫂子過。我哥哥我嫂子疼愛我，我就拿哥嫂當爹娘一樣。我哥哥叫林廷揚打死了，我按天理良心上說，能不報仇嗎？但是，我鬥不過姓林的。是的，我鬥不過人家！我不肯冒昧，白白地把命饒在裡頭，反而報不了仇。我勸我嫂嫂，無論如何，打了牙，肚裡咽，稍微忍耐一下。君子報仇，十年不晚。我嫂嫂張口唾了我一臉唾沫，又哭又罵。我那侄子也說，『二叔，天理良心呀！』我嫂子、我侄子都罵我沒心肝，拿我不當人，說我膽小怕事。我整憋了十五年，我整挨了十來年的罵！」

飛蛇鄧潮說到此，更忍不住，放聲號哭起來，且哭且說：「我為這報仇的事，苦心預備了好幾年，食不甘味，睡不安枕。我家嫂直逼我，叫我馬上就去。我越勸，我家嫂越來勁。我哥哥的舊相識也瞧不起我。」

胡金良等齊勸鄧潮。鄧潮道：「不行，我得說說，要憋死了！我給我嫂嫂跪著，求她持重一點，她不答應。我那糊塗侄兒，尤其少年氣粗，把林廷揚當作一個平常鏢師。後來，果然不聽我的話，把一條小命饒在裡頭，叫姓林的夥計殺死了！這一來我家嫂更和瘋了一樣，又來逼我。我一聽侄兒死了，我大哥這一支就算絕了，我能不扎心嗎？我恨不得自己抽嘴巴子，我恨我怎麼就攔不住他。我就哭著再勸家嫂，我說我不是沒見到吧？我說這不是硬拚的事，我們要想出一舉殲仇的絕招來，我們再不可輕舉妄動了。我說我已經託人試探敵人去了。敵人太硬，我們這些人全不是

人家的對手。我說嫂嫂你把這事交給我，你容我幾年的限。饒這麼講，我家嫂還是又哭又鬧，當著我的面，自己打嘴巴，哭天嚎地的，叫著我大哥的名字，說是，『死鬼呀，你看看你的好兄弟吧！』她哭了一陣子，到底自己走下去了。她自己聚攏了好些人，她要自己找姓林的去。我一聽這信，我又慌了。我連夜趕去勸阻，我家嫂竟藏起來不見我。她不但這樣，還打發人來挖苦我！後來，果然不久，我就得了凶信，我家嫂到底也死在姓林的手下……被人家砍落一隻胳臂，死了！我大哥這一門，就算從此滅絕！」

　　說到此，鄧潮據地呻吟起來。跟著又厥然而起，瞪著血紅的眼睛，向降龍木胡金良、海燕桑七、黑牤牛蔡大來、雞冠子鄒瑞、水中二霸等人，說道：「不幾年的工夫，我大哥，我侄兒，我嫂嫂，全都斷送在姓林的手裡。我家嫂臨嚥氣時，還捎來絕命書。她說……嗐！她到九泉之下，變為厲鬼，她不找姓林的，她要先找我這沒心肝的小叔子！諸位哥們呀，人心都是肉長的，我鄧老二也是個人哪。……我是我哥嫂一手拉扯大的。……你們想，我受得了嗎？所以，我才下了十來年的苦心，自己先練功夫，一口氣練了四五年，自覺練得差不多了。可是繞著圈子，拿出來一試，還是敵不過姓林的。我可就灰心極了，我跑在我大哥的墳上整哭了一夜。我實在沒法子，我這才訪求能人，打算邀好幫手，也可以找姓林的報仇。我走南闖北，拜這個，訪那個，好不容易訪著小白龍這傢伙，從種種地方試驗，覺得他似乎敵得過姓林的了。可是我一張嘴，就碰了釘子。無論我怎麼央求，無論我想什麼法子，他只不肯出頭幫我。我無計可施，又下了好幾年的苦功夫，才逼他答應下來，幫忙我了；卻又只允許替我找場面出氣，不肯給灑血殲仇。等到臨頭，他小子又只露了一手；這一手也稀鬆，差一點還誤了我的大事。這些事你們都親眼在場！……」

　　鄧飛蛇說至此，慘嘆一聲，接著說道：「我不是不知道人死不記仇，

我也不是不知道男子漢欺孤凌寡，江湖見笑。但是你們幾位想想，姓林的把我一家弄死三口，只剩下我這一根禍苗，到底叫我翻過手來。我能翻手，人家就不能翻手嗎？我還能斬草不除根，給自己留下禍害嗎？不過，諸位哥們幫我忙這些天，耽誤了你們好些正事，我心上很感激，我日後必有補報。至於今天以後的事，我不怕諸位見笑，我一定要搜根別齒，把姓林的……」鄧飛蛇目眥盡裂，切齒叫道，「把姓林的老婆、孩子一個也不留，一個個都剃了，我然後才稱願，才對得起我亡兄、亡嫂、亡侄。我然後才對得起我十五年的苦心，我然後才安然，死也心淨。……姓林的十五年的舊帳，今日我才得清算，也不過剛剛撈回本來，還差著兩筆數，我就再糊塗，也不能留下這兩筆利息，叫姓林的兒子、老婆，過十五年加倍找我討債來！」

飛蛇鄧潮噴噴薄薄，吐露了這些話，群賊登時聽得毛髮悚然，倒吸涼氣。半晌，海燕桑七慨然說道：「那麼，鄧二哥既然是怕後患，咱們還是再搜下去，咱們該怎樣著手哩？」

飛蛇鄧潮慘然笑一聲道：「我不過要找林廷揚的老婆、孩子，這比林廷揚本人容易得多，也用不著這些人。諸位仁兄，哪一位願意幫我，我就再煩煩他。哪一位不願窮追，也敬請言語。……我的意思，我要先奔保定府，找林廷揚的鏢局，把他的鏢局給放火燒了。再破出工夫，搜一搜獅子林的老婆、孩子，是不是也藏在保定。如果保定沒有，那時候啊……」又深嘆一口氣道：「我可要胡來了！臥牛莊，小辛集，蘇杭二州，南北二京，不論是林廷揚的老家，不管是林廷揚的親朋鄉鄰，我鄧老二定要挨門搜戶找到。我鄧老二臥薪嘗膽，受盡苦處，我如今可要發作一下了。我不怕江湖上萬人笑罵，我只要對得起我死去的哥嫂，我就什麼也不顧了！」說罷，嗚咽不成聲，咕咚一下，又跪在地上，向眾人告罪：「諸位仁兄，恕我出言無狀吧。」叩罷頭，突然站起身來，扶著樹，哇哇地嘔吐起來。

　　群盜經飛蛇這般痛訴，一齊感動。首由胡金良、桑七，伸手把他扶住，與眾人紛紛勸道：「二哥不要難過，你的事就是大家的事，你的仇就是大家的仇。咱們還是仔細合計合計，大家一塊去訪。」飛蛇把心搖頭道：「諸位仁兄，不是我鄧潮向好朋友撒潑撒賴，我說出來真丟人，不說諸位不明白。你們只見我一死命地要追殺姓林的妻、子……」他抓著胡、桑二人的手，閉目切齒說道：「你，你知道家嫂是怎樣死的？……她，她，她是活活教姓林的羞辱死的……我怎能饒他呀！」越發掩面泣不成聲了。

　　原來林、鄧舊怨，群盜皆知；飛虎鄧淵是被獅子林手誅的，小虎頭鄧仁路替父報仇，是獅子林手下鏢客殺的。獨有飛蛇的嫂嫂母大蟲高三妗，只聽說是生生氣死的。飛蛇鄧潮這些年奔走江湖，尋訪仇人，對這場怨仇本來極力守祕，但對同黨並不諱言。只有他嫂嫂慘死這樁事，他始終不願詳說。因為他接到他亡嫂臨死的遺書，自說曾被林廷揚活活捉住，受了莫大的羞辱；詞句之間，似乎林廷揚對這仇人之妻，曾加以無禮的汙辱。鄧飛蛇捧書痛哭，引為奇恥。所以對朋友談起來，一向諱莫如深。他並不曉得他嫂臨死時這封遺書，乃是故意這樣說，為的是刺激鄧飛蛇。那信上對鄧潮百般怨恨：「難為你哥哥那麼拉扯你，比親兒子還疼；你竟忘了殺兄的大仇，一天一天往下推延！」又說：「我死之後，在地下見了你哥哥，我夫妻倆一定先找你這忘恩的小叔子算帳，後找仇人算帳。」信上的話滿是類乎這樣的詞句，把個鄧飛蛇激得痛哭了好幾夜，有兩天兩夜勺水沒有入口。

　　飛蛇鄧潮的老謀深慮，竟始終不為寡嫂孤侄所諒解。連他亡兄的舊部，也很有幾個人瞧不起他，說這位二當家的太懦弱了。—— 但是林、鄧二姓到底怎樣結的仇？鄧飛蛇身為劇盜，何以如此手足情深？他的嫂嫂母大蟲又是何樣人物？這十五年舊仇，一旦得雪，鄧飛蛇事先都做了些什麼事情？那盜俠小白龍又是何等人物？是怎麼被飛蛇牢籠，甘受欺紿？現

在，追溯前情，從頭敘起。

距今二十餘年前，川陝交界亂山中，潛伏著一夥大盜，為首的盜魁，便是那著名的陝匪飛虎鄧淵。初起時，部下共二三十個悍匪，專在川陝邊界，做些殺人越貨的勾當。偏值吏治不修，年成饑饉，過了不多幾年，忽然嘯聚到一百多號人了。漸漸地官廳也注了意，要剿辦他。而飛虎鄧淵的聲勢，一天比一天跋扈；漸漸鬧得商旅裹足，不敢經過他的地界。他越發大膽，有時率黨羽，出離窟穴，竟到一二百里以外，成夥地打搶。

飛虎鄧淵可以說是強盜世家。他的爹娘當年也是有名的積盜，在川省大盜活閻王的手下，當二舵主；素以驍勇，為夥匪所懾服。有一年，驚動了官府，活閻王的巢穴被川陝總督年羹堯剿辦。那時候，飛虎鄧淵正在少年，驟聞官兵掩至，夥黨都持兵刃，紛紛出窯拒捕。飛虎的父親更率眾當先，早迎出去了。鄧飛虎急登高一望，官兵如潮湧來，情知不好，忙跳下來，要攙母親逃走。他母親苦笑一聲，操起一把刀來，一擺手，催飛虎作速逃命；她卻持刀也出去拒捕拚命。

鄧飛虎雙眼一轉，立刻把他的小弟弟，就是後來殺害林廷揚的飛蛇鄧潮，一把抓起來，挾在肋下，舞動尖刀，從堆子窯後面逃出。後面也有官兵埋伏，人數較少，被他撈著一匹馬，挾著幼弟跨上去，催馬掄刀，如飛地衝出去。

戰後，夥匪十九被擒，飛虎的父母不知是死是活，猜想著當然不是當場殞命，就是被擒正法。這個鄧飛虎一口氣逃出數百里，把馬棄了，帶幼弟逃入亂山中，潛伏起來。不敢入村莊有人煙處，只藏在人跡不到的山窟中。弟兄二人挨了兩三天的餓，然後鄧飛虎把小弟弟飛蛇鄧潮藏在山洞裡，洞口塞上石頭。鄧飛虎乘夜下山，出去打食。打來食，弟兄共享；打不到，一同餓著。苦挨了一個多月，風聲稍定，打聽得官軍已經奏凱而回了。飛虎鄧淵訪了訪父母，既無下落，只是痛哭一場。做慣強盜的人，沒

的可幹，不免又重整起舊業來，天天教鄧潮練功夫。恰巧近處有一幫一幫的土匪，鄧飛虎入了夥，依舊劫奪行旅，殺人圖財。不久又遇見舊伴，日積月累，居然又湊了三十多人，聲勢熾張起來。

飛虎鄧淵武功精強，膽大氣豪，為群賊所愛戴。不久升為二當家的，和他父親一樣了。過了些時候，大當家的因事下山，被人賣底，斷送了頭顱，飛虎鄧淵居然做了盜群魁首。他又頗得人和，漸漸嘯聚越多，只幾年，又湊上百十多人了。官府也知道他了。

飛虎鄧淵雖是強盜，友愛甚篤。撫視他這小兄弟鄧潮，很是盡心。他自己的本領，都教了鄧潮。鄧潮也是天生強盜性格，作案打搶非常勇猛，於是群盜捧場，又擁他為二當家的。

有一年，弟兄二人率部出去打搶，劫奪了一夥行販。內中有一個賣藝的老頭子，領著一個老伴、一個女兒。這女兒便是後來的母大蟲高三妙。高三妙不肯老老實實地就縛，父女掄兵刃，與鄧飛虎打起來。自然打不過飛虎鄧淵，被飛虎活捉過來，威逼軟磨，高三妙竟做了他的壓寨夫人。兩三年後，生了一子，便是鄧飛虎的長子、鄧飛潮的侄兒、小虎頭鄧仁路，後來為雪父仇，改名「火燒林」。

飛蛇鄧潮跟著哥哥為盜，弟兄們情感很厚。到飛蛇鄧潮二十一歲那年，忽一日，奉兄命，到附近一個縣城，去踩探一件事情。鄧飛蛇年少貪歡，「公餘之暇」，穿上豪華的衣服，不免到花街柳巷，冶遊買笑。孽緣湊巧，他竟在一家妓館上，愛上一個妓女，名叫于素珍，外號叫小青椒的。這個小青椒粉面纏足，也只是個庸俗脂粉；不知怎的，鄧飛蛇竟迷戀得一住兩個來月，把他哥哥交派的事都拋在腦後了。

鄧飛蛇正在少年，舉止豁達，言語粗俗。跟他後來磨煉過的沉著性格，截然不同。他竟陷入迷魂陣，將大把錢財，做了纏頭費。給小青椒扯衣料，打鐲子，又跟老鴇商議，要給小青椒贖身。老鴇只是玩弄他，小青

椒也估不透他的為人。聽他自己說為富家之子，卻不帶一點紈綺豪華氣。猜他是鄉下土財主，又不帶一點財奴吝嗇氣，所以只不即不離地籠絡著他。但其時正值白蓮教囂張之時，官府查拿教徒正嚴。鄧飛蛇孤蹤客寄，來歷不明，揮霍無度，不知不覺，惹得地面上的狗腿子動了疑。起初他們把鄧潮當秧子看，頗想嚇詐他；鄧潮不是省事的人，自然不受，並且幾乎惹翻了他。這麼一鬧，弄假成真，官面上真就要動他的手。

一天夜裡，鄧飛蛇宿在娼窯小青椒處。小青椒受官面上的密囑，叫她誘取鄧飛蛇的實底，遂拿從良的話誘入，委曲盤問起鄧潮的家鄉身世來。鄧潮信口胡謅，怎麼闊，就怎麼吹。但小青椒早受了明人的唆使，繞著圈子來騙他。他不由得掉在圈套裡，把自己的真姓名說出來；把有一個哥哥，有一個嫂嫂，都會武藝的話也泄露出來。這裡狎客與妓女在枕畔昵昵私語，隔壁竟伏著兩個官人。

等到飛蛇睡熟，小青椒悄悄穿衣爬起來，把屋門敞開。官人一擁而入。鄧飛蛇猛然驚醒，霍地躥下床來，赤著身子，和捕快動手，竟被他徒手打傷兩三個人，穿窗逃到院中。院中埋伏的人擲椅凳把他絆倒，一陣亂打，到底把他擒住，押到縣衙中，熬審起來。

偏偏不湊巧，關廂外半個月前剛鬧起一樁明火，失主被搶的贓物，恰與鄧飛蛇給小青椒打造的那副鐲子一樣，這越發佐實了盜案的罪嫌，況且他又曾拒捕傷人，他又供不出家鄉廬裡來。飛蛇鄧潮便陷在縣獄中，受盡苦刑，逼問親供。鄧飛蛇竟是年紀很輕的一個硬漢，被縣官幾次嚴刑拷打，沒吐出半字實話來。但是他儘管不招，官人們已經斷定他是大盜。

這件事不久被他胞兄飛虎鄧淵曉得了，勃然大怒，既驚且詫。立刻定計，要親自搭救胞弟，將全夥事務交給副手照料。

他身率十幾個面生的精幹同黨並他的妻室母大蟲高三妗，一齊喬裝打扮，出窯下山，多帶金銀財帛，前來縣城，策劃著劫牢行賄之計。

　　飛虎鄧淵不惜使費，暗托底線，把縣衙上下打點了。所有他胞弟犯案被捕的緣由，以及現受刑傷的情形，都已訪明。當下又是氣，又是恨。算計著罪名既重，賄釋是不容易了；而防備甚嚴，劫牢也有許多難處，遂留下他妻高三姅，在縣城策動一切，鄧淵自己立刻返回盜窟，把情形對夥黨說了，懇求大家幫忙，「替哥哥辦這點私事。」群盜素服飛虎的慷慨義氣，又喜飛蛇的年少英勇，大家一口答應。飛虎大喜，這才將全夥盜黨，調動了五分之二，共有六七十人，一個個改裝分批下山，陸續混入縣城。

　　這工夫，高三姅已經扮作一個鄉村裡俏婦模樣，賄賂了獄卒，探監送飯，向小叔子飛蛇鄧潮，通了暗號。她又不惜小惠，不吝聲笑，誘買動這些牢卒。高三姅年才二十七八，自恃姿容，和這些公門中的人，嬉皮笑臉，打牙鬥嘴。公門中人沒有什麼好小子，慣好占女人的便宜。和這樣一個青年村婦調舌，打情罵俏，自以為美得很。哪裡知道，高三姅是個雌虎，他們硬要往老虎口邊拔毛齜牙。他們不曉得高三姅似笑非笑、似怒非怒的放浪樣兒，隱隱地含著一把刀！

　　於是，高三姅一天送兩回飯，便跟獄卒一天鬥兩回口。這些獄卒個個著了魔，簡直把這位何三奶奶（高三姅喬稱姓何），當作開心解悶的至寶珠。一天兩頓飯，日久天長，一個多月的水磨工夫，這些牢卒們對這位何三奶奶，不但毫無疑忌之心，反而當作了逐日常課。有一頓飯不見她親自送來，這些獄卒反倒互相詫異，互相詢問：「怎麼到這時候了，何仙姑還不來呢？」

　　於是水到渠成，該是要下手的時候了。忽一日，何三奶奶給她的小情人又送飯來。這個小情人的怪話，便是高三姅故意的說法。對獄卒們，她以一種頑皮的樣子，自己是獄中犯人的姘頭。這樣說法，越發引動了獄卒的癲狂。只想著調皮，更忘了盤查了。這一日送來的這份飯菜大是可口，原來是三條烹魚，半罐老米飯。獄卒一見這魚，就開玩笑道：「何三奶奶

送飯，怎麼老是一套，也不怕叫你那相好的倒了胃口？頭些日子，你總送蒸肉給他吃，一連十來天；這些日子，你又總烹魚了，你就不會給孩子他小乾爹換換口味嗎？」高三姹虛瞇著眼一笑，道：「怎麼著，我一個人的馬二爺，你倒挑眼了。我們那一位還沒嫌惡，你倒嫌膩了。不要緊，趕明天，我準給他換換口味，捎帶著也讓狗種們偷嘗點。」嘻嘻哈哈，囉唪了一陣，獄卒把魚飯都給端進去。高三姹轉身要走，忽又站住，這才又和獄卒打打鬧鬧，逗了半晌。直等到囚犯吃完，又央告獄卒，把空盤空桶端出來。高三姹這才眉開眼笑地走了。臨走時，又把獄卒拍了一下道：「相好的，趕明天我一準給你帶點好吃的來。」笑著徜徉走回去了。

回到下處，她男人飛虎鄧淵正在坐臥不寧，在屋地走來走去地著急。一見高三姹安然回轉，忙迎過來問道：「怎麼樣？沒出差錯吧？」不等回答，急急地驗看飯籃，又把吃剩的魚刺魚骨檢視一過，不由喜動顏色道：「哈哈，真打通了？」高三姹卻不置答，憤憤地把籃子一丟，頓足道：「你這位令弟，可真把我們折騰苦了！明天動手的時候，你無論如何，也得把牢頭馬二、寶金生這兩個狗頭給我宰了，他把我囉唪透了！」狠狠地往床上一坐，想起來，很是著惱。鄧飛虎忙把她好哄歹哄，安慰了一陣，然後這夫妻兩人忙又密議了半晌。依著高三姹的意思，次日夜裡，就可以動手。鄧飛虎不以為然，說：「萬一老二沒有鼓搗俐落，豈不耽誤了？還是持重一點，再多耗兩天的穩當。」

到次日晚上，果然都不動，只由鄧淵一人，乘夜出去踩勘了一趟。到第三天，飛虎催妻子高三姹，火速回窯。又吩咐同黨，準於第四天夜半三更，動手劫牢。大家依計而行，靜候時辰來到。只有高三姹，不肯還山，她也要明晚出場。

第二十章　鄧飛虎劫牢救弟

飛蛇鄧潮囚在獄中，百般受苦，自拚一死。這一日，獄卒對他開玩笑說：「鄧朋友，你的女相好的來看你了。」鄧潮心頭一動，滿以為是那個妓女小青椒情深犯險，前來探監；誰知走進來的是一個搽胭抹粉村裡俏的少婦，正是他的嫂嫂母大蟲高三妼改扮來的。鄧飛蛇吃了一驚，立刻狂喜過望，他卻很乖覺地說：「噉，你來了，真難為你，你們當家的呢？」高三妼順口答應，敷衍了幾句話，當著獄卒，只暗暗地驗看鄧潮的周身。

鄧潮被囚多時，蓬髮如鬼，兩隻眼依然灼灼放光，鋦鐐加身，鱗傷遍體。高三妼細加端詳，卻幸鄧潮的手腳都未殘廢。遂用隱語探問：「你身上可還好？」鄧潮皺眉道：「那還好受得了，只怕掙出獄來，一兩月動彈不了哩。」高三妼故意抹著眼淚，抱怨鄧潮的任意胡為。在牢卒監視之下，不能吐露過分著跡的話，只勸鄧潮：「稍安毋躁，吉人自有天相。沒有為非作歹，早晚會有救星憑空來到的。」鄧潮看著高三妼的臉，又問了一句：「你當家的現時來了麼？」高三妼不答，只微微一點頭，低聲說：「你好好保養身體，努力加餐。你放心，我天天來給你送飯。」

飛蛇鄧潮只聽到「天天來」三個字，登時喜形於色。高三妼忙瞪他一眼，末後又很有意思地瞟著鄧潮說：「吃飯留神，不要多愁，身子好，官司是打得出來的。」鄧潮點頭默喻。高三妼臨行時，又問鄧潮：「還想吃什麼？下回我給你送來。還有什麼託付的話沒有？」鄧潮臉色一變道：「我只想吃一口鮮青椒！要新鮮的，不要枯的，你費心給我弄到才好。」高三妼冷笑一聲，道：「好吧，你還想吃青椒？……下回給你送來。」

鄧潮這場官司，自此忽然緩和下來，一連多日沒有過堂，監牢中看待的情形，也改了樣，比先前寬鬆多了。鄧潮曉得這是錢能通神，哥嫂的打

點已經到了。自此他天天盼望出獄。但他一時竟想不到哥嫂究竟用什麼法子，把他營救出來。天天候著，連候了十幾天，仍沒有動靜。他又著急，又納悶。卻由那天起，他的嫂嫂天天給他送飯來，經牢頭的手，送到他面前。

他依著暗囑，天天留神菜飯。又過了十幾天，菜飯也還沒有什麼異樣，鄧潮的心，加倍焦灼。他的哥嫂在外面，就好像揣知他的心一樣，每到他急不可耐時，他嫂嫂又來探監，囑咐他：「慢慢熬著吧，案子快有頭緒了。」高三妳的一雙俏眼依然打量他受傷的肢體，問他，「還能走路不？」鄧潮如實答對了：「還是差點。」高三妳嘆一口氣告別，臨行時照樣又囑咐那兩句話：「努力加餐，保養身體。」

轉瞬二十多天，堂上忽然提訊鄧潮，只威嚇了一頓，竟沒有動刑。鄧潮自是不明白，他哥哥鄧淵在外面卻曉得，忙又出錢打點了一陣，於是又不過堂了。日月如梭，鄧潮的刑傷不再被拷問，便日見好轉。高三妳還是天天送飯。在放茅時，鄧潮拖鐐走路，暗中自試體力腳力，覺得體力恢復了，只有臂股腳脛的傷太重，走起來很痛楚，兩隻手腕卻還好。

又一日，嫂嫂復來探監，對鄧潮說：「你好好熬著吧，官司興許不要緊了。在府裡給你辦著哩，過幾天，可以得著準信。」臨別時又瞟了一眼，很有意思地說：「留神吃飯。」臉上帶出來的神氣，比話語中透露出來的意思還多。鄧飛蛇忙又向他嫂嫂要青椒吃，但仍要鮮的，不要枯死的。高三妳仍然冷笑答應著。這時候，那個在旁監視的牢卒，睜著一對色迷眼，只顧和高三妳調舌，忘其所以了。

於是這一天，高三妳送到三尾魚，半桶老米飯，並且預先遞過話去：「留神吃飯，黃大老爺準要救你的！」

飛蛇鄧潮把魚餐慌忙地、仔細的吃下去。吃到第二尾魚，格的把牙墊了一下。飛蛇一口咬住，急閃眼四顧，眉峰一皺，囫圇吞入口內，嚼了一

嚼。卻又把飯碗一舉，似魚刺鯁喉，把口中吃的魚吐到飯碗內。趁人不留神，偷偷地瞥了一眼，忙忙地吐到掌心。原來這是小小的一根細鋼條，長才二寸餘，寬共二分半，上有細密的鋸齒，正是小小一把鋼銼。

飛蛇鄧潮一陣狂喜，掩飾著吃了幾口飯，忙把鋼條含入口內，就拖著刑具，倚牆瞑目而憩。真是「度日如年」，好容易挨到起更，放茅，收封已畢，群囚都睡了覺，鄧飛蛇立刻把鋼銼吐出來，慢慢地在黑地裡摸索著，銼動起來。鐵杵磨繡針，被他運用起水磨的工夫，一天，兩天，三天，先將鐐銬鋸斷，再把腳鐐鋸折，都讓它多少連著一點，乍看尋不出破綻來；只稍微一用力，就可以從鋸裂處，掙斷了這全副的鎖鐐。

光陰迅速，到送魚餐的第四天頭上，獄外群盜由飛虎鄧淵率領著，個個預備齊楚，仍潛藏在下處，整睡了一白天。耗到定更，群盜先後起來。全夥六十多個人，以縣衙監獄為中心，在四面分布一半，城門口內外也埋伏下人。還有那個娼窰、老鴇和妓女小青椒，經飛蛇鄧潮對他嫂子一再示意，懇求給他報仇，小青椒特別要活的。飛虎鄧淵居然也應了他。

二更以後，飛虎鄧淵親率黨羽十六人，俱是擅長飛簷走壁的能手，分批改裝，溜出潛伏處。飛蛇鄧潮被囚的監房早經賄買獄頭，認準地方。飛虎鄧淵手持巨斧，當先襲入。兩個夥伴持大鐵錘，兩個夥伴持繩梯，兩個夥伴各抱著兩床棉被，兩個夥伴持背帶兜包，另有四個夥伴持巨繩和一塊巨木。其餘黨羽，也各有所持，各有所司。那獄牆本甚高峻，跳不過去。飛虎鄧淵與一個同伴，分兩面溜到牆下，就用飛抓軟索，同時爬上牆去。立刻將棉被鋪在牆頭鐵蒺藜上，援引著同伴，一個個跳下來。

十七個人陸續跳入，一聲暗號，立刻動手。一個人飛奔大門，斬關脫鎖；一個人飛奔監房，也斬關脫鎖；其餘三個把住了出路。飛虎鄧淵站在獄房前大喊：「黃老爺來了！提十二號犯人！」

那監房中的飛蛇鄧潮，一聞得「黃老爺到」，立刻知道救援到了，猛

然從囚床上躍起來。同囚的罪犯，和本號的牢頭，正在驚詫呼喝，飛蛇鄧潮大喊一聲：「啊！」使足氣力一掙，手銬應聲掙斷，雙腿一較勁，腳鐐卻沒有崩斷；百忙中用手一扭，這才扭開。牢卒大呼，持鞭來打；鄧潮就用斷銬，狠狠猛砸，牢卒腦漿迸裂，死在地上。

群囚大叫：「難友幫忙，別只顧一個人呀！」鄧飛蛇瞥了一眼，哪裡顧得及，狂吼一聲，大叫：「十二號在這裡呢！」如脫韁駒，如出柙虎，嗖地往外一躍。不想囚禁日久，兩腿麻痺，只一頓，便斜跪倒在監房門內。監房門上扣著大鎖，飛蛇爬起來，用手搖門，二目如燈竟逃不出，不由大叫起來：「喂，併肩子，鷹窯口線掛的咳呼，挑不下來，要栽！」說是弟兄們，獄門鎖得緊，斷不下來，要壞事。

飛虎鄧淵早有布置，連叫著：「黃老爺來了，黃老爺來了，提十二號犯人，提十二號犯人！」才聞得飛蛇喊聲，他就猛一撲，撲到十二號囚所，向同黨一呼。那同黨掄鐵錘，當的一下，照鐵葉門砸來。飛虎鄧淵掄大鐵斧，用力連砸帶劈，但倉促間，門雖裂而未開。飛虎又喊一聲，那四個同伴立刻把巨繩、巨木拴好。百忙中飛虎叫道：「老二在哪裡？」飛蛇急應：「我在這裡！」飛虎道：「快閃開，我要撞門！」飛蛇應聲急退到一邊，四個周黨把巨木兩頭套上繩，扯繩悠蕩起來。這巨木雖只百餘斤，借這悠蕩之力，一發勁何止千斤？只聽噹的一聲巨響，牢門竟被撞碎，撲噔向內倒塌下去。浮塵飛揚，碎屑亂舞。飛蛇鄧潮險被砸著，只停了一停，立刻從監房跳出來，飛虎一把抱住叫道：「老二！」飛蛇道：「大哥，我！……」飛虎道：「快，快！」拖飛蛇便走。賊黨中的一人便晃火摺，放起了數十道火花。

群賊得手，飛蛇脫出因牢。此時縣衙早經驚動，有三四個牢卒，已被群盜砍倒，其餘官人狂呼亂竄。縣官從睡夢中爬起，急急地招呼捕役，快守花廳，護住內宅。

飛虎鄧淵一手掄斧，一手拖鄧潮，百忙中又喊了一聲。一個賊黨背抄包的，立刻奔過來，把飛蛇一兜，背在背後，把一柄尖刀遞給飛蛇。立刻又有兩個賊，各持利刃擋牌，左右護著飛蛇，想要破牆逃走。但此時那砸大門的二賊，已經斬關脫鎖，將監牢大門破開。留一個人守住，那一個便飛奔來，招呼首領，趕快從大門逃走。飛虎大喜，一聲呼哨，催告同黨趕快出籠。一擺巨斧，當先沖出，接引同伴，陸續外闖，藏在獄外巡風群盜，立刻奔來接應。群賊怕的是官人放箭。但倉皇中，衙中人正不知襲進多少強人，疑心是教匪造反。那縣官更沉不住氣，和太太、小姐，從後衙逃到民宅去了。守備得訊在後，防卒調遣不及，偌大縣衙成了空城，竟任這二三十個賊黨縱橫。這次強人劫牢反獄，連一個敵手也沒有遇上，安然逃出縣衙以外。

那一邊，娼窯中也突然闖進來八個賊人，把鴇母、龜奴、嫖客，不分皂白，一陣亂打亂砍，持刀威逼著，將那小妓女小青椒指名尋著，立即倒縛二臂，由一賊背起來就走。別個賊人看見娼妓，也就動了凡心，順手牽羊，照樣架綁了兩個，如是按預定路線，齊奔南門。

另一邊，母大蟲高三妗藏在下處，到得三更已盡，忽聞呼哨之聲，仰望空中，連飛起數十道旗花，便知劫牢的人已經得手。這女人立刻飛身上馬，率領黨羽，也搶奔南門，來打接應。

這一邊，飛虎鄧淵命三兩個年輕力壯的夥伴，調換背負他的弟弟飛蛇鄧潮，按預定路線不直走，曲折奔逃。逃到了一個地方，吹一聲呼哨，立刻從黑影中躥出幾個同黨，跟著牽出來幾匹馬。兩方見面，匆匆地只說了一兩句，登時九個人飛身上了馬。飛蛇鄧潮身受刑傷，自然先騎馬。飛虎鄧淵不肯舍眾上馬，只命幾個弟兄，騎馬護送胞弟，飛虎自己仍掄巨斧，拔步飛奔，也趨南門。

當下，群賊三路會師，齊驟到南門。南門旁，城牆上，早有他們的埋

伏。為了持重，八個強賊擁著飛蛇，奔到南城根，一齊下馬。飛虎打一聲呼哨，由城頭拋下來飛抓軟索，先把飛蛇繫上了城牆，再繫出城外。城外也有埋伏，也有預備的馬匹。飛蛇剛到，母大蟲高三妙已率黨趕來，也越城而過。到了城外，叔嫂二人把同黨留下大半，只帶十來個人，個個上馬，一溜煙地奔老巢而去。

飛虎鄧淵步行落後，到得南門，檢點同黨，一人未失，心下大悅，便也想越城逃出去。群盜心笑官人怯懦，竟叫罵著要砸城門出去。飛虎道：「那何必呢？」群盜都說，可惜十多匹好馬，弄不出去。又一賊黨道：「況且，這還有三個花姑娘哩！當家的，咱們不管三七二十一，還是砸城！」群賊一哄，立刻揮兵刃，一擁而上。把守城的營卒砍的砍，趕的趕；砍斷大鎖，砸開城門，紛紛地躥出來。

這時候已經四更多天，群賊挾著三個妓女，星夜撲奔老巢。到達老巢，飛虎鄧淵查點匪黨，只短了一名，恐怕是落在後面了，餘人都無傷損。他心中欣慰，忙向眾賊道勞。跟著看他弟弟，已經糟蹋得不成人樣，心中不由氣恨，把飛蛇鄧潮數落了一頓。飛蛇只有慚愧，低著頭，一語不敢說。隨又把那妓女小青椒押上來。這個妓女姿色雖平常，卻雙瞳含媚，皮膚雪白，又纏得一雙小腳，當時的人看了便入魔。飛虎也是好色之徒，心中暗說：「這真他娘的是個浪貨！」小青椒落到盜賊手心，百般哀告，粉面含淚，玉體篩糠，宛如帶雨梨花似的，使出那妓女伎倆來，向盜魁跪求活命。她說，告發之事，實不由她，乃是老鴇子幹的：「老爺們想情，我出得去門麼？」又說，「我實在感念鄧二爺揮金如土，自己才免受鴇母毒打。天天盼望二爺給自己贖身，好逃出火坑。」隨又跪爬到鄧潮跟前，一口一個「二爺救命」，柔情軟語，情願侍奉二爺一輩子，報答二爺。

這位鄧二爺在獄中，恨不得把這個小婊子捉住生嚼；只這一見面，就把殺人的心腸軟了一半。又聽她這麼苦苦哀告，鄧潮不禁臉紅起來，只張

嘴，不能把心意說出。怔了半晌，才向哥哥說：「這個小娘們也沒什麼，害我的倒不怨她，她說的倒是真話……」他的嫂嫂母大蟲高三姈在旁冷笑一聲，道：「誰說不是真話！你二爺挨屁板子，把你哥哥急得要死要活，那也不是虛話。就是嫂子我，叫那群牢卒狗養的們百般囉唣，也不是虛話吧！這不都是小婊子一人害的，怎麼又不怨她了，怨誰呢？……哼，你們這些男人！」說得鄧潮低下頭。

飛虎鄧淵看看弟弟，又看看小青椒，心想，這個小娘兒們倒生得真不錯！又想自己有老婆了，弟弟也二十好幾歲了，至今沒有一個婆娘，無怪他狂嫖亂逛。他盤算著，信口說道：「這話倒許不假……」飛虎還要往下說，不想他那壓寨夫人高三姈猛然站起來，氣憤憤地說道：「不假？你也說不假！這個浪貨，禍害渣子，你看她把老二害的，虎背熊腰的一條漢子，只剩幾根骨頭了。依我說，宰了她！」

小青椒嚇得越發爬到鄧飛蛇膝前，哀聲求活。鄧淵沉思了一會兒，看了看弟弟的面色，轉臉對妻子說道：「你老娘們家不懂得娼門中的事……」這下文還未說出，頓觸母大蟲之忌，嗖地拔出刀來。鄧飛虎、鄧飛蛇一齊攔阻道：「別，別……」

高三姈手疾刀快，一個斜切藕，刀從飛虎肘下斜抄過來，猛然一聲慘號，竟把小青椒連肩帶臂，砍了一刀。飛虎剛走到跟前，飛蛇剛伏腰伸手要拉，熱血哧地濺出來，竟弄了這哥倆半身血。飛虎不由頓足大罵道：「你這臭娘們，怎麼這麼愣！」飛蛇急叫了一聲，從血漬中，來救小青椒。小青椒已經肩斷臂折，人是沒法子活了。飛蛇鄧潮橫著瞪了嫂嫂一眼，咳了一聲，跺腳扭頭，走向自己房中去。

叔嫂二人由此事生出了誤會。高三姈仍然不依不饒，罵他兄弟二人色鬼，叫臭婊子迷昏心了。

飛虎鄧淵卻曉得弟弟正當慕少艾之年，小青椒斷了一條胳臂，是完結

了。為了安慰弟弟忙跑到屋內，答應給他另覓佳人，又把高三妗罵了一頓。遂忙著給飛蛇鄧潮調治刑傷，將傷養好，便設法給飛蛇覓擄來一個姓柯的少女，硬給拜堂成親，算是他弟媳了。這姓柯的姑娘本是良家少女，不幸陷入盜窯，如何反抗得來？竟日日跟著這殺人不眨眼的二寨主廝守。這二寨主儘管做出百般溫存，她卻又害怕，又恥恨。鄧飛蛇縱然愛她，但可惜少女心懼狂暴，不解風情，床第之間，只有顫慄，好像羔羊上屠場似的，閨房之好也就索然乏味。

鄧飛蛇心中還是憶念那個小青椒飛揚放浪的樣兒，看不慣柯家女這塊木頭，因而就對這母大蟲的嫂嫂總耿耿不快。偏偏姓柯的女子抑鬱恥恨，在下嫁給強盜的第二年，詫際而死了。

鄧飛虎再想給弟弟弄個人來，弟弟發起牢騷話，先叫哥哥問問嫂嫂吧，嫂嫂可心才成呢。叔嫂又叮噹起來。母大蟲的嘴偏又厲害，譏笑小叔，就捎帶著丈夫。鄧淵疼愛弟弟，就瞪眼罵高三妗。高三妗也不饒，氣得直罵閒話：「人家是親哥們，親手足，一個娘下的；拿我姓高的當壞水，是外姓人。」鄧淵一聽這話，兜頭照高三妗唾了一口，抬手又打嘴巴。高三妗捂著臉，跳，鬧，吵，叫，卻不敢惹她的丈夫大寨主。大寨主固然是強盜，卻善御內，把老婆制得服服帖帖。因此兄弟之情越深，叔嫂之情越壞了。

飛虎鄧淵看見弟弟只想心思，為慰弟心，立刻派嘍囉下山，用重價騙買來一個叫小桃紅的妓女，叫這妓女服侍二爺。

這個小桃紅好像命中注定要為強盜娘子，這女人起初入山，自然大驚；旋即認起命來，曉得逃出了鴇子手心，卻逃不出虎口。她就打疊起精神，用十萬桶米湯來灌群賊，把群賊灌得迷迷糊糊，齊誇二當家的桃花運好，得了這樣一個好壓寨夫人。

最難得她跟丈夫一個心，起心眼裡佩服丈夫是個綠林英雄。小桃紅居

然成了盜窟中的一朵花，把強盜大伯子、強盜嫂子，一齊哄得心花開放。人們說新娘子賢惠，嫁夫從夫，果然是個好女子。妓女沒有不會哄人的，憑著她柔情妙舌，把母大蟲的雌威都挫下去。從前叔嫂不和，現在居然妯娌很相投了。

　　強盜的家務至此小安，強盜的事業忽然拮据起來。鄧飛虎嘯聚著一百數十名大盜，在川陝縱橫，西川路上官兵為之側目，西川道的鏢行便逢年遇節，好好地來送貢奉。年羹堯既死，群寇越無忌憚，焚掠得越凶。這麼一糊弄，西川道上談虎變色，商旅頓然絕跡。飛虎弟兄足足有兩個月，一點油水沒進。飛虎覺著蹊蹺，忙和弟弟合計。不曉得是踩盤子的不盡心，還是有誰跟自己搗亂，在前途把自己的買賣半腰剪去了；再不然，就是路上風聲太透了。弟兄二人都覺得，這不是小事，照這樣半年下去，就要餓乾瘟了。旋即商定，二鄧要親自出馬觀風，到外面撞彩。

　　飛虎、飛蛇喬裝改扮，定好路線，由老巢分途，各率十幾個部下，假裝小販，分兩路出去一二百里地，細細查看。約定了會面的地點，以便兩下接頭。至於部下，巡風、放哨、安樁、踩盤的人，則照樣各守本分。二鄧出去繞了半個月，心中很是納悶，只覺路上商旅稀少，難道他們這些秧子，忽然都蹲在家裡了嗎？怨不得做不著買賣，實在沒的可搶。他們卻忘了他們人多勢眾，早害得商賈避道而行了。

　　弟兄二人在馬峪關相會，飛虎鄧潮連說：「怎麼好？看這樣子，咱們一百四五十人，真要餓煞了，我蹚了這半個月，走道的只有窮光蛋、單身漢。依著我，趁早遷場。」飛虎鄧淵說：「一動不如一靜，我們在這裡地理熟。」飛蛇就說：「那麼咱們怎麼辦呢？斷不能坐困空山，活活耗黃了啊！」

　　二鄧在馬峪關客店中，用隱語搗鬼；不想次日臨動身，忽然遇見了一大群行旅客商，車驟擺開，足有十四五輛。二鄧側目偷看，是一票鏢車，

鏢客一老一少，老的也不很老，少的也並不小。鄧飛虎跟他們毫不認識，暗中揣算，這票鏢，少說也值一兩萬，不但有重貨，而且還有搭伴同行的闊客，上上下下，四十多口。

飛虎、飛蛇不禁饞涎欲滴，況又值饑渴之時，便要伺機伸手。他們仍加仔細，在暗中綴了兩三天，把這鏢客的動靜看了又看。第四天下晚，鄧飛虎和腳伕搭訕著套話，猛聽有人叫了一聲：「大哥！」急回頭看時，是鄰近放線開耙的排山羊楊大頭，他也跟下來了。

第二十一章　獅子林聯鏢搏虎

排山羊楊大頭把二鄧調到一邊，低聲盤問：「可認識這兩個托線的不？」飛虎搖了搖頭。排山羊又道：「這兩個傢伙大大咧咧，究竟怎麼回事？是手底下有玩意呢，還是混蛋？」

鄧飛虎聽了，也很納罕，猜不透這兩個鏢客的來歷，又不肯冒昧動手了。看這兩個鏢客大模大樣的神氣，恐怕手底下必不好惹。再三窺探著，兩個鏢客忽然警覺，竟念出秧兒來，向鄧飛虎遞話。排山羊楊大頭恰巧這兩天也是窮急，所以派踩盤子夥計跟了一程，竟又親自率黨羽趕上來。排山羊仍和飛虎密談，笑道：「我這排山羊遇著你這過山虎，我可要吃虧。老哥哥怎麼樣呢？這票買賣算誰的？」

飛蛇說道：「我們哥倆跟了四天。」排山羊一笑道：「我們這個踩盤子的吳老二，可是綴了整七天。」飛虎很仗義，忙說：「我們就讓你。」排山羊道：「要不然，咱們哥倆分了吧。」

鏢客率趟子手、夥計與商人等，驅鏢車趕路。他哪裡知道，兩個盜魁已經暗議其後。這兩個鏢客也算是內行，是同門叔侄的輩分。那個師叔名叫姜錫侯，那個年輕的師侄名叫陳叔遠。兩人本是武當派的名手，最近改行做了鏢客。陳叔遠在先本跟一位知府，做護院的武師。姜錫侯自在故鄉設場授徒，只因同門中有開鏢局的，最近初通四川路，自覺人才缺乏，才邀這叔侄二人出場。兩個人不是沒有江湖上的閱歷，無奈在這川陝路上，生疏得很。他叔侄又都是浙江人，不甚懂川陝一帶的土語，所以賊人已經綴下來，他們一時沒有聽出來。

但是排山羊和鄧飛虎綴得太緊了，姜錫侯和陳叔遠終於放出話來，暗暗點逗排山羊和二鄧，排山羊忍不住，竟上前接了茬，對陳叔遠說道：「朋

友，我們哥幾個困在這裡了，混不上落子。沒法子，向你老哥開口，打算請你老哥費心，借給幾兩銀子做盤川。」陳叔遠笑了笑道：「那好辦。」竟一時莽撞，做出外行事來，只拿出十兩銀子，放在排山羊手內，把個排山羊臊得臉通紅，佯笑道：「這些銀子全是給我的麼？」陳叔遠說道：「相好的，你先拿去對付著用，等我們回來，另有一份人情。」又道：「朋友，你住在哪裡？」

排山羊越發著惱，冷笑了一陣，竟開口要價，向鏢客不多不少，一口價索借一千兩銀子。兩下裡登時鬧成僵局。陳叔遠把那口折鐵刀一拍，怒道：「相好的，想借一千兩銀子也行，你看我這口刀，足值兩千兩，回頭我就賣給識家。相好的，你等著收銀子吧！」師叔姜錫侯正跟鄧飛虎答話，已經說得很外場，可以借道了，不想陳、楊這一邊說翻了，再趕過來攔阻，業已不及。排山羊氣哼哼的，把銀子擲給陳叔遠，站起來，撥頭就走。走出數步，又翻回臉來，對陳叔遠說道：「相好的，我也有一點貨色，要賣給行家，咱們前途再見。」

排山羊碰了一鼻子灰，不由大怒。這一夥客商，連鏢師和同行的夥伴，足有四十多個人，自覺有恃無恐。排山羊對飛虎道：「這兩個秧子不識抬舉。鄧大哥，我可要不客氣，硬摘了。」飛虎鄧淵道：「那個姓姜的已經許了三百兩銀子。」排山羊連連搖頭道：「不行，不行，至少也得一千兩，你五百，我五百。你瞧吧，這兩個拖線的吃硬不吃軟。鄧大哥，咱們合夥兒做這一票生意吧。」鄧淵道：「只怕他們武當派不肯栽跟頭，將來有麻煩。」排山羊道：「管他呢，他們把楊大爺罵苦了，拿我當討飯的了！」鄧飛虎因問飛蛇，此事該當怎樣？鄧飛蛇也主張「摘」。飛虎這才說道：「楊大哥，你先打頭炮，我們哥倆給你接下場，四六批帳，我們哥倆四成。」排山羊楊大頭連連搖頭道：「不不不，二一添作五。」

鏢車行過馬峪關，到了一座險惡山林腳下，排山羊早率黨羽，把要路

口預先挖下一個大坑。鏢車到此，必先修道，才能通行。於是車行坑畔，姜錫侯霍地跳下馬來，叫道：「叔遠你照顧後面，我照顧前面。」急吩咐趟子手和隨行的鏢行夥計，趕緊墊道，防險，將鏢車停在路邊，前後都撥人把守了。剛剛布置好，從背後嗖地響起一支響箭；跟著前面和側面，也飛起四支響箭。跟著在密林山道後，突然闖出來一撥壯漢，分三面抄過來。為頭的盜魁正是排山羊楊大頭。

排山羊本人從後面掩過來，恰恰與陳叔遠照面。陳叔遠唰的跳下馬，按鏢囊，掄折鐵單刀，搶奔排山羊。熟人見面，立刻紅眼，把鏢客遇盜應行交代的一切過節全不顧了。陳叔遠惡狠狠地躥過去，就是一刀。排山羊剛叫得一聲：「相好的，我買刀來了。」話才出口，鏢客的刀已經砍到，兩個人登時交起手來。

姜錫侯卻在前路與排山羊的副手照了面。這副手也是渾小子，未容姜錫侯遞完話，跳起來，就是一鞭，罵道：「姓陳的，給臉不要臉，把你的鏢連腦袋一齊留下吧，太爺都買。」姜錫侯也很著惱，一擺手中刀，與副賊打起來。群賊一聲呼嘯，便過來搶鏢，姜、陳手下的鏢行夥計，登時與賊人混戰在一起。

陳叔遠人在壯年，武功不弱，排山羊竟不是他的對手，只五六個照面，便被陳叔遠的刀劃了一下。排山羊抽身急跳，打一聲呼哨，連呼「風緊」，率部火速退下。姜錫侯和那副賊交手，副賊更顯得不行。姜錫侯人很持重，刀拐攻得盡猛，未下絕情。猛然間，裹手一刀，把副賊的兵刃磕飛，竟停刀不砍。

副賊兵刃既失，驚忙中驟然一退，險些跌倒，一翻身跳起來，回頭一看，姜錫侯將刀柄交在左手，右手托著一隻鏢，笑著叫道：「朋友，承讓了。我們只是向你老哥借道！」一抖手，這隻鏢唰的一聲從副賊頭頂上飛掠過去，啪地釘在路邊小樹上。

　　副賊羞愧難當，拾起兵刃來，叫道：「姓陳的朋友，你請吧。咱們後會有期，我火鷂子承情了。」也火速率部退下去。

　　鏢行夥計一擁而上往前蹚了一陣，姜錫侯便催眾人火速墊道躦行。

　　排山羊竟大敗而回，與副賊連吹呼哨，收合黨羽，把四面布下的卡子十九調回來，繞崗穿林，急急地奔回老巢去。仍派小夥計，給二鄧送信說，這兩個鏢行很扎手，鄧大哥看著辦吧，我們可是盯上他了。

　　這時候飛虎鄧淵、飛蛇鄧潮，早已湊上前來，潛伏在林叢，看了個大概。鏢客陳叔遠乘勝笑罵道：「人都說川陝盜匪如毛。什麼毛，鳥毛稀鬆！」連罵了好幾遍。鄧飛虎隱隱聽見，氣得不得了，罵了一句：「搗你娘的鳥毛，叫你嘗嘗！」一擺手中鉤鐮槍，就要出馬，接應後場。他弟弟飛蛇鄧潮一把將哥哥拉住，低言道：「哥哥，你要做啥？」鄧淵道：「劫個王八蛋的！」飛蛇笑了笑，低聲道：「等一等。」飛虎詫異道：「等什麼？」飛蛇笑道：「哥哥這工夫出去，算是跟排山羊合夥；憑白分給他六成，太不合算。」飛虎省悟過來，道：「依你怎麼著？」

　　飛蛇道：「若依我，今天不動，先綴下去。」

　　鄧飛虎看了飛蛇一眼，這個弟弟詭計多端，一年比一年有出息了。但仍不依著鄧潮的話辦，率部下三十多個嘍囉，繞山岡，立刻從旁跟綴下去。綴出十七八里路，天色將暮，卻是距前站鎮甸已近。鄧飛蛇想著排山羊必不肯認栽，怕他找後場，再趕下來，遂與鄧飛虎一說：「一定要下手，就該吃快。」鄧淵笑著一點頭，這弟兄二人登時把胯下的馬一催，也放出響箭，哥倆在路兩頭留下巡風的，各率十餘名嘍兵，分兩路邀截過去。

　　姜、陳二鏢師戰退排山羊，剛把顆心放下，突然二鄧又飛奔過來。姜錫侯認得鄧飛虎，舉手抱拳，就要答話。陳叔遠竟誤認二鄧是排山羊的同夥，立刻催馬迎上去，大罵道：「不要臉的臭賊，挨了一刀，還不認輸，別給江湖道丟醜了！」和鄧飛蛇迎對頭，同時翻身，同時下馬，很兇猛地

打在一處。飛虎見弟弟上線，立刻也撲過來。姜錫侯忙將鏢車退到山根，也拍馬上前索戰。鄧飛蛇少年驍勇，有進無退，與陳叔遠鬥了數回合，險些吃了虧。不由激怒，衝著哥哥大叫，定要把這兩個鏢客放倒才解恨。又吆喝手下三十幾個嘍囉，從兩旁上前劫鏢。

鏢行趟子手拔兵刃，拚命擋住。這鏢車中的客商嚇了個半死。

輾轉苦鬥，忽然間山後吶喊聲大起，排山羊果真勾來手下三舵主、四舵主，帶領二三十個硬朗的小頭目，前來雪那一刀之恨。

陳叔遠武功真不含糊，一揚手，又打出一鏢，正打中鄧飛蛇左臂。飛蛇叫了一聲，收刀而退。陳叔遠竟追擊過來，多虧手下人把陳叔遠擋住，飛蛇方得退下去，忙拔下鏢來，撕衣襟裹創，持刀再奔上前。當此時，排山羊風馳電掣地撲到，老遠就沖二鄧叫道：「併肩子，我們要人不要錢！」那鄧飛虎見胞弟受傷，勃然大怒，應聲排山羊吆喝道：「這一夥拖線的是他娘的畜類，給臉不要臉！併肩子賣力氣呀！二一添作五，一個也別留。」兩撥盜黨起了同仇敵愾之心，一共聚了六七十人，把四十多個鏢行、客商、車伕，裹在山路邊。

一霎時慘號聲起，鮮血四濺，已有三四個人被賊砍倒。又一聲呼哨，賊眾雁行式，兩黨並成一夥，一夥分四群。這兩群上前動手劫鏢，那兩群就把兩個鏢客包圍起來，故意把姜、陳二人截在兩處，叫他彼此不相照顧。

姜錫侯、陳叔遠輾轉苦鬥，百忙中回頭一看，大勢已去，不由怒恨異常；想不到改行保鏢，頭一趟就栽了。眼見群賊刀傷客商，搬掠財物；兩個人被賊裹住，竟沖不出來救援。這一敗塗地，就算逃出性命，將來有何顏面見江湖上的朋友？登時間，姜、陳二人渾身是汗，怒吼連天，拚命往外闖。賊人竟把二人纏住，不叫二人躥出圈外，也不叫二人往一處湊合。賊人毒計，分明要把他們各個擊破，趕盡殺絕！

陳叔遠對姜錫侯叫道：「姜師叔！」姜錫侯還叫道：「叔遠，不對了，趕快扯活！」陳叔遠應聲往外攻，當然攻不動。十多個賊人用撓鉤長槍，把他圍住。飛蛇夾在賊群中，揮刀督戰，叫罵道：「相好的，還想扯活麼？別扯活了，嗚呼吧！」陳叔遠厲聲大罵，沖飛蛇攻來，又被排山羊等擋住。

眼看二鏢師就要覆敗，群賊大喜，方慶得手。忽然，前路山上，巡風放卡的嘍囉嗖地放過一支響箭，跟著又嗖嗖嗖，連放過三支響箭來。飛虎、飛蛇一齊大驚。鄧飛蛇便要過去查看，飛虎把飛蛇留下，他自己退出圍陣，飛身上馬，馳到前路去看。前面大路上，未見人蹤，先聞得「喔嚇威」！一聲搖曳的喊鏢呼聲，自遠而近，飛虎不由一怔。跟著山麓邊浮塵大起，三匹快馬如飛地奔來。隨後，浮塵中湧現出十六七個短打扮的壯漢。

姜、陳手下的趟子手正在危急，猛聞喊鏢之聲，如百死中又獲得一線生路，急忙引吭，也喊了一聲鏢趟子，更發出鏢行求援的呼聲。立刻，前路上，那三匹快馬加緊撲來。這來的正是三位鏢客，頭一個是安遠鏢局的總鏢頭獅子林廷揚，第二個是他的好友張士銳，第三個是河南和勝鏢局少主人高青林。這一行安遠鏢店與和勝鏢店，二家聯鏢，初次試走西川鏢道。

鏢行行規，陌路中同行遇見危難，理應相救。獅子林廷揚策馬拔劍，如飛地奔過來。林廷揚挾一身武技，此時正在創業求名；那黑騎張士銳張二爺，這時候也才二十六歲，正當青年好勇之時；那高青林更是個剛猛青年。三個青年鏢客，立刻拍馬爭先，趕到這是非場中來了。

高青林的馬快，第一個趕到，大叫道：「道上朋友請了！」鄧飛虎策馬橫槍邀住，叫道：「朋友，做什麼的？」高青林早已看明，這裡是綠林道作案，忙即答話道：「舵主貴姓，小字號是和勝鏢局。」回手一指道：「跟

保定的安遠鏢局林廷揚林鏢頭，雙保著一票鏢，路過貴寶地，請你費心借道。不知道舵主在哪裡安窯立櫃，我們這裡有禮了。」甩鐙下馬，抱拳作揖，卻向後一擺手，催趟子手快上。一霎時，獅子林廷揚，黑騎張士銳，各將兵刃拔出，縱馬趕到。跟著兩家鏢局的趟子手，掌著兩桿鏢旗，也驅馬來到，一齊下馬，將鏢旗連舉三舉，這就算是拜過山了。

這時候，姜、陳二鏢師越發危急，他手下的夥計也連連發出求救的呼號。高青林一眼瞥見大叫道：「舵主手下留情，我們有話！」

鄧飛虎、鄧飛蛇、排山羊楊大頭一齊驚愕，眼看到嘴的食，忽然來了打岔的。鄧飛虎忙命群賊，暫把姜、陳二人圍住；轉對來人，遙望征塵，看明這只是鏢行，沒有官兵。更細看後面，兩家鏢客的車也只有六七輛，趟子手、鏢行夥計寥寥無多，連客商也不過三四十人。三鏢客一齊通名遞話，請問萬兒。鄧飛虎這才放了心，又激起怒氣，把手中的鉤鐮槍一揮，叫道：「朋友，你也不必問我的萬兒，我也不必打聽你的寶號。現在俺們兩家合做這一場買賣，沒工夫招待好朋友。朋友你請回吧，改日再請茶待客。」

鄧飛虎的意思，不叫高青林和獅子林多管閒事。獅子林等既然出場，哪肯退後？林廷揚邁步上前，一抱拳叫道：「舵主！舵主做的這票買賣，不是尋常過路商客，乃是我們敝同行。我們行規所限，撞上了，不好裝聾作啞，總得求情。可是，舵主這些弟兄忙了一陣，我們也絕不能叫諸位徒勞。舵主，務必賞個臉，容我這個情。我們兩家鏢局和這家被劫的鏢局，我們三家一定奉上借道的禮物。務請費心，容讓我們一步。青山綠水，交情常在，我獅子林……」高青林接聲道：「我高青林……」林廷揚道：「我們兩家知情感情，以後必有補報。」張士銳也幫了一句道：「舵主快叫他們住手吧！」

鄧飛虎怔了一怔，道：「相好的，你打算怎樣個相與在下？」獅子林

道：「且請舵主休兵罷戰，我與這兩鏢頭合計，我們一定要叫舵主看得過。只求借道放行，我們回來，一定加倍奉上。」排山羊也趕過來，聽了個逼真。這個林鏢頭的意思，還是先請借道，隨後才拜山獻禮。這在沒動手之前，倒很可以放過，現在卻是翻過臉了。排山羊叫道：「相好的，不見真章兒，就想空口借道麼？」林廷揚聞言不悅，把面色一沉，大聲問道：「你這位舵主貴姓？」排山羊剛要答話，鄧飛虎忙攔過來道：「相好的，衝你們二位，這條道我們奉讓了，你們兩家儘管過去。不過這姓姜的、姓陳的這號生意，我們已經做下了。講過一千兩銀子，少了不行。不是我不懂交情，這裡頭還有過節。」

林廷揚聽說有過節，仍向二鄧一羊，曉曉講情，並問他有何過節，可否調停？高青林卻已看穿賊人惡計，是要耗時候，忙把手中刀一擺。和勝鏢店的夥計一見鏢頭出馬，立刻紛紛往前移動，卻還沒有翻臉動手的意思。賊隊中一個小頭目，冷不防放出一支冷箭，把和勝鏢店舉鏢旗的趟子手射傷。高青林更忍耐不過，勃然變色，叩刀大罵道：「好惡賊，給臉不要臉，暗箭傷人是什麼東西！」跳過來，照那小頭目劈臉砍去，小頭目應手倒地。獅子林廷揚也大怒，霍地一甩長衫，喝道：「張二弟拔劍，拔劍！」張士銳掣出劍來，與林廷揚雙雙一撲，劍鋒往空一指，手下鏢客一齊出動。兩個鏢局，與兩撥匪黨打了起來。

這一場混戰，林廷揚唰的一劍，把排山羊刺傷，倒地不能動。林廷揚又抬手一袖箭，把排山羊的二舵主打傷。張士銳與高青林趕過來，雙戰鄧氏昆仲。兩鏢局的鏢客、趟子手、夥計，有的護鏢車，有的衝上來，相助鏢頭，與賊搏鬥。

林廷揚手疾眼快，趁二鄧有人敵住，長劍連揮，一攻而上，當先搶救那被圍的兩個鏢客姜錫侯和陳叔遠。一把劍橫攻斜掃，如猛虎出林，如狂風掃葉，把那些嘍囉打得紛紛倒地。林廷揚竟率手下鏢行，將姜、陳二人

援救出來。林廷揚又回頭一看，高青林、張士銳被二鄧和十幾個嘍囉圍住，二鄧紅了眼，咬牙切齒，與高青林拚命，高青林似乎抵擋不住。獅子林大吼一聲，猛然沖過去，一連數劍，把個鄧飛蛇砍得手忙腳亂，鄧飛虎呀的一聲驚叫，連連吹了幾聲呼哨，招呼飛蛇速退，鄧飛蛇虛砍一刀，抹頭待走。獅子林躥過來一劍，飛蛇急閃。林廷揚拔劍一送，刺中後肩胛。鄧飛虎猛喝一聲，挺鉤鐮槍迎上來，與林廷揚打在一起。

鄧飛虎也不是林廷揚的對手，戰不數合，容得手下人把飛蛇救起，便向林廷揚叫罵道：「姓林的，我和你井水不犯河水，你攬了我的買賣，傷了我的人，太爺一輩子也不能與你甘休，你等著吧！」說罷收槍抽身而退。林廷揚怒道：「我偏不等著！」

抖手一鏢，飛虎往旁一躥；不防張士銳也打來一鏢，接著林廷揚又打出一鏢。飛虎只閃開張士銳那一鏢，林廷揚的那第二鏢卻打在大腿上。飛虎忍痛躥上馬，猛加一鞭，率群賊如飛地逃去 —— 林、鄧二姓從此結下深仇。

獅子林、張士銳、高青林，把姜錫侯、陳叔遠救下來，那被劫的鏢車自然也奪了回來。姜錫侯、陳叔遠叔侄二人渾身浴血，滿頭大汗，極力向獅子林、高青林拜謝。那夥客商有三四個被匪砍傷，其餘俱都無恙，便拿出數百兩銀子，酬謝林、高二位鏢頭。林、高二人以為這太叫姜、陳叔侄難堪了，自是力拒絕受。但是群寇臨走時，口吐怨言，這些客深恐前途不穩，因此拜求安遠、和勝兩家鏢店，聯鏢再護送一程。姜、陳二人也負慚懇謝救命之恩，再三邀請林、高、張三位，繞路同行，以保萬全。林廷揚情不能卻，就答應了。押鏢入川，一路卻幸無事。林廷揚與義弟張士銳，交鏢之後，分謁川陝鏢局同行與武林豪傑，很聯絡一番，不久回返保定。姜錫侯、陳叔遠交鏢之後，回轉河南盛新鏢局，向鏢主勞玉柱，盛道獅子林的武功、義氣。勞玉柱通書聲謝，並求聯鏢。林廷揚自此打開了西川

鏢道。

　　但是飛虎鄧淵、飛蛇鄧潮，卻啣恨入骨。對姜錫侯、陳叔遠，倒沒有芥蒂，對高青林也輕輕放過，獨對獅子林，不但痛恨他破壞己事，更記恨他一鏢之仇。遂派人密訪獅子林的根底。輾轉刺探，知他是安遠鏢局的總鏢頭，在北方新創字號，姓林名廷揚，浙江紹興府人，是雲南獅林觀天罡劍派的傳人。

　　師父是有名的白雁耿秋原道長，乃獅林觀第四代觀主。林廷揚已得乃師真傳，善使三十六天罡劍，又善打連珠鏢、雙筒袖箭、飛蝗石子，又會甩手箭。據說他共會六種暗器，又說他兼工騎射，馬上的功夫也很在行。年紀才三十來歲，是最近五六年剛出頭闖萬兒的一個青年鏢客。又傳說綠林中，栽在他手中的人很多。飛虎鄧淵越發惱怒，撫著鏢傷，一定要找獅子林算帳。

　　但又遇見了打岔的事。小桃紅自從被買上山，下嫁飛蛇鄧潮，她就畏懼盜焰，曲媚求活，鄧潮被她媚得暈頭轉向，反自慶得著嫁雞隨雞、嫁狗隨狗的一個嬌妻賢婦。卻是山寨的風水，就像從此走了一樣，買賣一天不如一天了。鄧飛虎既忙著尋仇，又忙著救窮，一下子劫了一家官眷，惹起很大的亂子來。川陝總督又調動大兵，前來剿匪清鄉。二鄧先期聞警，急忙率部逃入豫西。人數尚多，只好改裝良民，分開了逃走。這一路過帳 —— 遷移盜窟，沿途走散了一多半賊黨。等到鄧飛虎尋好了險僻巢穴，再把群盜糾聚起來、查點人數，只剩不到八十人了。鄧飛虎唉聲嘆氣，痛罵獅子林攪了他的運氣。這新覓的盜窟，地勢又局促些，遂將全夥分為三撥，分散著窩藏起來。又派出八九名踩盤子的小夥計，四出打探油水。這一年間，飛虎、飛蛇正忙著復興事業；把尋仇的事，只好暫先擱下。

　　獅子林的鏢行事業卻一帆風順，聲氣越來越大，朋友也越交越廣了。

兩年以後，鄧飛虎又嘯聚到一百多人。這一次他採取了流寇的做法，老巢又搬回川邊，打劫卻不在近處，不限一地；總是忽然而來，飽攮而去，出沒不定，人數聚散也不定，這倒把剿匪的官軍難住了。鄧飛虎大喜，自以為這樣子不招聲氣，卻得實惠，是很好的做法。

　　等到元氣恢復了，頓憶起前仇，二鄧特派出十二名幹練的小夥計，出去專找尋安遠鏢店的棱縫。不久，確探得獅子林的鏢旗又在川邊出沒，鄧飛虎、鄧飛蛇急忙綴尋下去，勘得這票鏢是安遠鏢店與河南一家鏢局聯保的，獅子林沒有出馬，押鏢的鏢客都是名手；人數不少，防備得也很嚴，而且呼應聯絡又很靈便，走的又在本線以外。二鄧覺得不容易動手劫，就算動到手，也不容易起回老窟。弟兄倆拋開劫鏢的心，專意復仇；暗暗溷入店中，竟伺隙放了一把無情火。雖然撲滅，鏢貨不無小損，那桿鏢旗竟丟了。押鏢的鏢客引為奇恥，直搜查了三四天，一無頭緒，方才生著悶氣走了。

　　林廷揚旋派得力鏢師，到西川路上辦事。這鏢客在路上，險些遭了暗算，住店時，竟發覺喝的酒有毒。……像這樣的事不止一樁、兩樁；安遠鏢店的鏢，但凡一入西川道，大小必有閃錯。獅子林留心，囑託附近的鏢行同業和武林的朋友，暗中訪查；始知還是鄧家兄弟忿氣不出，劫不了鏢，從暗中伺隙搗亂。

　　獅子林起初大怒，與張士銳籌劃了一會兒，朋友們勸解著，這才拋開武力鬥爭，仍按江湖道上結納的成例，託人找鄧飛虎、鄧飛蛇，請求和解。鄧飛虎搗亂得很如意，便口出狂言：「要講和也不難，我姓鄧的只求一件事，就是從此以後，請姓林的鏢旗不要再在川陝豫這條道上走了。他只肯讓出這三省的線，我們就讓他的鏢旗敞開了走北直、江南、遼東三個地方。既有朋友調停，咱們說好了，我跟姓林的各走一條道，各守疆界，各不相擾，誰也別砸誰的飯鍋。」口吻倔強，一步也不退讓。還有附帶一

個條件，說是：「姓林的還打了我一鏢，這可揭不下來。朋友出頭了事，水往平處端，請問這一鏢的交情，我們怎麼交代法？」往返兩次，終歸決裂，二鄧的狂傲，把說合人也招惱了。獅子林正當壯年，意氣甚盛，事情又很順手，哪肯吃這種折脖頸的跟頭？竟對說合人撰辭道勞，暗中跟飛虎鄧淵較上了勁，鏢旗偏走西川路。至於關東這一路江南這一路，倒可以不走。

獅子林率二弟解廷梁、義弟張士銳、好友流星顧立庸，故意揚鏢，直闖西川。鄧飛虎口說大話，暫時竟不敢輕動。但不久狹路相逢，仇人又遇上了。

鄧飛虎探得安遠鏢店，又押來一票鏢，可是押鏢的是一個生人，並不認識。鄧淵、鄧潮忙率手下現有二十多個嘍囉，上前拔旗劫鏢，不防獅子林突然出現。鄧飛虎急命手下副賊，回老巢調集大隊；自己帶領群盜，先上前邀劫，向林廷揚大罵索戰。林廷揚仰面冷笑，展開了天罡劍法，與鄧飛虎交了手。仇人見面，更不容情，只十幾個照面，鄧飛虎手臂上挨了一劍，雖只劃了一下，也已鮮血迸流。二十多個嘍囉分成兩撥，一撥圍攻鏢客，一撥由鄧飛蛇率領，搶掠鏢車。流星顧立庸一看賊人來得兇狠，忙將一袋鐵蒺藜撒開了，照賊人亂打。林廷揚把飛虎傷了一劍，手腳頓時鬆動，也將暗器施展起來，鋼鏢、袖箭、甩手箭、飛蝗石，一陣暴打，賊人不支。鄧飛虎呼哨一聲，拔頭便往山坳敗退下去。

林廷揚霍地上馬，摘弓搭箭，飛馬急追，看看夠得上，唰的射出一箭去。飛虎轉身用鉤槍一掃，把一支羽箭打飛。林廷揚唰的又一箭，一連三箭。鄧飛虎左閃右躥，好容易躲開這連珠三箭，慌忙奔到戰馬旁邊，扯斷馬韁，一躥上去；回手用槍桿打馬，奪路急走。林廷揚一聲長笑：「哪裡走！」拍馬追來，唰唰唰又是三箭。鄧飛虎鐙裡藏身，滾鞍一閃，利箭探空過去，鄧飛虎又一翻身，霍地帶轉馬頭。不想林廷揚的箭先射人，後射

馬，唰的一下，第三箭竟射中馬頭。飛虎這馬負痛猛躍，林廷揚的馬更快，早擋在前面。飛虎勒馬急退，勒得太猛，這負傷的馬竟站立起來。林廷揚從側面又一箭，恰恰射中飛虎肩肋。鄧飛虎狂喊一聲，倒栽下馬來。

林廷揚插弓抽槍，拍馬來刺鄧淵。鄧飛蛇大驚，拋下流星顧立庸，拚命奔過來搭救。哪裡來得及？鄧飛虎真不亞如猛虎負傷，剛剛栽倒在地，竟帶箭霍地跳起來，伸手拔劍，熱血從創口噴出。林廷揚喝道：「呔！」拍馬一躍上前，唰的又打出一甩手箭。飛虎一跳，力氣不支，這一箭竟打在胸口上，再挺不住，仰面而倒。

群盜一見舵主掛綵，大驚狂喊，從各方奔過來，搶救的搶救，拒敵的拒敵。鄧飛蛇尤其驚急，掄手中刀，使足十二分力量，照林廷揚的馬頭砍來。林廷揚勒馬擺槍，探身往下一掃，噌的一聲響，刀槍相碰，林廷揚抖手打出一石子。飛蛇往旁一跳，咬牙切齒，掄刀還戰，在馬前躥左躥右，破死命擋住林廷揚。容得手下嘍囉把鄧飛虎背起來，飛蛇大叫：「風緊，扯活！」急急地引群賊往山根深莽叢林內，狂逃而去。林廷揚舉槍招呼手下鏢客，漫散追趕下去。

林中有賊人設下的卡子，八張弓亂射出來，把林廷揚等擋住。林廷揚招呼手下夥計，也開彈弓回擊，雙方亂打了一陣。

鄧飛蛇保護著胞兄鄧飛虎，已遠遠逃走了。跟著林中賊黨的箭射完了，也退回去了。

第二十二章　金牛寨喪酋離心

鄧飛蛇叫手下嘍囉，替換著把胞兄鄧淵背救到安椿的所在，竟直奔出十七八里地，才到了地方。鄧飛虎箭傷深重，奪命奔竄，血流遍體，救活不及，人已竟說不出話來。鄧飛蛇抱著哥哥痛哭，忙著給哥哥敷藥治創，派人飛奔金牛寨老巢，給嫂嫂、侄兒及自己妻子和副賊送信。直到定更，母大蟲高三妗方率小虎鄧仁路與副賊白牤牛蔡福來，帶著五十多個嘍囉趕來，卻不是聞敗趕來看傷，還是得著頭一報，特奔來應援劫鏢的。高三妗再想不到丈夫慘敗，箭鏃深入，已傷肺葉。

鄧飛虎面如枯蠟，仰面躺在板床上。高三妗跪在床前地上，抱著飛虎的頭大哭。小虎鄧仁路跪在床前，抱著父親的腿哀叫。鄧飛虎只強將眼睜了睜，眉頭一動，唇吻微動，似乎不願聽他們的號叫。鄧飛蛇啞著喉嚨，急攔嫂嫂、侄兒：「嫂嫂別哭，哥哥心亂！仁路，你也別哭了！」又低聲問：「哥哥你覺得怎麼樣？哥哥，哥哥，你有什麼話？」鄧飛虎目瞪半晌，不能言語。

這裡是盜群出沒的要道，地方很荒僻，自然沒處請醫求藥。飛蛇鄧潮只將人蔘湯、刀創藥，極力給飛虎灌下，敷上。

這何濟於事？副賊蔡福來便忙著奔到鄰近鄉鎮，硬架來一個年老醫生。鄉下醫生如何會治這樣重的金創？倒險些把醫生嚇出病來。等大夫顫顫抖抖開一藥方，飛蛇忙又打發人去抓藥，藥還沒煎得，鄧飛虎已經快斷氣了。

母大蟲高三妗和小虎鄧仁路母子，飛蛇鄧潮和小桃紅夫妻，以及大小賊酋們，圍著飛虎的傷體，忍不住落淚號叫。副手白牤牛急得跺腳道：「別亂啦！你們就別弄這些娘們腔啦！還不問問正事？」怒沖沖地分開眾人，

過來搬著飛虎的枕頭，大聲叫問：「大哥，大哥，你快交代幾句吧。你死了，誰頂你這攤子啊？」

鄧飛蛇與高三妙等也一齊哭問。鄧飛虎不是病，乃是傷；病危還有迴光返照，傷重卻變得很急。鄧飛虎服下蔘湯去，強睜開二目，但已看不清人了，嘶聲說了幾句話，為哭聲所掩，都沒聽真。白牤牛和鄧飛蛇忙又攔住高三妙母子。小桃紅呢呢喃喃地哭大伯子，被飛蛇打了一拳，於是哭聲頓住。再搖枕叩問飛虎，飛虎唇吻微動，斷續聽出幾個字來：「蔡老三，你保著老二，老二，你報仇……你嫂嫂，你侄兒，你，你……」半晌無聲，忽又猛然瞑目，張吻澀吼：「我死，不殺獅子林，我死！……」雙瞳瞪視，喉頭微響，但見他脖頸一挺，登時氣斷。

群盜放聲大哭。連夜束屍回窯，買棺盛殮，設誓報仇。然後依大當家的臨歿遺言，由白牤牛蔡福來出頭，擇日擁立飛蛇鄧潮為金牛寨全寨之主。賊中軍師高抬轎高七夏，卻要擁立大當家的娘子高三妙為女寨主。另有幾個副賊，素常與飛蛇不睦，竟不待終喪，引領十幾個人悄悄地叫夥出窯，改投別處，另創事業去了。

鄧飛蛇寸心如割，既痛心胞兄的慘死，又不願與嫂嫂爭位，更搪不清嫂嫂、侄兒天天哭鬧著要他報仇。他年紀尚輕，籠絡手段差些，又擾著家務事，越發地擺布不開了。他哥哥飛虎鄧淵是積年大盜，性格暴烈，交友豪爽，頗有人緣，能得眾心。飛蛇這個人卻偏於陰沉這一路，外面顯著冷酷些。因此這一幫群盜，自飛虎一死，眼睜睜人心離散，景象不好起來。

白牤牛蔡福來一看不對，急邀群盜，公議來日之計。面子拘著，大家到底還是公推飛蛇為大當家的；卻與寡婦高三妙一同主事，白牤牛與高抬轎算是從旁參贊。這樣一來，有了四個領袖，倒害得群龍無首，遇上事七言八語，一人一個主見，越糊弄越糟。百十多個人，不到半年，走的走，散的散，後來只剩下六七十人了。

跟著飛蛇又連受重重打擊。高三妗日日哭啼，催逼飛蛇報仇：「當家的創了這些年，死得太窩心，我們不能糊裡糊塗就算完。姓林的不入川，咱們不會找上門去嗎？」她並沒想由川入保，該走多少日子，人生地疏，是否容易下手。飛蛇手腕雖嫩，心眼卻多。自料武力不敵，這樣去找碴，簡直白送給姓林的，仍派踩盤子的去暗訪獅子林的動靜。獅子林偏又放棄了西川路，改走江南鏢，仇人不得相見，更無從下手。飛蛇四處託人打聽林廷揚的根底，暗對嫂嫂說：「寨中情形不好，莫如分金洗手，就此散夥。」他打算把嫂嫂、侄兒，和自己的妻子小桃紅，潛帶細軟，遠送到異鄉地方卜居，改姓更名，暫作良民，先隱僻些時日，然後由自己改裝出遊，一來訪求武林能人，二來搜尋獅子林的對頭，以便結黨，一同找姓林的算帳。

挨個三年五載，好歹把姓林的首級弄來，給大哥墳前設祭圓誓。君子報仇，十年不晚，這是飛蛇的打算。

母大蟲高三妗搖頭不以為然，她說：「什麼叫『十年不晚』？那是賴漢子扯臊的鬆話，自己遮羞臉罷了。現有六七十個同夥，尚不能倚眾報仇，反要全把他們解散了，只剩下姓鄧的一個男，一個女，一個小孩子，更不容易報仇了。」她以為小叔子這麼打算，簡直是看山寨運氣不佳，要洗手吹臺。她恨恨地說：「老二，你別忘了，你大哥他怎麼疼你來著，你拍拍心口想想！」

鄧飛蛇情知嫂嫂惱怒，仍然堅持說：「求人不如求己，報仇乃是鄧家的私事，煩本夥弟兄們，怕人家不肯下那麼大苦心。虛口承應著，臨頭反倒誤事。」

高三妗更不喜聽，說：「你大哥一向好交朋友，人心換人心。不信你問問他們，看他們願去不願去。他們早對我說過，為大當家報仇雪恨，赴湯蹈火，賣命都甘心，只有你一個人怵頭罷了。你拍心口想一想，別盡往

人家身上推！」高三姘把人家的外場話，當作了真事；把鄧飛蛇的把穩主意，看成怕事。

鄧飛蛇本與高三姘摒人祕議，高三姘動了氣，竟把這些話對眾賊抖摟出來，招得群盜特別寒心，恨飛蛇說話口冷，太看不起人。有那真義氣的，聽見這話也起了反感，瞧不起鄧潮這種畏畏縮縮、緩不濟急的法子，大夥放出了許多閒話。

鄧飛蛇陷在內外交謫的苦境，氣得要死。嫂嫂是女人，這麼沒心計，連遠近都分不出來。鄧潮越發地小心，連真意也不敢輕露了。左思右想，籌計了幾夜，遂向嫂嫂和大眾告別，親率七八個精練的助手，竟改扮出窯，歷晉陝，北入直隸。寨中事務，通通交給了嫂嫂和侄兒小虎，及高抬轎等人。三當家白牤牛心腸熱，不放心，竟跟飛蛇同行。兩人盤算好了主意，武力敵不過林廷揚，只可還用陰謀，不明著鬥力，只暗中計劃著行刺。

臨行時，飛蛇對嫂嫂說：「小弟一去，三年為期。嫂嫂好好照料著本窯的事務，一切要小心，不可過貪。小虎這孩子，人小膽大，你要好好管著他點，不要叫他一個人出去作案。」

又道：「高抬轎這小子太渾，嫂嫂少聽他的蠱惑。」

高三姘見飛蛇肯下山復仇，很是高興，滿口答應著。說到高抬轎高七夏子，這個人卻算是高三姘的本家，高三姘最好聽他的話，不由又不悅起來，說道：「你放心走吧。小虎不要緊，孩子很聽話，又不好色，又不好嫖，怕什麼？就只貪賭罷了。不叫女人迷，不入女人關，一點凶險也沒有。我是誰的話也不聽，你就用不著操心吧。」語含反射，飛蛇又挨了嫂嫂這幾句，嘆了口氣，便告辭下山了。

林廷揚這時正像紅運當頭，英名日盛。鄧飛蛇與白牤牛，用種種法子，嘗試敵力，費了兩個月工夫，窺準林廷揚的武功實在太硬，決惹不得。鄧飛蛇便依原計，連下三次毒手，要暗算林廷揚。但林廷揚一來機

警，二來幫手多，三來正走運，鄧飛蛇的詭計竟遭失敗，反把自己帶來的人折了四五個。白牤牛蔡福來也被打瞎一隻眼，鄧飛蛇也險些露了相，受了鏢傷。他們竟不敢再逗留，連忙翻回來，向嫂嫂報告。哪知一別兩年，回到金牛寨老巢，老巢早改樣了。

高三妙也不知怎樣搗鼓的，把手下黨羽竟拆散了二十多個，只剩下寥寥三十餘人。她竟與高抬轎高七戛子動了貪心，在豫西冒險劫奪官帑，不但沒劫成，反惹了一場燒身大禍。官兵調來一千多名，圍剿清鄉，把部下群盜沖得七零五散，還死了好些同伴。飛蛇好不容易才尋著高三妙的下落，小虎鄧仁路幸而無恙。高抬轎、白牤牛的弟弟黑牤牛蔡大來也都健在，獨有鄧飛蛇的妻子小桃紅不見了。問嫂嫂時，嫂嫂高三妙把嘴一撇道：「這小娘兒們我們竟沒有看透她，她跟人逃跑啦！」

鄧飛蛇陡吃一驚，夫妻關情，登時臉上變了色，忙向嫂嫂細問。據說他們被剿逃走時，高三妙慌慌張張率部潰圍，由一個副賊叫小唐的，背負著小桃紅逃走。有人眼睜睜見她已經逃出來，不知怎的，出險之後，就沒了影子。有的說小桃紅跟小唐姘上了，兩個人離群投荒，乘亂私奔，做露水夫妻去了，也不知這話是真是假，把個飛蛇鄧潮激得倒噎氣，竟沒有地方搔癢去。轉問別人，別人吞吞吐吐，也這麼講。鄧飛蛇很愛小桃紅，面上惱怒，心裡還盼望她不是這回事才好。他又疑心，或者危急時，大家只顧逃命，也許單把小桃紅一個沒本領的女人丟在覆巢之下，沒有人援救，被官兵戕害了，或者被綁架走了，也未可知。因此不住地向別人打聽，不住向嫂嫂追問。嫂嫂高三妙把嘴撇得瓢似的說道：「二爺，你倒夫妻情重啊？你不用打聽，我保管白糖蘸紅桃，把二爺甩了。咱們跟人家一條心，人家跟咱可兩樣，那有啥法子？可是的，你這趟出門，你死鬼大哥的事究竟有結果了沒有？那個獅子林，你把他宰了沒有？」兩眼直勾勾盯著鄧潮。鄧潮浩然長嘆，滿面愧色，只得把話實說出來。

高三妙陡然站起來，把小虎鄧仁路叫到面前，又數數落落地哭起死鬼來了。涕一把，淚一把，高叫道：「死鬼呀，可憐你一輩子英雄，死了連個報仇的全沒有啊！……小虎子，你快長能耐吧！給你爹爹報仇，還是你的事，你別糊塗油蒙了心，胡指望別人啦。傻孩子，哥們是哥們，爺們是爺們呀！」

照這樣夾搶帶棒，燒著燎著，高三妙不斷念閒話給鄧潮聽。鄧飛蛇是梟張漢子，是凶悍的大盜，他豈能忍受這娘們的哭鬧數落？老婆丟了，不去管她；夥伴散了，巢家失了，也不去管他。只是嫂嫂這冷箭似的閒話，錐心刺骨，太叫人消受不住了！鄧飛蛇一踏腳，像逃走似的，掩面跑到沒人的屋裡去，把被蒙頭，吞聲痛哭起來。

哭了一陣，坐起來捧頭發呆，待了一陣，又哭。白牤牛、黑牤牛弟兄倆紛紛來勸解，他只搖頭不語。忘寢忘食，一連數日，把個鐵打的漢子，激迫得面無人色，恍如大病一場。

然後，飛蛇打定決心，擦乾眼淚，走到嫂嫂房內。嫂嫂只把眼皮一撩，一聲不言語，連身子都沒動。鄧飛蛇虧心似的，只得叫了一聲：「嫂嫂！」高三妙道：「唔？」飛蛇垂頭至臆，低聲說道：「嫂嫂，大哥的仇一時報不了，實怨小弟無能。我們明著鬥不過，暗算也不行，姓林的不但武功出眾，實在也正紅運當頭。我們現時惹不起他，但是我們慢慢地來。我想了這幾天，我就破著這一輩子的工夫，專心對付他。小弟打算這就出門，去尋訪能人，習練武功，好歹給哥哥報了這個仇，有姓林的就沒有我鄧潮。小弟我預備五天后就走，咱們這夥裡的事，可以收了吧。」

鄧飛蛇流著淚說話，高三妙微微一欠身，把小腳蹬著床，冷冷問道：「那麼你打算上哪裡去？打算要找誰呢？」又問他預備怎樣下手，幾時下手？飛蛇嘆道：「我哪有一定的地方，一準的打算？我此去海角天涯，碰著誰，就是誰。只要誰鬥得過姓林的，我就沖誰磕頭搗蒜，央求人家出

來，給我們拔劍報仇。要是央求不動，我就給人家投師學藝，苦練出本領來，再找姓林的算帳⋯⋯」

高三妙把嘴一撇，苦笑道：「我當二爺又想出什麼高招呢，鬧了半天，還是這個呀？」鄧潮臉一紅，但是他仍然堅持著說：「嫂嫂，小弟苦想已久，只有這條路可走。嫂嫂望安，我絕不是退縮，躲心靜。嫂嫂，你睜眼看著，任他天翻地覆，我鄧老二絕不會忘了哥哥的仇。嫂嫂，你聽我的信吧。這一去，萬一還辦不出頭緒來，嫂嫂你就向哥哥墳上找我去吧！」說著哭起來。隨後還是他那話，勸嫂嫂洗手，帶著小虎，隱姓埋名，另覓善地，報仇的事完全交給他。高三妙依然冷笑不答，她有了她的辦法。

鄧飛蛇羞慚慚地從嫂嫂屋中出來，找到小虎頭鄧仁路。拉著小虎的手，摒人私語，垂淚囑道：「孩子，叔叔這就走了！給你爹爹報仇，是我的事。給我們老鄧家接續後代香煙，是孩子你的事。你不要聽你娘瞎鬧，把這條小命饒給姓林的手裡呀！你想，你爹比我如何？我比你如何？這不是拚命的事，這是報仇的事呀！報得成才是一條好漢，白饒一條、二條的性命算什麼！你要勸你娘，你娘她，嗐！⋯⋯」放聲大哭起來，哽咽良久，方才說道，「你娘她糊塗！」

但是，鄧飛蛇這番苦心，不但嫂嫂不諒，就是他這十六歲的侄兒也不能信諒。鄧飛蛇哭得哽咽難言，鄧仁路鐵了面孔，一言不發，眼中含著淚，偏不叫它掉下來。半晌才說：「二叔，你去你的吧，我做兒子的自有做兒子的道理。父母之仇，不共戴天。二叔，你自己沉得住氣，你叫我也那樣嗎？」冷笑數聲，把飛蛇握住的手抽了出來。

鄧飛蛇頓時手腳冰冷，惱恨得說不出話來，直著眼瞪視小虎，小虎便大瞪著眼直視鄧潮，四目對射，一點也不躲避。鄧飛蛇深深哀嘆了一聲，道：「孩子，你⋯⋯」小虎哼了一聲道：「我怎麼樣？我是賊羔子，忘恩無恥之徒！」口角尖銳，不在他娘以下。飛蛇鄧潮噎得像瘋了似的，霍地站起

來，撲到小虎面前。小虎傲然立住，連動也不動，兩隻眼睛很冷酷地盯住鄧潮。鄧潮噤住了，退回幾步來，胸中的話，胸中的苦，如潮水湧上舌端；但張了張嘴，仍然是吐不出。猛然舉起手掌，惡狠狠打了自己幾個嘴巴。

小虎鄧仁路微微一動，又忍住了，陡然立起身來，說道：「二叔，你這是做什麼？何苦打那臉？我今年還小，我十六歲了，我爹爹死了幾年了？」一甩袖子，掉頭出去，把鄧潮乾丟在那裡。

鄧飛蛇又似利劍穿胸，頹然倒在椅子上，抱頭狂哭起來。

嫂嫂、侄兒沒有一個來勸他，也沒有一個來理他！

鄧飛蛇霍地將鋼刀掣出，就往項上一勒⋯⋯忽然他一轉念，提刀搶出屋來，滿臉的汗淚鼻涕，跑到嫂嫂、侄兒那邊。

嫂嫂和侄兒正相對哭泣。鄧飛蛇突然在當地跪下，大號道：「死去的哥哥，我不能給你報仇，我就不是人！⋯⋯蒼天，蒼天，我要拿這把刀，把姓林的一家大小，老老少少，個個不留，殺個淨盡。姓林的只要留下半個人芽，我鄧老二就非為人類，我就拿這把刀抹脖子自殺！哥哥，我不說十年，二十年給報仇；我鄧潮今年二十九歲，我要破著一輩子，不娶妻，不要兒子，任什麼也不做，我非得報了這個仇！我若口不應心，叫我天誅地滅！」

鄧潮咬牙切齒，橫刀起誓，爬起來，對嫂嫂、侄兒說：「你們娘倆等著吧，只當我是畜類，不是人生父母養的。多咱你們聽姓林的死了，咱們再相見！」說罷，淚流滿面地奔出去了，又淚流滿面奔回來。卻不知從何處，起出來數十根金條，一手交給侄兒、嫂嫂說道：「嫂嫂，我的話說盡了，洗手在嫂嫂，不洗手也在嫂嫂。我哥哥只有小虎這條後代，我們老鄧家也只有他一條香煙。嫂嫂，我可是交給你了！⋯⋯嫂嫂保重，小弟去了！」又淚流滿面地奔了出去，從此鄧潮失蹤，才引出了前邊的那番故事。

第二十三章　高雌虎攜子訪藝

高三妼和小虎鄧仁路母子，到底不盡依著鄧飛蛇的勸告，改做良民；卻也不曾徑直找獅子林，硬去拚命。母子倆人將部下殘眾邀來，揮淚講了一番話，問他們將來作何打算？群盜說：「既不能扛鋤，又不會擔筐，還是換個地方，接著幹舊營生。」高三妼便請群盜另推首領，她母子告退出夥，將那數十根金條，分一半贈給群盜，留一半自用，拿來打成一件兵刃，用漆漆黑了。所有帶出來的細軟，也分給部下群寇一些，餘下的就做了自己的盤纏。母子相偕，扮做官眷，竟離開川陝，東投冀豫去了，這母子也要尋訪能人！

河南北部彰德府，有高三妼當年的二師母，聽說她依然健在，只是早已改行。江湖上傳言，說這二師母竟在彰德府城內，開了一座酒館，暗中仍與武林中人來往。高三妼攜帶十六歲的兒子，一路尋訪了去。見了面，哭訴丈夫慘亡，夥伴星散，小叔子懦弱無能，兒子年幼本領不濟，求師母做主，好歹給她報仇出氣。

她的這師母也是有名的母夜叉，婆家姓馮，娘家姓崔，外號叫做大腳四，本是大盜馮老連的妾。在當年盛時，貌美英勇，明著跑馬賣解，做了武妓；暗地裡她卻是個女飛賊，偷盜綁票全做。專一綁人家美貌的閨女，投信勒贖，不來贖，她就賣入娼窯，是最惡不過的一個女盜賊。忽一年遇上敵手，她吃了一個大虧，竟一怒看破紅塵，要削髮為尼。但她又耐不住做尼姑的清苦，而且不甘寂寞，離開男人不行，出家數年，到底她又留起頭髮來。幾經滄桑之變，最後她做了卓文君，開酒樓，又開客店。這番倒是真做生意，並非黑店；不過江湖上的朋友，有來找她的，她照常照應，並不諱避，膽氣是很大的。

　　如今她人老珠黃，又瞎了一隻眼，早沒有當年的姿容了；可是雌威仍在，武林中多結怨仇，她的武功始終沒敢丟下。現在她一見這得意的女徒，已成半老徐娘了，老婆子喃喃說道：「三妮子，我只聽說你嫁了川邊金牛寨的飛虎鄧淵，怎麼他又死了呢？這不要緊，我給你留神，你不妨往前走一步。……什麼，你不想嫁人了？金牛寨散夥了，你要報仇啊？那更沒說的，咱娘們不能吃虧，回頭叫你師弟幫幫你，找你那仇人去。你的仇人是誰呢？」

　　高三妗咬著牙說：「師娘，你老人家一點也沒有聽說嗎？俺男人是叫個吃托線保鏢的小子害的，他叫什麼獅子林。」

　　大腳四一聽「獅子林」三個字，不由愕然；睜著那一隻眼，說道：「是獅子林麼？我認識他！」大腳四的小兒子馮魁在旁聽了，也倒吸一口涼氣道：「害鄧大哥的怎麼是他？這可糟！」馮魁母子一露詫異，這高三妗母子登時變了臉色，急忙問道：「師娘，難道這姓林的竟跟你老有交情麼？這獅子林的名字叫林廷揚，在保定開著安遠鏢局的。」

　　大腳四這瞎婆婆搔著半禿的頭皮，半晌才說道：「我知道啊，這可真糟，你男人怎麼落在他手裡？這個小兔羔子好不硬幫哩，你大師哥就在他手裡栽過跟頭。」高三妗放了心，她起初疑心大腳四跟獅子林有什麼淵源哩，那一來就不好辦了。現在既知也是對頭，倒可以同仇敵愾，協力找姓林的算帳了。高三妗又喜歡起來，忙問大腳四：「大師哥是怎樣栽在獅子林手裡的？」這個瞎婆娘一隻眼忽睜忽閉地說道：「這還有什麼緣故？左不過是你師哥剪過他的鏢，打不過他，鏢又叫他截回去了。」

　　高三妗暗地越加慶幸，忙又說：「師娘和師兄就白栽了不成？」大腳四把白髮禿頂的頭搖得像貨郎鼓似的，喃喃說道：「你不知道啊！這小兔羔子才二十來歲，手底下好歹毒哩！」馮魁插言道：「老奶奶記錯了，獅子林今年至少也有三十多了。」

轉臉對高三妙說道：「這獅子林乃是南荒大俠一塵道人得意的門徒白雁耿秋原的大弟子，得到天罡劍的正傳，劍術非常屬害。他又會一手好暗器，鏢也會，彈弓也會，袖箭、飛蝗石子，樣樣都精，百發百中。而且他馬上的功夫也強，他的馬上弓箭有百步穿楊之能，好不棘手哩。我大哥竟鬥不過他，差點吃了他連環鏢的大虧。要不是老奶奶到場，大哥就有性命之憂。」

高三妙又精神一振，道：「師娘出馬，這個獅子林自然吃不住勁了！可是的，師娘你老人家跟他動手，覺著他手底下究竟怎麼樣？」大腳四笑道：「要是我真個出馬，倒不見得我這大年紀，叫他一個晚生下輩搶了上風。不過我那回去，不是去打劫，乃是聽見獅子林的名字，想起當年尹鴻圖囑咐我的話，要跟他朝朝相。」

高三妙道：「尹鴻圖是誰？」老婆婆答道：「尹鴻圖就是這個獅子林的師伯，乃是一塵道長最得意的第二門徒，和謝黃鶴、耿白雁，並稱獅林三鳥的。」高三妙又道：「他跟你老認識麼？」大腳四點點頭。高三妙又問：「莫非他為著獅子林，曾經託付過你老？」瞎婆婆微微一笑，道：「你真猜對了，尹鴻圖知道我們在這條線上做買賣，他特為給他這師侄幫忙，往江湖道上，四處託人情。」

這位瞎婆婆當下一手按著膝蓋，一手拿著根旱煙袋，緩緩噴吐著，說起了當年的舊話，道：「我當年為了做一票買賣，曾到豫鄂交界，一個叫龍頭溝的地方開耙。據踩盤子采來的消息，是湘東富商周某，攜眷回中州原籍。這票買賣若做下來，據說足有一兩萬，我當時也為手下的孩子們好久沒見大油水，實在熬苦極了，樂得『開青龍得彩』，也是件痛快的事。我就跟你師父，率領手下的孩子們，投奔龍頭溝，安下了樁。那富商果然一站跟一站，如時來到，攜帶的行囊果然夠勁。挨到斷崖夾道上，我們就亮青子，動手要搶，不料人家帶著托線了。兩下對了盤，竟用江湖道上的

規矩，跟我們答話，一道萬兒字，才曉得保鏢的這位托線並不是什麼有名人物；那傢伙叫張鐵槍，跟咱們也素無來往。可是他竟點出這姓周的不是什麼湘東富商，人家竟是名震中原、江湖盛稱的鄒善人。轎上坐著的乃是鄒善人的長房孫少爺，倒是從湘東來的；可是新完婚，同行的還有新少奶奶；財物真不少，全是嫁妝。三妞，你總知道鄒善人的名聲吧。我們江湖上做藝的人流落在河南，到他門下求幫告助，人家是有求必應。我手下的孩子們，就有兩個受過人家的好處。我雖然做這行沒本的生意，可是江湖上的公論，我也不能不顧忌。我又捨不得這票好油水，我正在游移，打算只劫財，不劫人；誰想你師父竟向我遞過幾句話，叫我別動。你師父一馬當先，衝那保鏢的張鐵槍交代了幾句又軟又硬的話，告訴他，『我們並不是盡為你老兄保著，就肯借道；我們只為久仰鄒孟嘗老先生的大名，所以願欲交他一個朋友。相好的，我們不但不剪這票買賣，我還要出點力。』你師父竟拔下那一根紫竹袖箭，插刀拍馬，走到鄒少爺的轎前，把袖箭贈給他。說：『鄒少爺，我馮老連和老婆子大腳四兩口子，今天跟鄒少爺討臉了。我們手下的人受過你們太老爺的好處，這是我們一點人心。這前途三百里以內，憑我姓馮的一支箭，可以閉著眼，穩走過去。』遂吩咐手下人收隊讓路。……」

　　大腳四滔滔說著，高三妍很不耐煩，這與獅子林有何干涉呢？馮魁插言道：「三姐別著急，你往下聽啊！」大腳四接著說：「當時我也覺著你師父賣人情，賣得過火了。但是他當場借了道，我也不好說什麼。我正要讓過張鐵槍，詰問你師父，為何這樣慷慨？就在這時，猛然聽得龍頭溝一段疏林危崖上，有人哈哈一笑。我急抬頭一看，從斷崖一棵古槐上，竟躥下兩條藍影，輕輕飄落下來，如飛鳥一樣，我細看來人，是一個中年佩劍壯士，和一個白面微髯的中年道人。道人手執拂塵，也背插一劍，兩個人英氣凜凜，卻滿面含春地站在我們面前。」

高三姹驚問道：「這是誰？」瞎婆婆微微一笑，把一隻眼略一開合，說道：「是誰？這中年壯士就是那大名鼎鼎的獅林觀一塵道長的第二高足尹鴻圖，就是獅子林這小子的二師伯。」

高三姹忙問：「那中年老道呢？」瞎婆婆大腳四冷笑道：「那更不是外人，那就是一塵道長的第三個高足，有名的白雁耿秋原耿老道，就是獅子林的師父！」高三姹失聲道：「哦！」

瞎婆婆接著說道：「到了這時，我才明白，你師父忽然借道的原因了。你師父一定是先看出斷崖潛伏著能人，所以才如此慷慨客氣。但是，你總知道我的脾氣，我可怎麼受得住這個呢？我就一伸手，拔出兵刃來。這尹鴻圖和耿秋原擋在我們四十多人的面前，一點也不在意，反而衝著你師父，含笑點頭。我呢，只想到他們倆來意不善，就喝問道：『喂，朋友，你們這一手『雲裡翻』足見功夫，一定是武林名手了。我大腳四要請問請問，朋友你貴姓，道長你的法號寶觀。我們兩口子在這裡有點私事，你二位是什麼來意？』我當時這話說得氣很沖，你師父要攔我，都沒攔住。你師父就急急地叫著我的名字，吆喝著，『這是好朋友，你不要胡鬧。』忙過去周旋。誰知這兩人竟不介意，反倒很佩服我似的，竟管我叫二嫂子，『二嫂子，你不認得我們了？』尹鴻圖就報出字號來，把我嚇了一跳。」

高三姹道：「二師娘，如此說來，你和尹鴻圖，一定早有認識了？」瞎婆婆道：「我哪裡認得他，他不過故露一手，言其早已曉得我們的底細罷了。那耿秋原只拈髯微笑，一言不發。那尹鴻圖就說，『馮大哥二嫂子，你夫妻不認識我，我卻久慕你們的威名。不過你們這一樁事辦得很漂亮，我們不能不謝謝。』轉過來，又對我發話，『二嫂子，我們在江湖上，很聽見別人說過你。我聽說你們兩口子，常常販賣人口，這話是真是假？』我就說，『真也罷，假也罷，你管不著！』你師父瞪我一眼，賠著笑，對人家說，『尹仁兄乃是大俠門徒，我姓馮的不敢高攀，至於你說我們販賣人

口，剛才的事你是見過了。常言說得好，眼見是實，耳聽是虛。我姓馮的也不是怕事的人，不過十個人抬不過一個理字去。尹仁兄，耿道長，剛才的事叫你們二位說吧，你瞧我們像個販賣人口的人麼？』你師父這句話竟把尹鴻圖問住了。」

瞎婆婆又道：「這是我們兩口子丟臉洩氣的事；三妞，錯過是你，對外人我絕不肯說。我當時只生氣，你師父卻一個勁地對付。尹鴻圖和耿白雁兩個人嘀咕了一陣，回頭來說，『馮大哥，二嫂子，我們弟兄在此路過，和張鐵槍也不認識。剛才你辦的事很夠江湖道義，咱們後會有期吧。』他們一道一俗說了這幾句話，就走了。你師父極力招攬，要邀二人到就近地方，獻一杯水酒。這二人力辭而去，說是他們有要緊事，要到少林寺去。等到兩人去後，你師父就向我吐舌頭，埋怨我一頓。他告訴我，尹鴻圖在獅子林觀，雖然排行第二，可是天資過人，武技精湛，他掌門大師哥謝秋野道人實在不如他。那耿白雁比尹鴻圖差些，可也比大師兄勝強一籌。他二人盡得一塵道人天罡劍的祕傳，實在不好惹。你師父一時留心，瞥見斷崖上的人影，做了這件漂亮事，才把他二人對付走了。尹鴻圖這傢伙從此竟很看得起你師父；我呢，連帶著也沾了光。等到近年獅子林林廷揚，接承他岳父黑鷹程岳的鏢局，在中原、江南初創鏢道。這個尹鴻圖就拿師伯的地位，把黃河以南的綠林道，都替師侄託付了一番。你師父跟我，都承他來信囑託過。我們和他南荒大俠這一支，各不相擾，各走各道。但自從有這一回交道，面子上各留一步，居然互相關照著很客氣。我和你師父也就嫌丟人，不再綁票了。等到尹鴻圖，耿秋原為師報仇，尋訪西川唐大嫂的門人時，他們又曾向我們打聽過，請我們替他密訪喬健生、喬健才的蹤跡，我們很幫了他一回忙。三妞你看，我和尹鴻圖有這一番交道，我怎好替你出頭？你要是想找場面，打算跟獅子林和解，我老婆子倒可以給你找尹鴻圖去，叫他帶著獅子林，向你賠禮。可是你們有這麼大的

過節兒，又豈是一杯水酒，就能了結的？你們有不共戴天之仇啊！我實在也不能這麼辦，我也不能替你出頭。不但我，就是你兄弟，也不好找獅子林去。我有什麼法子呢？」

高三妙一聽，放聲大哭起來。小虎鄧仁路就一面跪求，一面說憤激的話：「想不到師太偌大的威名，也跟我二叔一樣怕事！師太明著不好出頭，難道你老暗中幫我們一把，還不行麼？也不用你老出遠門，只等獅子林到河南來，你老幫我們娘兒兩個，偷偷給他一下子。」小虎頭十六歲的孩子，說出來的話居然有軟有硬，條條是理，高三妙連忙申斥他。大腳四聽了，不但沒惱，反而睜著那一隻不瞎的眼，笑罵道：「好你個小賊羔子，你會跟我撒賴，你笑師奶沒膽麼？可是這裡頭有面子事兒，不能硬來。你叫我暗算一個後生小輩，你小孩子家不懂事，許你那麼胡說，師奶卻不能那麼瞎幹。」

這瞎婆沉思良久，被纏不過，終於想出一招來。便命兒子馮魁，寫信一封，給那豫南雞公山的鐵帽僧僧亮。僧亮是武林名輩，和大腳四有些淵源，也許可以求告出來，拔刀相助。瞎婆婆的意思，打算叫小虎頭母子，投到雞公山去，請僧亮看在江湖道上，幫高三妙全節，幫鄧仁路盡孝。

高三妙拭淚止悲，看著寫信，臉上露出疑難的神色來。江湖上傳言，這鐵帽僧乃是當代盜俠，武功卓絕，行蹤飄忽，他可肯出山，替人報私仇麼？大腳四催勸道：「我叫你去，你只管去，我自然有道理。三妞，我還能故意推託，騙你們不成？」

馮魁插言道：「三姐，你只管去投他去；這鐵帽僧別看是當代怪俠，可是當年他受過我爹、我娘的好處。你找了他去，料想他未必好意思拒絕你。」大腳四另外又取出一支紅桿的袖箭，叫小虎頭母子掌著這個去，作為憑證。

高三妙收了信箭，母子雙雙叩謝。跟著向師母打聽鐵帽僧的為人、技

能和住處；見了他，該怎麼說話。復向師弟馮魁打聽，這僧亮究竟欠著師父、師母什麼情。大腳四知道她心上不落實，瞎眼一翻一翻的，這才把詳情描了一遍。這鐵帽僧法名僧亮，俗姓惲，名紀明，一向行止詭異難測。間時他挑一軸佛像，滿面紅光，搖著串鈴，賣藥賣卜，似一個游僧；也有時鶉衣百結，腰傴面黃，呻吟化緣，裝作一個病和尚。有人疑心他是獨行大盜，卻罕聞作案；或猜他是祕密會幫，又不見他與同黨往還。他的存身處更是隱祕，雞公山雞鳴寺只是他的傳信地點，除了馮氏母子，外間更無他人曉得。僧亮的出身也是一個謎，有的說他自幼出家，有的說是曾遇禍變，殺妻削髮。他懷著一身絕技，既擅鐵布衫橫練，又精氣功和內家拳，更會鷹爪力、大擒拿法。縱橫江湖數十年，竟沒有一人確知他屬於武林哪個宗派。據說他運用朝元聚頂的功夫，能夠挺起一顆禿頭，搪人家的刀箭；只要是眼睛看得見、耳朵聽得出的暗器，發出來，再休想傷著他。他不但能接人家的暗器，又能奪人家的兵刃；因此江湖上給他起了個「鐵帽金羅漢，千手千眼佛」的綽號，彷彿他是百練金身，鐵鑄頭顱一般。

　　鐵帽僧這人脾氣古怪，獨來獨往，心狠手辣，但是恩怨分明。當年他得過一場重病，在旅途病困中，為仇人所窘，性命危殆。多虧著馮老連，和他的正妻萬氏、次妻大腳四，夫妻三口陌路遇見，替他趕跑了仇人。鐵帽僧自此感激入骨，頗有幾次，給大腳四夫妻捧場。大腳四夫妻所幹的營生，鐵帽僧不以為然，但因欠著人家救命之恩，只要大腳四夫妻那支紅桿袖箭一到，他必不遠千里，趕來幫忙。大腳四夫妻也頗識趣，未敢過於瑣瀆他。鐵帽僧亮勸大腳四夫妻，就是做這無本營生，也要留德。風聞賢伉儷手下人有掠賣婦女的話，這絕不可做；不止於有損陰騭，也為綠林同道所不齒。馮老連低頭不語，斜睨了大腳四一眼；大腳四忙說：「這是謠言，我們可不幹那種勾當。」僧亮未暇深辨，只沉著臉說：有則改之，無則加勉罷了。

大腳四為了高攀這英雄朋友，也自此斂跡，不再販賣人口。鐵帽僧訪聞屬實，很覺欣慰，以為做了一件功果。

他們相交，先後十一年。在這十一年中，大腳四夫妻曾承鐵帽僧幫過兩次大忙，兩次小忙。到末一次幫忙時，鐵帽僧吐出了口風，意思是適可而止吧，勸他夫妻倆及早收篷。大腳四不聽，所以才招來一個大跟頭。再找鐵帽僧求援時，則已俠蹤驟隱，逝若神龍了。大腳四失望而歸，不久她的男人馮老連和嫡室萬氏，便大限臨頭，兩口子同時殞命，連長子馮元也駢死在數。大腳四時方懷孕，掙出性命，卻負傷墮胎，大病起來；她因此一怒出家，要削髮為尼。到這時鐵帽僧才驀然出現，趕到靈前，撫棺一痛。稱大腳四為二嫂子，稱馮魁為二侄子，這稱呼在先是沒有的，只稱老連為馮舵主罷了。賴他出力，才盜出馮老連的首級來，備棺安葬了。又勸大腳四，好好撫養二侄子馮魁，好給馮大哥留一條後。自此年供柴，月供米，鐵帽僧自己不出面，暗遣門徒，照應馮家母子。又經大腳四母子苦求，請鐵帽僧收馮魁為徒。起初鐵帽僧拒絕不允，說馮魁學藝年紀太大了，從師又年紀太小了。擋不住這母子哭泣央告，鐵帽僧才提出幾個條件：第一，收馮魁為徒時，要苦練八年，藝不成，不得出師，藝成，不得為盜；第二，馮魁既經認師，便得隨師遊方各處，不得擅自回家，更不得娶妻貪色；第三，即使拜師授藝，對外人也不得自承為鐵帽僧的徒弟。這三條都夠刁難的，第一條尤其無理，僧亮與賊為友，卻禁徒弟為盜；殊不知道正是鐵帽僧的一番深慮。大腳四母子只求學藝，模模糊糊地答應了。果然馮魁從師不久，便受不了那辛苦，私自跑回家來。他剛剛到家，鐵帽僧已跟蹤綴下。叫著大腳四道：「二嫂子，我說二侄子不成不是？他太嬌生慣養了。要練我這套苦功，老實說，必須出家人，有長性，能受苦才行。大哥去世早，馮家還要倚靠二侄子接續香煙哩；他學我這一套，怎麼能行？」遂很抱歉似的，給留下許多銀兩，又就近把馮魁推薦到另一位拳

師門下學藝。這便是大腳四和鐵帽僧的一段因緣。

這鐵帽僧雖是大俠，脾氣乖張，卻一往情深，十分念舊。

起初鐵帽僧實是安心躲著他們；自從馮老連喪命之後，好比經過這一度生死交情，鐵帽僧反倒對馮氏母子十分厚待，他的住處也為大腳四所知了。告訴大腳四，如有緩急，可到雞公山麓雞鳴寺找他去。因為有這一番交代，大腳四才敢寫信傳箭，把高三妙母子轉薦到鐵帽僧那裡去。高三妙聽了這一套話，涕淚橫頤的臉上泛出喜色來。她也久仰鐵帽僧僧亮的威名，不過總擔心怕人家不管。大腳四既說出這番淵源，高三妙一塊石頭落了地，忙向瞎婆婆再三稱謝。但是馮魁卻說：「三姐別太喜歡了。你這一去，我先告訴你一個訣竅。到了雞公山，你千萬別亂打聽鐵帽僧；你母子只找雞鳴寺的小沙彌悟因。」高三妙忙問：「這悟因是誰？可是鐵帽僧的徒弟麼？」馮魁道：「這卻說不清，恐怕更晚一輩，許是他的徒孫。這悟因住在雞鳴寺，大概是專給鐵帽僧傳遞消息的。你只見著悟因，就好辦了，你求他領你見鐵帽僧亮。鐵帽僧表面很冷，骨子裡很熱，你設法以情感動他……」

瞎婆婆大腳四把她那隻獨眼一睜，又把那隻大腳一伸，接聲道：「對！你娘倆得摸準了他的脾氣。」遂將鐵帽僧的脾氣描說了一番，「你最好刺激他。他一生非常自傲，最怕人說他是盜俠，他生平避諱一個賊字。你可以說姓林的罵他了。他這人一向最重恩怨，仇友分明；可是口頭上，他慣說什麼佛門宗旨，冤親平等，出家人專給人化解冤仇。你若說報恩，他笑你太淺薄；你若說報仇，他譏你太忌恨。這都是他口頭上的冠冕話，他的心並不如此。你們說話時，要順著他的口氣；最好不可自承是要報仇，你們要說自己被仇人逼得沒法子了。你明白了麼？」高三妙道：「我明白了。」大腳四又道：「他還有一種怪脾氣，他雖然自傲，卻不喜人當面奉承他；可是又不許你誇別人。你只一誇別人，他就惱了，定要跟人比量此量。你

可以利用他這一點。」

　　大腳四想了又想，說了又說，高三妊母子一一記住了。又問：「二師娘，我這一見面，跟他先說什麼呢？」這瞎婆盤算一回，然後睜開那隻眼道：「這個，你們可以自承是被獅子林追逼得無路可逃，只求鐵帽僧收留你們，庇護你們。他若是看在我老婆子的面子上，把你娘倆收留下，你母子請他給你們找個住處。慢慢地你們再求他把小虎收下做徒弟，再慢慢地對鐵帽僧說，獅子林要找你們來了。他一聽這個，必然罵獅子林趕盡殺絕。你們再說，那是一定，獅子林一定要斬草除根的。這個獅子林當年受過綠林的害，故此苦苦與綠林做對，曾經放下『見一賊，殺一賊』的大話。……這樣子，一點、一點地擠，多咱擠得他自告奮勇，要找獅子林領教去，那你們就算大功告成了。」又諄囑了許多話，讓高三妊明天動身。高三妊要請馮魁送他母子同去。大腳四擺手道：「那不行，還是你自己投了去的好。」

　　到了次日，高三妊和鄧仁路果然攜帶著大腳四的信，跟一根紅桿袖箭，立即登程，徑赴豫南。到達雞公山下，覓店止宿，打聽雞鳴寺悟因和尚。到了第二天，打聽得有了眉目，這才真真誠誠，登門投拜；但是這頭一趟，便碰了個釘子。那雞鳴寺竟出奇的荒涼，疏林亂草中，只有三間大殿，四間東倒西歪的禪房。山門緊掩，寂然無聲，砸了好久，才出來一個火居道人。向他打聽悟因師父，這火居道人又老又聾，睜著迷離的眼，把小虎母子打量一個夠，盤問好半晌，只答出七個字：「這裡沒有這個人。」

　　小虎母子相顧愕然，忙又問：「這裡是雞鳴寺麼？」火居道人一指廟區，點了點頭。高三妊又問：「這雞公山就是這一座雞鳴寺麼？另外還有同名的沒有？」火居道人打岔道：「你說什麼？哪裡還有雞鳴寺啊！」

　　小虎母子頹然失望，起始懷疑了：「莫非馮魁母子是騙我們麼？」小虎尤其不耐煩，惡狠狠看定火居道人，半晌，喊道：「喂，聾子，你們這

裡有個鐵帽僧麼？」火居道人仍然那麼迷迷糊糊地說：「鐵帽僧？和尚只帶毗盧帽，哪有帶鐵帽子的，不壓得頭疼？」麻煩了少半天，不得要領。高三妗母子本來怪相，又是異鄉口音，這個火居道人反倒盤問起他們母子來：「女菩薩，你打聽出家人做什麼？」這句話很不像話，把個半老徐娘的高三妗說得滿面通紅。那火居道人一縮身，就要關山門。高三妗忽然想起馮魁諄囑的話，忙斂衽道：「我們是打彰德馮家來的，馮魁是我的兄弟，有要緊話，指名求見悟因師父，請你費心言語一聲吧。」火居道人把眼珠轉了轉道：「噢，你打聽悟因師父！你貴姓也是馮麼？」高三妗道：「我姓高。」火居道人忽然一笑道：「他前天出去化緣了，須過半個月，才能回來。」

高三妗並非庸俗女子，立刻變計，要進廟拈香隨喜。進得廟門，神像僅存，香火久寂，更不像香火廟，似乎全廟內外，就只這一個火居道人。高三妗行香已罷，把火居道人端詳了一番，給他一兩銀子香錢，他欣然受了。高三妗拿出江湖道的規矩，徑直說明來意，求他轉達。火居道人兩眼直翻，似不甚懂。小虎鄧仁路心裡發急，竟將那一封信、一桿袖箭取出來，直遞到火居道人手裡。哪知這個老頭子竟瞠目不接，若不是在店中問得確確實實，廟門又明明題著「雞鳴寺」，高三妗簡直疑心找錯廟了。

母子倆惘然無計，出離山門，空山寂寂，碧草吟風，只得同返店房。那一封薦信、一支紅桿袖箭，仍被那火居道人退還了。母子再向店家打聽時，店夥說雞公山下，雞鳴寺內，確有個少年僧人悟因，只是俗人總見不著他的面。小虎鄧仁路道：「娘，莫非咱們機會不湊巧，鐵帽僧帶著悟因，出外雲游去了麼？」

高三妗淒然淚下，也猜測不出。母子二人往廟中連去數次，始終是那個年老的火居道人答對他們，沒有一個面生的人出頭。小虎鄧仁路氣憤憤說道：「準是瞎婆婆騙咱們。」高三妗道：「小孩子不要胡說，你師奶騙

我們做什麼？是咱們母子運氣不好，沒碰巧罷了。」小虎又低頭想了一會兒，抬頭對母親說，要在半夜，入雞鳴寺窺探一下。高三妡凜然變色道：「這可冒昧不得。」母子倆唯有耐心等著。一晃四五天，實熬不住，母子才在半夜裡，出離店房，到寺院附近，遠遠窺望一通夜。

廟內既無燈火，也無人聲，更沒有夜行人往來的行蹤，母子二人茫然不知是怎麼一回事了。

直耗過七八天，高三妡照例打發小虎鄧仁路，每天到廟裡問兩趟，仍只是那火居道人應門，鐵帽僧師徒依然未歸。小虎鄧仁路回來告訴母親，母子同聲一喟道：「這一天又沒指望了！」有心返回去找大腳四，但又猶豫，要多等一兩天。……不想他母子對燈枯坐，愁晤多時，正要各自歸寢，窗外忽然有人，彈指作聲。鄧仁路陡然站起來，叫道：「誰？」外面「噓」的吹了口氣，鄧仁路伸手便去摸刀。高三妡急忙一探身，搧滅了燈光。母子二人，雙雙扎束，抄到兵刃，閃出店房，把門扇虛作一推，抽身躥出來。只見一條黑影跳出店房，如飛地向大道奔去。

高三妡、鄧仁路追蹤而出；前面人影的身法、舉動，全是綠林人物的樣子。鄧仁路大叫著追趕，前面的人回頭一看，走得更快。高三妡也很吃驚，母子倆潛蹤匿名，竟被人綴上，這人探窗偷窺，不知意欲何為，想著實在可慮。真格的請不著能人，反倒遇上仇人不成？高三妡與兒子鄧仁路分兩面抄過去，那人腳程竟快得了不得，母子二人追趕不上。可是那人似乎有意逗著叫他母子來追，不時地止步，回頭，擺手，非常可惡。迤邐追來，倏已數里；這個人影竟取路荒徑，直向雞鳴寺奔去。眨眼到了廟後，這個人影毫不游疑，一掠身，跳入廟內去了。

鄧仁路大喊著，竟要跟蹤入廟，高三妡忙忙地把兒子攔住。私探一個前輩英雄的住處，乃是武林最忌諱的事。高三妡拉著小虎的手，先圍繞雞鳴寺走了一圈，山門緊閉，內外毫無動靜；伏身貼地而窺，附近也無人

蹤。高三妼道：「這是怎麼講呢？」鄧仁路道：「這個人無故把咱們調出來，一定是廟裡的人；我們就不翻牆進去，難道不可以一直上前叩門嗎？」

高三妼略一沉吟，看見路旁有一棵大樹，距廟不遠，叫著小虎，立刻都躥上樹去。往廟內一看，廟內燈火輝煌，似正有人；窺視良久，不見廟內有人出入。高三妼這才跳下樹來，對小虎道：「咱們倆冒失一下子，過去叩門吧。只是你我倉促出來，一身短裝，手拿凶器，我只怕人家挑眼。」鄧仁路道：「娘太小心了。娘焉知道不是他們故意引咱們來的呀！」高三妼道：「也許是的。」收起兵刃，整整衣襟，母子倆一直來到廟門前，鄧仁路舉手敲門。

剛剛敲了一下，山門嘩啦一響，猛然大開，把鄧仁路嚇了一跳，嗖地往回退躥數步。迎門走出來一個男子。高三妼連忙叫道：「師父，我們是河南彰德府馮四奶奶打發來，拜見亮師父的，方才有一位行家，把我們引到這裡來，我們不敢冒昧，請你進去言語一聲，亮老師父回來了吧？」

高三妼正要仔細解釋，不想那開門的人撲哧一笑道：「你是鄧大娘子？你母子太客氣了，我們老師父等你半晌了，快進來吧。」一側身就往裡讓。高三妼細看此人，黑影中不辨面貌，聽話音似很年輕，身材瘦長，肥袍禿頂；凝眸注視，是一個和尚。心中猜想，這定是那個小沙彌悟因了。

高三妼心頭微慌，她追得太驟，把大腳四給寫的書信和袖箭全沒帶來。忙向開門小和尚行禮道：「少當家的，你老一定是悟因師父了？」少年和尚答道：「不錯，請進來吧！」高三妼道：「少師父，我們母子半夜三更被人調出來，引到這裡，我們沒有穿長衣服。你老看，我們還帶著防身的兵刃哩。你老費心先給我解說一聲，請老師父恕我們無禮。還有剛才到店中調我們的，不知是哪一位，請你告訴我們。」少年和尚擺手笑道：「這都沒有什麼說的，你進去自然明白了。」

少年和尚把鄧仁路、高三妼引入禪堂。禪房空空，一無陳設，只有一

張禪榻、一桌兩椅。禪榻上坐著一個年老的和尚，深目高鼻，眉短頭大，面色微黃，好似個病夫；只是雙瞳銳利，炯炯發光，唇上無鬚，頷下留著一撮羊髯，長約五寸。這人正是鐵帽僧僧亮。桌旁坐著兩個中年俗家人，各穿著一身急裝短褲，便是鐵帽僧的兩位高足，金錚和陳堅。少年和尚用手一指道：「這就是我們師祖。……師祖，這兩位就是住在店中，投見你老的鄧奶奶和鄧小施主。」

僧亮從禪榻上站立起來，這才看出身材高大，上身很短，下身生著兩條鶴足似的長腿。

高三妙連忙下拜道：「老師父，弟子鄧高氏，是彰德馮四奶奶的徒弟。帶兒子鄧仁路，奉師命來謁見老師父的。」說話時，那兩個俗家人金錚和陳堅，悄然站起來，似要退出。僧亮一面還禮，一面吩咐金錚、陳堅，再搬兩個坐具來，又命小沙彌悟因看茶。

高三妙坐定，方要開言，鐵帽僧略一打量高氏母子，就攔住道：「這位女施主和這位小施主，你們的來意，我已經明白了。你們不是有仇人麼？是要到我這裡，學能耐報仇，借地方避難麼？」

開門見山，高三妙的來意，被人家開口道破了一半。還有一番真意，要請鐵帽僧拔刀相助的話，高三妙可就疑畏起來了。

鐵帽僧道：「女菩薩！我出家人以慈悲為善，以救苦為心，講究給人世間化解怨仇。你要叫你的令郎投在我門下，學好本事，就去尋訪仇家，把仇人和他家老老少少，一個不留，斬殺淨盡。你看，這就像從我這裡借刀，去殺人一樣。我們出家人不比俗家，出家人知法犯法，罪加一等，我佛如來就不能容我了，我豈不成了佛門敗類？況且我，你不要輕信江湖上那些誑言，硬說我會什麼功夫。……」

鐵帽僧哈哈一陣高笑，手指金、陳二弟子道：「我什麼功夫也不會，你問他兩人，就明白了。這是我門下兩個弟子，他哥倆也是誤信江湖上有

一說二的誑語，冒冒失失投到我門下，學功夫來。我的功夫不是沒有，我會唸經，會建醮拜懺，這是我出家人的本分。還有兩樣真實本事，我會給人家畫符治病，接骨療瘡。我出家人就指著這個餬口。小廟一無田，二無產，他們就全靠我給人瞧病得來的香資，好歹吃飯罷了。你母子大遠地來了，千萬別聽人們那些胡話。」

高三妗呆了，鐵帽僧弦外之音是拒絕收留。明知他說的是假話，也不敢點破；立起身來，叫了一聲：「老師父，弟子我……」鐵帽僧越發把雙眼笑成一線，搶先說道：「阿彌陀佛！我出家人，不打誑語的。你要叫令郎跟著我遊方賣藥，學著熬膏藥，配五毒丹、清心散，那是可以的，那一定可以的。你要借刀報仇，我出家人還有一個仇人哩，我還想報仇，可惜我沒有本領。」

於是鐵帽僧把自己這個仇人很說了一陣，足足講了一頓飯時，還沒有講完。這個仇人也是一個窮和尚，不過偷了他的藥方，賣假藥，把他賣藥的生意攪了。鐵帽僧說：「出家人本不該有怨仇，可是他不該斷我的飯路，我早年很想請能人給我報仇。又一想，嗐，也罷了，忘仇解怨是至高無上的善緣。」鐵帽僧又說起善緣來，人生在世，應該廣結善緣。天南地北，講了好半晌。講的話俗而又俗，不但不像大俠，也不似高僧。而且一直不容高三妗開口；只一開口，這鐵帽僧就又打開說話匣子，說個不了。

高三妗心上著急，仍不敢攔話，勉強聽著。鄧仁路小孩子急得頭筋暴漲，不禁大聲插話，說得到大腳四的薦信，明早拿來求老師父賞觀，務求收留我們。鐵帽僧看了鄧仁路一眼，道：「薦信，看也可以，不看也一樣。我出家人就是這個意思，也不想收徒弟，也沒有力量給人幫忙，更不能庇護誰，求施主們多多原諒。」又站起來說：「並且我一天到晚忙，不是東家接我誦經，就是西家接我治病，連擺藥攤的工夫也沒有了。」胡扯了一陣，打了個問訊，那意思是請客人告辭。毫不容分說，金錚、陳堅兩個弟

子站起來，讓道：「天很晚了，彼此不便，請女施主回店肥。」

金錚、陳堅把高氏母子硬送出廟門，卻拿出兩封銀子，共一百兩，遞給小虎道：「這是家師一點小意思。……」

高三妳滿面通紅，道：「金爺，我母子不是為這個來的。我們實是彰德府馮四奶奶打發來拜見老師父的，我們是被仇人逼得沒路了，來求老師父庇護。我們有一封薦信和一支紅桿袖箭，現在店中……」金錚搖手道：「這信家師知道了，不用看了。實不相瞞，家師近年一心退隱，像這些事，實在不能效勞了。而且家師和我們的能耐，也庇護不住人；很對不住，我們家師已經給馮四奶奶去信了。」

高三妳費了許多唇舌，金錚、陳堅兩人仍然代師推辭。高三妳又說：「今天已晚，我們明天再來。」陳堅連連搖頭道：「對不住，家師性情很滯，話說出口，再挽不回去。我看你母子也很有苦情，我告訴你一句實底，你們不要在這裡多耽誤工夫了，趕快另打主意吧。」這母子相顧無奈，嘆了一口氣，只得回轉店房。娘兒兩個猜疑著，不曉得自己來意，是怎麼被鐵帽僧看出來了。

正在欲留不得，欲歸不甘之時，大腳四忽然趕到。找到店中，先把高氏母子抱怨了一頓：「你們一定是在店中說話不留神，叫人家偷聽去了。」原來大腳四的薦信沒有遞上去，可是鐵帽僧的覆信一步趕先，已經送到彰德。大腳四將鐵帽僧的覆信拿出來，給高三妳看。果然高三妳避仇求助的本意，已為鐵帽僧所知。大腳四一切打算，如何打動人家，如何激怒人家的話，都沒有用處了。人家早明白了！

大腳四只好親自登門，面見鐵帽僧僧亮，再三代求。鐵帽僧到此說了真話，借刀報仇的事，他出家人決意不為。拜師學藝，以備他年復仇的話，鐵帽僧也不能答應。至於庇護高三妳，這更不行。鐵帽僧意思之間，自己既常雲游，就不能給人家做擋箭牌了。況且男女授受不親，我又是個

出家人，我怎能收留一個寡婦？

這話說得高三妗很難為情，這鐵帽僧滿不介意，倒很得意這句話，拿來說了又說：「二嫂子，你瞧，這不是太可笑嗎？」

反而轉勸大腳四，把高三妗留下，那倒便當得很。……無論大腳四怎麼勸說，無論高三妗如何當面跪求，鐵帽僧咬定牙關，不肯答應。

麻煩到實在不得開交，鐵帽僧只吐出一點口風，可以收留鄧仁路，把本身技藝教給他；但須鄧仁路起誓，第一，只可挾技御仇，不許挾技尋仇；第二，須小虎鄧仁路終身不娶，也削髮為僧，並要長年隨師遊方，受得住苦，耐得住勞，不厭不倦，不半途而廢；第三，出師的年限是十二年，在此年限，高三妗不得登門看兒子，鄧仁路也不許請假探母親。還有一條，藝成不得逞能凌人，更不得為盜。這條件比起馮魁，又苛刻一層了。

鐵帽僧向大腳四提出了這樣的苛刻條件，叫她切實問高三妗母子去，有這耐性沒有？又當面說明：「不是我出家人故意刁難。二嫂子你是知道我的，我這門的功夫，就是這樣欲速不達，耐得住，才能學得會。頂要緊的是必須童工。只看鄧仁路這小子，他自己有橫勁沒有就是了。他如果真有這般橫勁，我更求之不得。我收的這兩個俗家徒弟，我都嫌他們不是童工，也沒有耐性。我瞧鄧仁路這小孩子倒好像有個狠勁似的，只怕他娘捨不得。二嫂子儘管開誠布公問問他們。」

說到此為止，再說便說不進去了。大腳四只得詳告高三妗母子，叫他們自己斟酌；母子倆為難良久，只覺得這十二年的歲月太長，實在忍耐不得。打算捨了這條船，別訪能手去。大腳四道：「三妞，你不必犯死心眼，老和尚故意刁難你們罷了。你們小虎如果有志氣，學上三年五載，師徒同處，投了脾氣，有了緣分，豈不也可以提早出師？我替你們打算，只要這個怪和尚答應了收徒，隨便他怎麼刁難，你全答應他，他就沒法了。至於別訪能人，我看很難；但是你可以把小虎安置在這裡，你自己另訪能手

去。你母子兩人分道揚鑣，正可以各盡其道。」

高三妙聞言，不禁點頭淚下。回想起小叔子飛蛇鄧潮的打算，也是十年為期；為了給小叔子較勁，只可這樣辦了。因又問小虎，到底受得了不；小虎摩拳擦掌道：「十二年？不就是十二年麼！到底還有個日限呀，我受。娘放心，我一定爭這口氣，我只要好好地學，換得鐵帽僧的歡喜，也可以早幾年出師。」遂這樣定規下，回覆了鐵帽僧；擇日拜師，投入門下。

高三妙立刻由大腳四帶走，不得在雞公山逗留。這是鐵帽僧提出來的條件，必須履行。

小虎鄧仁路與母大蟲高三妙母子灑淚而別，各奔前程。母子二人暗打主意，以七年為期，到那時小虎也二十三歲了，就可以央告師父，出門訪仇。別看鐵帽僧口頭上那麼說，從來孝子復仇，絕不會遭人鄙薄的；而且，一定為人所欽仰，所贊助。

自此小虎跟著鐵帽僧，受了許多奔波困苦。鐵帽僧是個別有作為的人，行蹤飄忽，很詭祕地幹他自己的營生。把小虎頭交給弟子陳堅，算是由師兄傳藝，索性連鐵帽僧的面都很少見。高三妙就到彰德府，在大腳四開的客棧住了些時日；終於未肯息居，她便北赴保定，去窺伺獅子林的動靜。母子們下這苦心，到底終成虛牝！鐵帽僧這個怪和尚，始終打不動，還是不肯拔刀相助。鄧家母子苦苦地熬了五個年頭，最後小虎鄧仁路別有所遇，改投門戶，就背師私逃出來。

他母子一番巧計成空；那飛蛇鄧潮卻埋頭數年，把一口金背刀、三隻亮銀鏢，練得與當年大不相同。而且他跋涉江湖，先後物色了幾個好幫手，終於在浙閩發動了第一次復仇。那閩北大盜蔡九成，並為此失去了一隻手臂。鄧飛蛇第二次又下苦心，請出一個隱名的盜俠，臥薪嘗膽，設下巧計，先結交，後施恩，費盡了水磨工夫，居然把這盜俠打動。到第十五年頭上，居然被他報了仇，獅子林遭了小白龍的毒手！

第二十三章　高雌虎攜子訪藝

第二十四章　小白龍脫劫遇豔

　　湖南省北境，安鄉縣南，有一座七星湖，乃是洞庭湖群泊的一泊。此地港泊分歧，水道四通，漁產很豐。湖邊有一小村，名叫七星屯，三面環水，一面著陸，可以說是一座小洲。

　　洲中住著許多漁家和農夫，讀書識字的人很少。卻有一座三官廟，住著一位老貢生，姓楊，字心樵，就在廟內設帳訓蒙，有三五十個漁童、村孩，跟著他讀書。

　　老貢生為人和藹可親，不但是村童的老夫子，也是這小小水鄉的老夫子。漁家、農戶寫書信，立租約，都要找他代筆；合婚書春，也要找他寫字。楊心樵是有求必應，頗得全村的敬愛。他無妻無子，只有一女，乳名阿芳，學名就叫春芳。老貢生每天兩餐，就由他女兒阿芳給做，父女相依為命。楊春芳幼守庭訓，針黹而外，居然頗識書字，唸唸唐詩，讀讀文章，只是寫作差些，人卻聰明美秀。當春芳十八歲那年，仲春時候，南方春早，雜花生樹，春色都滿了。老貢生由書房緩步出來，在廟廡下閒走，忽然唱嘆一聲。

　　楊心樵乃是外鄉人，他在此地設帳課徒，非為餬口，實為避禍。老貢生的身世也自有難言之隱，避居此地，已經十多年了，當地人多不曉得他的家世。他雖是個老貢生，授徒為業，卻在七星屯，置下幾十畝良田，他的私囊竟很富足；只是農民無知，並不很理會罷了。他這幾十畝地也是慢慢添置的，對人說是放利息錢，聚積得來的。

　　這日，老貢生仰望天空，淒然欲淚。自覺頂生華髮，老景催人；可是膝下愛女，至今東床猶虛。近年自覺精神漸不如前，萬一不幸，拋下這一個弱女，可怎麼好呢？老妻已死，內弟未來，一想到這事，心頭如針炙似

的難過。這七星屯又是小地方，讀書種子很少；他絕不願把愛女隨便嫁給俗物。老貢生一念及此，淒然嘆氣；女兒看出來這一點，委婉勸解道：「爹爹又發愁了。你老人家也太心窄了，我們在這裡住得很好，你老又何必想家呢？」

老貢生道：「籲，傻孩子，我不是想家，我是想到你的終身，我是替你發愁啊！濟才這孩子人品倒也不錯，無奈他三十一歲了，唉，齊大非偶。」

春芳姑娘臉色一紅，笑道：「爹爹你何必替我發愁，我還不愁呢，我還是小孩哩。」

楊心樵莞爾笑了。他這女兒實在是他的掌珠，針黹烹調樣樣皆精；性情嫺靜，心地明敏。每當老父感舊生悲時，她就故作嬌憨之態，博得老人破顏一笑。楊心樵想：自己的那獨生子，不幸夭折，為了嗣續計，自然留下兒子好；若說到膝下承歡，他還是捨不得這個愛女啊。夭折的兒子體質既弱，性情也嫌不好，真不如娟娟此女。楊心樵想到這裡，爽然又復唱然了。

到了晚晌，散學用飯。老貢生局戶挑燈，將一本漢書取來，倚案誦讀；就案頭丹硯，研朱蘸筆，逐行點句，這是老貢生的常課。女兒便在案側，就著燈光補衣引線。沒有活計，便整理屋舍，收拾書架。更沒有事，她就寫小楷解悶，或者慢聲低吟詩詞。高深的詩篇，她不能懂；但是白香山的詩，李後主的詞都能朗朗上口，借此陶情解憂。直陪到老父倦眼欲眠，她方才替父親掃榻展被；等老人家躺好，她再端了油燈，看看門戶，也就睡去了。父女相依，天天是這樣過活。

老先生睡在外間，女兒睡在內室；父女二人是如此孤單。

有人說：「你們這爺兒兩個，老的老，弱的弱，住在這裡，不怕鬧賊麼？」

老貢生哂然一笑，道：「賊來偷我什麼？我一個窮老書生，他要偷我的破書麼？」他說是沒有可偷的，但是他的女兒歲數可不小了。老貢生又說：「強暴之來，必有所由。我仰不愧天，俯不詐地，我不信天不佑善，會遇見意外的事情！」

老貢生還是抱著這樣的見解！他的女兒也很膽大，空曠的一座無僧無主的孤廟，就只是這父女兩個假地訓蒙。廟旁不遠，便臨近七星湖的綠波，湖又通著江。他父女卜居於此有年了，忽然，就在這天三更向盡，發生了意外。

老貢生剛剛躺下，女兒也停針思睡，洗罷了手臉，把夾被給老父扯蓋好了，說是春寒，怕爹爹凍著。端著燈，正要重開了那已經加鎖的屋門，把洗臉水潑到外面，猛聽外面撲喳喳的連聲響動。春芳姑娘吃了一驚，手中的燈幾乎失手落地；急急側耳一聽，廟外的響動異乎尋常。夜靜聲晰，分明似有人奔逐鬥毆。跟著聽見廟門大響。春芳姑娘慌了，急急吹熄燈奔到床前，要撼動老貢生。燈光乍滅，一邁步便碰倒了一隻凳子，不禁失聲哎喲了一聲，老貢生才入睡鄉，登時驚醒。

女兒戰戰兢兢地撲過來。老貢生欠身坐起，握住了女兒的手，低聲叫道：「芳兒做什麼？」春芳姑娘倉皇說道：「爹爹你聽，外邊是什麼？」

老貢生攬著女兒，側耳聽了一會兒，覺得聲息不對。忙在黑影中摸索著，慢慢地披上夾袍，穿齊衣服，又摸索著穿上鞋，便要開門出去。春芳害怕道：「爹爹做什麼？你老可不要出去，知道是怎麼回事呀？……別是仇人吧！」

老貢生的膽子很大，在暗中對女兒說道：「不是，這聲音不對，我聽著好像有人遇上賊了。這像是敲門求救的聲音。」

春芳道：「可是的，怎麼只砸門，沒人喊叫呢？」老貢生也解說不來，只顧側耳細聽。猛然間，聽屋頂似有重踏之聲，又咕咚一聲大震，似有一

重物落在院內。

楊心樵大駭道：「不好，進來人了。」在書房摸了半晌，找著一根木棒，跟著尋火種，要點燈。

春芳急叫：「使不得！」堅阻她父勿動。楊心樵抓住女兒的手，低聲安慰，叫她不要害怕。在黑影中，看不見春芳姑娘驚怖的神色，但在喘息聲中，已聽出她呼吸短促，兩隻纖手也顫抖得很厲害，指尖已經冰涼。

她把父親的手抓得很緊，既怕父親出去涉險，又怕歹人闖了進來，不禁說：「爹爹，爹爹，我怕！」楊貢生雖說書生膽大，卻憐惜女兒，只得依著女兒的意思，把屋門頂了頂。父女倆坐在暗影中，互握著手，只側著耳靜聽，不打算出去察看了。

外面的動靜甚大，撲喳撲喳地響，似是什麼巨物在院中走過。跟著嘩啦的一響，似廟門大開，又轟隆一聲，似廟門重閉。楊貢生目瞪口呆地聽著，見女兒像小鳥似的，嚇得偎在自己懷內；老貢生要出去查看的心，越發沒有了。只緊緊攬住了愛女的腰身，但求她不害怕而已。

外面犬吠聲大起，屋頂簌簌有聲，似有人越牆登房，但只一瞬即止。聲音急遽，正不知有多少歹人上房。卻是最奇怪的，起初外面還偶有呼逐的聲音，此時竟不聞隻言片語，僅有雜亂的腳步聲罷了。轉瞬間，聲音由近而遠，由大而小，狗叫聲忽又在廟後加緊狂吠起來。跟著聽一聲慘號，似狗子負了重創。

老貢生越聽越覺得不妙，忙開書櫃，摸出那把古劍來，把木棒塞在女兒手內，自己將劍拔出鞘來。開門出窺的心既已不存，便湊到窗前，用唾津戳破一個小孔，單眼向外窺看。時在月望，夜已甚深，月光早沒，外面漆黑，任什麼也看不清楚。

過了一會兒，外面音響漸寂，不時還有犬吠之聲；父女兩個堅坐不敢

入睡。約莫挨過半個更次，近處犬吠聲也沉下去了。老貢生道：「芳兒，不用害怕了，事情過去了，快躺下睡吧。」春芳姑娘答應了一聲，依然偎在父親身旁，不肯回床。

楊心樵不甚放心，站起來，仍要出去驗看驗看。春芳姑娘凜然驚恐道：「爹爹，你老人家怎麼總想出去！……這可去不得，誰知道是什麼人，什麼事呀？這動靜不是盜案，就是仇殺。」

老貢生道：「傻丫頭，你沒聽見院裡跳進人來了麼？萬一……」他想：萬一這是一具死屍被拋進來，那還了得！只是不敢對女兒說明，仍然堅持要開門出去一趟。

春芳急得要哭，把父親抱住道：「你老去不得！這就天亮了，你、你、你老一定要瞧瞧，不會再等一會兒麼？鬧騰了半夜，一定不是好事，你老何必出去招惹是非去？」

老貢生無奈，扯著女兒的手，把女兒送到榻前，命她躺下歇息，並且勸慰道：「我就依著你，天明再說。你先睡一會兒吧。我是怕歹人不安好心，丟進什麼東西來。」老貢生提著那把劍，回到自己床前，和衣倒下。

轉瞬雞叫，天色朦朧。老貢生到底不放心，把自己的顧慮對女兒說了，然後將那把古劍交給女兒，自己換過那根木棒來，握在手內。先窺窗孔一望，順手開了門上的鎖，回頭叫女兒從裡面關上，自己就拎著木棒，尋了出去。廟內連個人影也沒有，但是地上竟有些碎瓦，還有很大很大的溼腳印。藉著破曉的微明，低頭看了又看，心中十分納罕。又看門牆屋脊，也沒有什麼。在院內前前後後，踏看了兩遍，心中說道：「這到底是怎麼一回事呢？」

正要開廟門出去，只聽嘩啦一聲響，他的女兒春芳姑娘不放心年邁的爹爹，竟夯著膽子，提著那把松紋古劍，開屋門尋出來了。她低叫道：「爹爹，你一個人出去，我不放心。」竟緊緊跟在後面。

119

老貢生看了看春芳姑娘，臉上的怖意已減，笑了笑道：「這沒有什麼了，可是咱們總得看看。你跟著我也好。」父女二人開了廟門。

卻是真正可詫，剛開廟門，便在門外石階上，發現了很大的溼泥腳印，還汪著滴滴點點一攤血，血已凝成黑紫色了。春芳姑娘失聲叫了一聲，手指山門道：「哎呀，爹爹你快看這裡！」廟門扇上也有指痕血印。

父女駭然，急急地仔細驗看，門扇上和插管上，竟有三四個血指印。老貢生心焦道：「你看是不是，我就擔心這一節。趁著天沒亮，還沒有人，弄點水洗了去吧，省得招惹是非。」

春芳姑娘急轉身，要去端水，楊心樵道：「等一等！你眼尖，咱們再尋一尋。」

父女二人惴惴地尋索，直搜到湖邊，更登高望出很遠，天太早，日未出，並沒有發現可疑的人或物，只是溼腳印和血跡，連續發現了數處。楊心樵所最怕的遺屍，竟沒在近處發現，這卻是幸事。

老貢生吁了一口氣道：「這還罷了，省了很大的麻煩。芳兒，咱們快回去吧。」春芳道：「可不是，咱們得趕緊把血跡洗了去。」父女二人又急急地往回走。

父女匆匆回了廟，到了書房，剛剛端起一盆水，拿出一塊抹布來，要去擦門。陡出意外，竟在院中，發現了水淋淋穿長衫的一個少年人，正在側身低頭，往外急走，左手似提一物，面相枯蠟一般黃。父女二人如逢鬼魅，猛吃一驚。春芳姑娘尤其驚悸，喊了一聲，把盆一丟，盆碎水流，翻身往書房急跑。

老貢生乍見失驚，旋復動怒；可惜木棒和劍都丟在屋裡了。把身子一擋，鼓勇吆喝道：「好賊！你、你、你是幹什麼的？」

那少年抬頭看了看老貢生，抬腿似要往外跑。不知怎的，竟站住不

動。把左手中物丟在自己背後，唉了一聲，雙手抱拳，深深一揖，道：「老先生，不要害怕，我是個遭難的秀才，我遇上……水賊了！」

老貢生楊心樵喝道：「你扯謊，你一定不是好人！」說話時，春芳姑娘把木棒、寶劍抱了出來，老貢生趕行一步，將古劍接過。這個老書生居然橫劍在手，瞪著雙眼，大喝道：「你快說實話，把手給我抬起來！」

少年秀才渾身溼淋淋的，又看了老貢生一眼，面呈詫異之色。忽然微微一笑，轉身把背後剛剛丟下的一物拾起來。父女二人急看，竟也是一把寶劍。

老貢生心中駭然，春芳嚇了一大跳，忙道：「爹爹快過來。」奔過來，握住老貢生一隻胳臂，就往屋內拖，一面嬌喊道：「你這人，你幹什麼？你去你的吧！我要一喊，你就跑不成了。」又道：「爹爹，別理他，咱們也沒有丟什麼，咱們快回屋吧。我說你這人還不快走，等著人捉你麼？」

老貢生心神略定，昂然斥道：「看你的外表，倒也像個唸書人，你竟敢私入民宅，非賊即盜。你還拿著凶器，你莫欺負我們老弱，老夫手裡這把劍，也很有幾年的功夫哩。識趣的，你趁早給我滾出去，我也不計較你！」

那少年面呈猶豫之色，提劍舉步欲行；忽然又站住。嘆了一聲道：「老先生，你看錯人了，我絕不是歹人。」老貢生道：「你不是歹人，怎麼拿刀動劍？你跑到我這裡做什麼？」

少年往四面瞥了一眼，似已打定主意，舉足前進一步。老貢生不知不覺，後退了一步。

這少年忽然一笑，便放了心，將劍先插在平地上，高舉雙手道：「老先生，我實在是個遊學的秀才，不幸遇上了歹人，把我的書僮也給殺了。我書箱裡幸虧有這把劍，才保住性命，逃到這裡來，可是我已經受了傷。

我看老先生，雖不會武功，卻是個義形於色的斯文中人。老先生，難道你不能救我一把麼？這是我的劍，老先生，你可以拿過去，我決無歹意。」這少年又微籲一聲道：「不是我萍水相逢，強人所難。老先生請看，像我這樣子，我可走得出去麼？連你老人家，還把我當作歹人。況且我受的傷很重，我實在支持不住了。生死呼吸之際，只得求你老人家救我一命……」

少年說罷，信手拔劍，脫手一拋，輕飄飄落在書房門口，插在門檻上了。只這一拋，便見功夫，老貢生卻不懂得。春芳姑娘慌忙把少年拋來的劍，拔了起來，握在自己手內，秋波盈盈，盯著少年，看著老父。少年一扭身，把身後傷痕露出來，在後背右肩胛處，傷了一塊，血色殷然，已將長衫漬透。

少年相貌白潤，吐屬典雅，不似壞人。這父女二人細加打量，再三盤詰，方才相信他或者真是遇盜落難的秀才。只是救了他，有後患沒有呢？又是怎麼的救法呢？老貢生更仔細端詳少年的形色，雖在難中，面無血色，卻眉清目秀，左眉心生一粒朱痣，在相書上說是多才貴征。長衫闊袖，氣度溫文，手指甲很長，倒真像個黌門秀士。

老貢生想而又想，忽然發話道：「我不信！不信，不信，你一定有謊！你說你是遇盜的秀才，你簡直胡說，你當我一點江湖世故也不懂麼？昨天晚上，我這房頂上直響，分明有夜行人從上面奔過。劫道的人劫財而止，斷不會窮追你。你遇了賊，受了傷。你不會報官告狀去麼？你鑽到我們這裡做什麼？你扯謊，趁早給我走。若不然，我要喊地方了！」

老貢生很做出威嚇的樣子，來驅逐少年。少年臉色一變，雙眸盯住楊心樵，半晌，淒然嘆道：「老先生，你老果然是老經練達、深識世情的人。這不是我故意扯謊，欺騙你老。我當真不是遇盜，我實在是遇上仇人了。被我家一個叛奴所害！他勾結水寇，要暗害我。幸而晚生會一點水性，又

無心中偷聽見惡奴的陰謀。我在船上，倉促無計可施，就抽出書箱中這把劍來，自己跳入水中。這惡奴竟窮追我，傷了我一箭，這是我已往的實情。老人家，我不是故意欺騙，我不敢隨便說出來罷了。我雖然掙出性命，可是我的傷太重了，我求你老人家念在斯文一脈，搭救我一手。我知道你老人家對我已不疑心，你是怕後患而已。老先生，這決無後患，我不能嫁禍於你的。我只求你老借給我一身輕暖衣服，更煩勞貴手，給我裹傷敷藥，我立刻就走，毫不耽誤，也絕不會累害著你老的。但我也不能白白勞動你老人家，我的財物已都失落，我手上還有這點東西。」

這少年把一隻黃澄澄的扳指，從手指上退下，說道：「老先生權且把這個收下，暫作衣藥之費，不成敬意。」這少年又強笑道：「這是我一點非分之求，無妄之想。老先生，允也在你，不允也在你，救也在你，不救也在你。你老人家如果不允，我只好掙扎著走罷了。可是如有打聽我的，還求老先生給我隱瞞一點。其實也不必隱瞞，惡奴是不會再尋來的了！他不會水，大概已經死在水內了。」說著做出掙扎欲行的樣子。

楊心樵看著女兒，猶豫起來，半晌道：「你真是遭難的秀才麼？我看不像……」口中這麼說，心上有幾分相信了。接著說道：「你說的話可是真的麼？那個賊真淹死了麼？」又看了看女兒，眼神暗問女兒，該怎麼辦？他想而又想，分明要試援一手了。

春芳姑娘到底有點畏事，但春芳的意思又被落難的少年看破。這少年微挪一步，向老貢生深深一揖；又一轉身，向春芳姑娘深深一揖。轉臉來說道：「老先生！晚生受傷深重，傷又在背後，不能自醫。我想老先生年高有德，不比鄉農畏事，才敢懇求藥救。這只是一舉手之勞，老先生斷不會袖手坐觀，叫我走去，豈不聞桑下餓人的故事麼？」

這少年蹣跚舉步，湊近來，一面將傷痕指給老貢生看，一面說道：「這位小姐想是令愛。小姐，我也是讀書人，我年紀很輕，絕不敢無故遺禍

於人，小姐盡請放懷。」說到這裡，從衣袋裡掏了又掏，掏出一個油紙的包兒，托在掌中，向老貢生父女說道：「我這裡有現成的好刀傷藥，只求老先生給我敷上藥，許我稍歇片時，我立刻就走。」說完這話，滿面痛苦之相。

他見老貢生，尚有沉吟之色，遂又催了一句道：「你老若是恐惹麻煩，那麼，就請把劍還給我，我只可離開此地了。」那劍卻在春芳姑娘手中哩。

老貢生對女兒道：「芳姑，怎麼樣？」春芳姑娘低著頭，說道：「他可得立刻走！」

少年秀才忙道：「我絕不能耽誤，並且我還得進城報官緝凶哩。我的那個書僮被賊戕害，死得太慘了。」

老貢生還是遲徊不定，春芳姑娘低低地說道：「快把這人打發走了吧。這麼耗著，有人來了，倒不好。」老貢生皺著眉，又瞥了少年一眼，這才毅然說道：「也罷！」遂向少年一招手，往書房門內就讓。

這時天色尚早，上學的學生都沒有來。少年書生強自支持著，先不入屋，指著破盆和門上的血跡，道：「這必得先收拾了，省得叫人看了扎眼。老先生，請你賞我一塊抹布，我把它抹去。」老貢生道：「這得沾了水擦。」

春芳姑娘忙道：「爹爹，你老人家快給這人上藥吧，這院裡的事可以交給我。」老貢生恍然有悟，把少年讓入書房內間，放下門簾來。

春芳姑娘重取一盆，打了水，把門扇、臺階、兩路上的血跡洗去；洗不淨，就再塗上一層塵土，然後轉回書房，站在外間，唉了一聲，問道：「爹爹，你給人家上完藥了麼？」

老貢生在屋內答道：「芳姑，等一會兒再進來。」原來老貢生大發慈

悲，竟令少年褪去溼透的長衫小褂，俯臥在床頭，要好好給他敷藥。少年儒雅的談吐，已經解去老貢生的疑慮，引起他的憐憫。「這也是天涯遭難人啊！」見少年手抖抖的，自己不能調藥，老貢生便親自動手，取過藥粉，調上麻油，攤好了，替少年敷在創口上。

這少年的傷恰在後肩，創口不大，紅腫之處卻有小茶碗大小，顏色發青，血已不流，從破口涔涔流出黃水。老貢生雖然不懂，但看少年的神色，好像非常痛楚；又似驚恐負傷之餘，復受水浸，發冷發燒似的；不但兩手顫抖，連身上也只打戰。

老貢生因就問道：「你這是什麼傷，這麼厲害？」

少年吃吃地說道：「是……是重傷，我只顧掙命，也不知賊人是用什麼東西打的。想是叫水泡了，中了水毒。」說時呼吸重濁，鼻孔咻咻然，幾乎忍受不住了。

老貢生趕緊給他敷好了藥，取出一塊布，紮裹好了。少年就這樣強提著精神，站起來，向老貢生長揖下拜，深致感激之意，敬問老貢生的姓名、籍貫、家口。

楊心樵道：「我姓楊，字心樵，那是我的女兒。我在這裡教書，也是外鄉人。」跟著便問少年的姓名、籍貫、年齡，因何落水，怎麼遭難？

少年坐在凳子上，緊靠著桌子，陪老貢生說話，自稱姓凌，字伯萍，原籍皖南，現時卜居吳下。這次攜帶書僮、僕役，入湘看姑母，不意攜帶的行囊稍豐，被叛奴勾結船家，陡下毒手，以致浮水逃命，身受箭傷。

老貢生聽了，點頭嘆息，因這少年不是遇盜，乃是受了叛奴之害，不覺得動了同情之感。這少年談吐這麼清雅，不覺又動了同氣之誼。本想敷藥之後，立刻把他遣走，如今竟娓娓縱談起來了。這少年神色卻狼狼已極，陪著老貢生談話，現出不能支持的樣子，被老貢生看出來。因外間屋

不甚方便，只得叫少年躺在女兒的床上。少年很仁義，自顧渾身汗溼，怕沾了人家的床褥，只坐在小凳上，扶著桌子喘息，牙齒不住錯響，但仍和貢生酬對。老貢生想了想，走出來，叫女兒開櫃取衣，給少年換上。

春芳姑娘道：「爹爹，這使得麼？」老貢生道：「只借他穿一穿，我想也沒有什麼要緊。這人年輕輕，很可憐的。」春芳姑娘頓了一頓道：「我就去找，爹爹，你把這人叫出來。」

少年來到外間，春芳進了內間，果然開櫃打包，把老貢生的一件藍小衫、一條舊單褲，尋找出來。老貢生重把少年讓到內間，命他換去溼衣。少年越發感激，如命脫換。他那一件長衫，一身褲褂，既溼且汗，由老貢生提出來交給女兒，擰了擰，晾在院中。少年道：「小姐費心，不要晾在院裡，還是晾在空屋裡吧。」春芳果然改晾在對面偏廂內。

少年換好長衫，掙扎著復向楊心樵拜謝，又向春芳姑娘道勞；春芳姑娘臉紅紅地還了一福。楊心樵覺得外間書房不便，仍讓少年回到內屋，勸他躺下歇歇。道：「我看你驚嚇墜水，一定要傷風。快躺下，蓋上被，發發汗吧。」少年慚然稱謝，不肯臥倒。他已看出內間乃是人家姑娘的臥房。從身上又取出一包藥來，向老貢生討一杯熱水。

老貢生問道：「你有發汗的藥麼？」少年道：「有，這一包就是。」

老貢生便命女兒生火燒水。少年心中越發不安，連聲攔阻，說是有涼水也行。

春芳姑娘姍姍地走出來，私向父親說道：「爹爹，還是催他快走的好，省去許多麻煩。況且他臉上的氣色又不很好，萬一傷重病倒了呢？」

老貢生笑了笑道：「這個人言談不俗，倒真是個讀書種子，不妨事的。我看他還許是個闊家公子呢。救了他也是一件好事，你不要多慮。」芳姑無言，低頭生火燒水。

老貢生重複進了內間，問少年：「此時覺得好些不？」少年咬著牙說：「好多了，只要服了這包藥粉，出了汗，就不妨事了。萍水相逢，倒給老先生添了許多麻煩，晚生於心何安？」

老貢生道：「你又客氣起來了。常言說，救人救徹。我老朽流寓此地，鄰舍都是些鄉下人，連個談話的人也沒有。今天得遇閣下，也算奇緣。我近日作了幾首詩，還要請教哩。」閒閒的和少年攀談，少年掙扎著有問必答。老貢生越發高興，不覺得談起考據訓詁之學來，這正是老貢生的癖好。

那少年忽然面現窘色，一陣暈眩，往桌上一伏，半晌不能轉動。老貢生不覺吃驚，連聲低喊；少年抬頭強笑了笑道：「有一點頭暈，老先生，我只稍微緩一緩就行。」雙手一扶桌子，晃徘徊悠立起來，忽又一閉眼道：「對不住，恕我無禮，我要躺一躺。」

楊心樵道：「可以，你只管……」一言未了，少年踉踉蹌蹌，走到床前，也顧不得矜持了，一歪身倒在床上。聲音發喘，掙扎著說道：「老先生，我的傷太重，我的那藥，求你老費心，給我。有熱水最好，涼水也行，我先喝一些。」說罷，已經忍不住，呻吟起來。

第二十五章　楊春芳救難乘龍

　　楊心樵至此，不由驚慌，悔不該不聽女兒的話，惹了麻煩。萬一這少年傷重瀕危，豈不是自找煩惱？他慌忙走出去，連叫：「芳姑，芳姑！」春芳姑娘急忙從廊下走來，不暇避嫌，掀簾入內，父女倆站在床前，細看少年神色。這少年秀眉緊皺，白面泛青，滿含苦痛之相，口中微聲說道：「老先生別害怕，我過一會兒就好，你老給我那藥。」春芳姑娘手足無措，對父親說道：「這可怎麼好，我給他取熱水去。」熱水取來，這少年已不能動轉。春芳姑娘只好舉著水杯，老貢生扶著少年，把藥給他灌下去。少年呻吟道謝，告了罪，重複躺下。父女低聲私語，後悔無及。

　　猛然間，聽廟門大響，父女倆嚇了一跳。少年睜眼道：「老先生，你老剛才不是關上大門了麼？這也許是您的學生來上學來了。」父女二人恍然大悟，定了定心，忙去開門，果然是兩個小學生，夾書包來上學了。

　　少年抬起頭來，見春芳姑娘站在面前，忙說：「小姐，學生要問我，就說是鄉親，遠來的，生病了。」

　　學生果然上學了，有的就伸頭探腦，往門簾裡看。楊心樵依著少年的話，對學生說了；學生們都是些童痴，倒不甚理會。只是在平時，芳姑娘自在內室住，現在躺著一個生疏少年男子，她可就沒有坐處了。楊心樵越發懊悔自己多事，但盼少年趕快甦緩過來，離開書房才好。

　　不想少年大冷大熱，口饞異常，所幸神智尚清。把那金扳指交給楊貢生，求他煩學生給買鮮果鮮魚。湖邊鮮魚現成，鮮果只有菱藕之類。楊貢生把扳指留下，自己出錢買來；命女兒給少年做魚湯，自己坐在床邊，問少年道：「你今天動得了不？」少年唔嘆道：「四肢無力，實在動彈不得。老先生，你費心煩求鄰舍，給我雇一輛車，把我送到附近店房裡去吧。」

　　老貢生不置可否，走出來，密和女兒商量，只恐怕店家不收病人。麻煩既然找來，只可自認倒楣，救人救徹了。老貢生告訴少年：「你安心休養吧，但盼你快快好了。這裡也沒有合適的店；就有店，也恐怕他們不肯收留你。」少年聞言，感激叩枕。少時，春芳姑娘做好魚湯，端進來，放在桌上。少年掙扎著要下地來吃。老貢生道：「算了吧。你就這麼欠著身子喝些好了。」命女兒取一隻銅盤，放在榻上，把魚湯、米飯端來，叫少年臥進飲食。少年只啜湯，不用飯。吃完了一大碗魚湯，頭上竟微微見了汗。遂謝了謝，又倒下了。春芳又擰了一把熱手巾，遞給父親；老貢生就此遞給少年道：「快擦擦汗，看受了風。」少年連忙欠身接過，口中呵呵道謝。

　　到了晚上，散了學，還沒有掌上燈，老貢生忽然又二番懊悔起來。向女兒悄聲說：「這個秀才倒沒有什麼虛假，只怕他那仇人沒有淹死，黑更半夜再尋來，可怎麼辦？再說晚上留下他睡，也太不方便了。」

　　春芳皺眉道：「這有什麼法子？我們既要救他，如今也不好推出去呀。」老貢生咳了一聲，叩額想了想道：「我把你送到謝奶奶家去，借住一宿吧？」春芳眼中帶出害怕的神色道：「但是爹爹不去，我也不放心呀。」

　　這父女在外間喁喁私議，竟被這少年聽見了。在內室答道：「老先生，恩人，請進來。我告訴你老一句話。」父女一同進來，春芳不覺往榻上一望，恰值少年一抬頭，目光對觸，春芳姑娘不由得報報地低下頭來。少年也忙側臉，向楊心樵說道：「不瞞恩人，那個叛奴窮追我太急，已被我藏在樹後，乘他不備，傷了他一劍，他落水死了。若有隱患，我一定實說，我不能隱瞞著，移禍於恩人。就是我自己傷病到這地步，我豈不怕仇人追來加害？……不過有小姐在這裡，倒是那個。……老先生，請你賞我一塊蓆子，我自到對面偏廡，歇一晚罷了。明早好些，我一定告辭。」

　　父女二人聽了，倒為起難來。這少年竟支持著離床下地，扶幾倚壁往

外面走。老貢生是個心慈面軟的人，一見這樣，又於心不忍了。看了看女兒，女兒皺眉無言。老貢生忙說道：「秀才，你不用忙。你這麼一說，我很放心了。你是受過傷、剛發汗的人，出去不得，那偏廡也太陰溼。這樣辦吧，芳兒，你把書桌拚幾張，把我那褥子抽下一條來鋪上。秀才，你在外間睡，我父女在這裡邊睡，把廟門鎖牢些，屋門頂住了，晚上小心一點。萬一有個風吹草動……」少年道：「那不要緊。晚生雖然文弱，我也學過半套三才劍；就是負著傷，自信雖不能殺賊，還可以御暴。」少年的話，只是安慰這父女。

春芳姑娘果然依著父親的言語，拚桌子，搬被褥，給少年收拾臥具。少年怎肯安受了，忙咬著牙，伸出一隻手來，諾諾地說道：「使不得！使不得！這太叫晚生不安了，待我自己來。」芳姑娘不答，微笑著收拾。少年更覺惶恐，卻沒法子插手；既躺不住，也坐不下，站在那裡，左右不知所可。直等到春芳姑娘把書桌拚齊，臥具鋪好，老貢生便笑催少年道：「請上去歇著吧，這可是設高榻以待高賢了。」少年不禁也掉了一句文道：「如小人者，只可睡於百尺樓下。」老貢生欣然揮手道：「還是秀才先高升。」少年道：「還是居停先登。」患難之中，一個老貢生，一個落難秀才，居然對掉起書袋來。少年由此倒投了老貢生的脾胃。

老貢生轉身來，一面吩咐女兒收拾就寢，一面關門上鎖，小心防賊。自然命女兒宿在內室，老貢生自己竟陪伴少年這不速之客，睡在外間。主角睡在木床上，遇難秀才就睡在那三張八仙桌對起來的臨時高榻上。芳姑娘伺候完畢，把燈火放在外間，退入內室，關上了屋門；不便解衣，和衣而臥，倒在床上。

少年受的傷很重，幸而醫藥及時，病象頗見轉機。看白天發燒的神氣，老貢生還怕他夜間加重；自服下他自己的藥以後，又吃了魚湯，彷彿減輕了一些。此時雖還不能久坐，側臥在桌子上，呻吟之聲已能忍住。老

131

貢生離群索居已久，今遇秀才，脾氣相投，不由得暢談起來。少年的腹內竟很淵博，不過負著傷，勉強應對，敷衍主人，卻已把老貢生佩服得了不得。

少年對八股時文倒不甚精通，獨於唐詩、宋詞、漢賦和六經、四史，談起來頗有獨到見解。將個老貢生一肚皮的酸汁都逗引出來了。

老貢生精神煥發，一點也不睏；少年強忍創痛，捨命陪君子似的，問一答一。遂又談到彼此身世，老貢生不覺傾吐懷抱，自說是江南人，避難來到這裡。詢及少年的家世、籍貫，據說他本是太湖畔的人，姓凌名驤友，伯萍是字；家道殷實，自幼雙親早歿，只有他一人，和一個弱妹。本家戚故生心覬產，多虧了一個嬭姑，一個老義僕，保全他兄妹。又承老義僕替他經管田產，辛勤謀幹，才護住了這份家業。現在家運日隆，已經不愁吃穿了。秀才又道他自幼喜游，流連山水名勝，遊蹤所到，不遠千里；因此才遇上這場風波，幾乎把命喪在惡奴手裡，真是人心難測。因嘆道：「我絕沒有想到我身邊的人竟會叛離。丟失些錢財衣物，我倒不介意，惡奴這次叛主，真叫我想起來痛心。」

老貢生嘆息道：「唯女子與小人為難養也。你既然是好游，常常在江湖上浪跡，怎就不知道慢藏誨盜，防患未然呢？」少年道：「我何嘗不知道，行囊充裕易招風，我卻只留意到船腳身上，哪裡想到奴子賣主，變生肘腋呢？」

老貢生道：「世風日下，人心險詐，防不勝防；我輩讀書人時時以君子之心度人，就難免吃虧上當了。」

少年這時實在是疲累痛楚萬分，只以主人殷殷垂問，不能不答。聯榻敘談，不覺已魚更三躍，老貢生還是興致勃勃。少年答對著，漸漸口舌含糊，倦意可掬了。

芳姑娘在內間低聲招呼道：「爹爹，夜深了，明早再談吧。」老貢生笑

應了一聲，反催少年道：「兄臺，你該睡了。你要好好地養傷，早睡一會兒才好。」少年強笑道：「是的，晚生真支持不住了。」連打幾個呵欠，翻了個身，呻吟了幾聲，似已沉沉睡去，再問不答了。老貢生年老氣虛，反而失眠起來，轉側良久，不能成眠。既問明少年的身世，又曉得他的學識，這個老貢生不由得心上想入非非了。

直到三更以後，老貢生方才朦朧睡去。他卻不曉得少年秀才，這一夜通宵沒有闔眼。強提著精神，把耳朵離開枕頭寸許高；外面風聲犬吠，小有動靜，便提神傾聽。直等到老貢生呼吸重濁，打起鼾聲；又聽得內室之中，春芳姑娘也已睡熟；他就在暗影中坐起來，負傷忍痛，把身上穿的老貢生的肥大衣褲，上下綁紮俐落，輕輕溜下地來；以手扶壁，躡足而行。記得自己那柄三才劍，被春芳姑娘放在書架上，暗中摸索著，取在手內。門窗孔隙，都留神看過，然後把已經上閂的門輕輕撥開。經過一番動作，少年頭上冒出虛汗來。

他咬著牙，輕輕溜出屋門，來到院中。向四面瞥了一眼，嗖地躥上房，瞭了一瞭。陡有一陣冷風吹來，頓覺毛髮悚然，腳下發軟，幾乎摔下房來。對月低籲一聲，又向四面眺望；思索一回，順房脊溜到廟外，提著劍奔江邊而去。隔過一會兒，方才翻牆入廟，重返屋中。把門重新閂好。倒在書桌拚成的床上；渾身發起冷來，傷處也火灼灼地疼痛。如此折騰，少年竟咬牙強忍住，一聲也不哼，居停主人一點也不曉得。

次日天才破曉，春芳姑娘起來打掃屋子，生火燒水。稍稍有一點響動，那少年驀地一驚，翻身坐起來；哎喲一聲倒把春芳姑娘嚇了一跳。少年揉了揉眼，定睛一看，不由臉上露出歉容，忙掙扎欲下。春芳姑娘拿著一把掃帚，彎腰掃地，只做不理會。少年忙忙地下了地，低頭開言道：「小姐，勞駕你了，我謝謝你！」春芳姑娘投下掃帚，微笑還禮，半晌，輕啟朱唇，微吐嬌音道：「天還早呢，客人，病好些了？」少年道：「多謝小姐

和老先生救治。」把臂一伸，皺起雙眉道：「好多了，還是半隻手臂抬不起來，這傷倒不重，我想恐怕是中了水毒。」

春芳姑娘悄然無言，仍照平日常課，先掃地，次擦桌子。

這少年既已起身，他便要搭開那三張書桌，仍放歸原處，桌上的被縟也要撤下來。春芳姑娘忍不住要攔阻他，又覺著不便，忙到父親床前，低聲叫道：「爹爹，爹爹！」

貢生睜開了眼道：「哦，天亮了。」忽然見少年正在搬桌子，撤臥具，老先生披衣坐了起來道：「秀才，你怎麼搬動起這個來？你的傷好了嗎？」說話時，抬頭端詳少年的面貌，倒吃了一驚。記得昨晚，少年病象本見減輕。經過這一夜的休養，似應更見好轉才對，哪知他此時虛汗淋漓，面色竟由黃透青，倒更難看，忙問道：「秀才，你怎麼了？病又反覆了麼？你看你的臉色更沒血色了，好像熬了夜似的；可是夜裡沒睡好麼？」老貢生哪裡知道，人家不但熬了夜，還又受了累呢！

少年喘吁吁地說：「沒有，沒有，昨夜我睡得很好。若不是你老人家救我，我簡直不得了。」口中說著話，用單臂掀起一張桌子。老貢生楊心樵道：「您擱著吧，叫小女來搭。春芳你來！……」芳姑娘哪肯和一個陌生的男子共搭一桌，口頭只答應，不肯上前。少年已經用單手提起那張桌子，連行數步，放在原處，跟著又搬第二張。老貢生道：「你倒真行，你一個怯弱書生，又遇險受傷，還有這大力氣，到底是年輕人。」

這句話原出無意，少年把臉一紅，忙解說道：「我哪裡行！……」手忽然松把，哎呀一聲，咕噔一響，桌子脫出手，人也險些摔倒。少年扶著另一張桌，喘息起來，老貢生忙過來攙扶道：「怎麼樣，我說你別強努著力，你不聽，趁早歇著吧。」少年揮汗笑道：「我這隻手臂受了傷，不得力，只好用一隻手來搬。心有餘而力不足，你老不誇還好，這一誇倒立刻丟人了。」向春芳姑娘作揖道：「無可奈何，只好勞動小姐了。」又自顧身上道：

「這身短裝太也失禮，我的那件長衫……」老貢生道：「小女給你晾著了，大概乾了吧。」春芳姑娘忸怩道：「長衫上有許多泥藻，又有血痕。你老陪這位談話時，我給泡在盆裡了，也沒有好生洗，只涮了涮。這工夫怕還沒乾呢，我去看看。」姍姍地走出去了。

少年秀才目送春芳姑娘的背影，眼光直隨著出了房門。這個姑娘乾淨俐落，腰肢婀娜，舉止輕盈，言談尤其敞亮，毫無一點小家子氣。既不似大家閨秀，又不似蓬門弱女，更不比村姑蠢婦；她另具一種風格，叫人難以形容。少年秀才於患難中，倉促求救於陌路，對這居停主人，不能不揣測一下。老貢生的外表，一看便知是個老書生，卻又微帶豪氣；他又有這麼一個女兒，少年也覺得想入非非了。忽然自覺忘情，回頭來看老貢生；老貢生也正捋鬚望著女兒的背影，臉上露出得意的笑容；想見父女相依為命，感情是很好的。

老貢生對少年道：「你現在的神氣實比昨晚還不好。來，不要客氣，請到裡間歇歇吧。」少年應了一聲，隨貢生進了內間。過了一會兒，便有學生進塾上學。

春芳從外面進來，把門簾放下，對父親說：「這位客人的衣服都還溼著呢，我看還得再洗一回。昨天我只泡了泡，黑影中也沒有細搓。剛才我一看，有好幾處血跡，都沒有洗掉。」

老貢生道：「芳姑，你就受累，再給洗一洗吧，帶血跡可不好。你先給燒點水，請秀才擦臉。」望著秀才道：「你臉上的氣色太難看了。……多燒點水，好叫秀才吃藥。……你那藥想必也不壞，我這裡有一種七珍化毒丹，專治無名腫毒、刀傷火燙，是去內毒、保內臟的。芳姑你找出來，叫秀才吃了。」少年嘆道：「老先生萍水相逢，如此垂憐；你老和小姐的大恩，晚生唯有終身感戴。語云，大恩不謝，我也不說什麼了！」滿臉露出感荷入骨的神情來，老貢生越發地高興。春芳姑娘卻有點納悶，在外間低聲把

父親招呼出來，叩問父親的意思：「你老人家打算怎麼樣，我看這少年的傷似有反覆，萬一危篤，我們又該怎麼辦？我看還是留他吃過午飯，僱車把他送走的好。」老貢生笑道：「孩子，你真小心，可是未免狠一點。我告訴你，沒有後患了，這個人的傷一定可以養好。你昨天還說，救人救徹，怎的今天又變卦了？」芳姑撲哧笑道：「我說這話，你老可別生氣；這個人跟你老說投緣了，你老就任什麼顧慮都沒有了。」

說得老貢生也笑了。

老貢生款留少年，所慮者是怕有後患。但昨夜既已通宵無事，少年所說的惡奴已死的話，當然不假；那麼既已留下他，就不妨把人情做盡。老貢生唸到他：一來是斯文一脈，傾蓋相交，居然一見如故，少年的氣度又英爽可愛。二來彼此同受過叛奴的害，可謂同病相憐，況他又是個富家子，將來緩急間，也許能得他一助。三者老貢生又懷著一樁心事，說不定這少年足可倚仗。因此他跟女兒商量，決計要容留秀才，等他傷癒，再行遣走。

但在春芳姑娘，總嫌留一個陌生人在塾，給自己平添多少不便；想了又想，見父親救人心盛，只好笑著依從了父親的意思。她從櫃中找出那包藥來，又趕緊燒好熱水；老貢生就勸少年淨面服藥。少年看了看方單，老貢生的藥只是尋常瘍科的成藥，賠笑道：「晚生這裡有藥，專能解毒藥餵的暗器，效力很大，可服可敷，比你老的這保和堂的化毒丹還強。」老貢生沒理會，只說：「你試試看。」春芳姑娘卻聽出隙縫來，忙道：「什麼毒藥餵的暗器？」少年才覺出自己又說錯了一句話，連忙掩飾道：「我這創口疼得很厲害，又麻癢，又發燒，我疑心中了水毒；再不然，惡奴也許是毒藥鏢箭，打了我一下。」其實就中了毒藥鏢，也無須掩飾，只是少年疑神疑鬼，未免藏頭露尾了。

老貢生指著床，仍勸少年躺著歇歇。少年果然挨磨不住，告了罪，躺

在春芳姑娘的床上；仍不敢睡熟，只閉目將養著。

到巳牌時分，少年煎熬得越發難過，遂借紙筆，開了幾味藥，求老貢生替他煩學生買來。少年身上只有少許散碎銀兩，到了此時，便又摘下一隻金箭環。連昨天那隻，共約赤金一兩六錢，可兌白銀二十餘兩。少年掂了掂，又取出一副珍珠手串，通通交給老貢生，請替他變賣了，以作藥餌之費。金箭環倒沒有什麼，那珍珠串卻是珍物，中鑲有數顆明珠，色潔形圓，價值不貲。

老貢生卻也懂得，問少年要賣多少錢？少年道：「要有當鋪，還是當了的好，可以當……」暗自斟酌，當的多了扎眼，當少了不夠用，俄延片刻，方才說道：「可以當五六十兩銀子就夠了。金箭環如能當十兩銀子，珠串就不必當了。」

老貢生拿了金箭環道：「珠寶無價，黃金有價，還是當這個。這種東西叫小學生們去當，恐怕不妥當，煩別人也不好。還是我自己去一趟。」少年道：「這珠串老先生也拿了去吧，省得錢當得不夠用。」老貢生依言拿了，轉身要走；春芳姑娘從後叫住老貢生，低聲說道：「這買藥能用幾文錢，這客人怕是要酬謝我們吧。你老想受他的謝犒麼？」

老貢生道：「哦，還是你細心，我們怎能受他的謝犒呢。」

回到屋內，把金環、珠串交還少年道：「兄臺，你當這許多錢，打算做什麼？可是要備路費麼？這七星屯一來沒有當鋪，二來也沒有銀樓，這種東西拿出去，就不易出手；還要走三十里地，往鎮上去當賣才行。秀才我請你不要介意，你是要謝我麼？你不要把我看成一個老教書匠，我雖不富裕，也還不缺飯吃。」少年道：「不是這意思。晚生托庇福宇，得養病傷，叨惠已經很深。這藥餌之費，我還忍叫楊公墊辦不成？」老貢生拿著少年所寫的藥方道：「笑話了，藥費有限得很。」少年道：「不然，這服藥恐怕很費。我深知先生也是客居人，不能很富裕；況且我現在買藥，急待

用錢；就是將來把傷養好之後，我還得用路費。你老務必費心，替我變賣了吧。」

老貢生怫然道：「兄臺，你不要小看人。你是個落難的秀才，我是個隱居的腐儒；彼此脾味相投，理應援手。你只管在我這裡養著，每日三餐，醫藥之費，能用多少錢？你哪天養好病了，我還要給你湊點路費。就是延醫抓藥，我也可以擔得起來。你放心吧，我回頭就叫學生給你請大夫去；不過這裡是個僻鄉，只怕沒有好醫生。」說罷，就將那珠串、金箭環都放在少年枕邊，手拍少年道：「你把它收起來，你只管好好將息著。」

少年很為難，想了想，把那副珠串交到老貢生手內，道：「老先生這番厚意，未免叫晚生心上歉疚。你老一定不肯替我當賣，那麼，這副珠串就送給小姐，做添妝吧！」主客二人把這副珠串，推來讓去，苦不得解，實在無法，老貢生勉強把珠串收下，道：「我就暫替你收著，等你走的時候再說。」少年又道：「晚生這病，請你老不要延醫了。鄉間庸醫恐怕治不好，反倒治壞了。晚生開的這個單子，原是個成方，極有效驗，足可自療；你老人家還是費心煩人替我抓來吧。」少年身上帶的那包成藥，略被水浸，不甚有效了，而且也已用完。所以此時仍求老貢生，轉煩鄰舍，騎驢到鎮上配藥。連買果餌，花了一兩多銀子，都是老貢生付的錢。

少年在內間臥病，學生們在外間上學，春芳姑娘很覺不便，坐立都不得其所。少年因此局促不安。老貢生也覺出來；遂吩咐學生放三天學，說是：「我一個鄉親，大老遠的投奔了來，半路上病了。」學生們伸頭探腦，早看見一個清俊少年，躺在師姐的床上，師姐卻坐在外間。也不知是哪一個淘氣的年長學生，放出謠言，說是老師從家鄉來了親戚，要帳來了。有家長便來探問，有的還拿來菱藕、雞蛋等物來送禮。起初疑心少年是老師的親戚，後來猜是老師的愛婿。這一片戲言，誰想後來，倒真做了一絲紅線。一個鄉近的學生家長，冒冒失失問老貢生道：「這位少年是你老的嬌

客麼？」老貢生忙說：「不是，不是！這是我一個晚輩，從前的學生。」

這個冒失鬼無心一問，竟打入少年的耳內，也打入春芳姑娘的耳內。少年驀地紅了臉；春芳姑娘尤其難堪，在外間坐不住，轉身入內。內間少年正擁被而臥，春芳姑娘更站不住，轉身又出來；徬徨無已，只好站在院中了，院中又時有學生。

放了三天學，少年的傷不見好。學生上課，春芳越不方便；又不能盡自放假，耽誤了學生的課程，但是不放假，芳姑娘連起坐的地方全沒有了。一個孤男，一個少女，任憑怎樣豁達，也不能不存避嫌之心。只是事情所迫，春芳姑娘有時就不得不遷就著，在內間待一會兒。接連數日，春芳心上未免著急；但一見少年慘白的面孔，痛楚的神情，不禁惻然。試了幾試，沒肯催父親把少年遣走。

老貢生在外間教讀，少年呻吟於內間病榻；這服侍病人之責，不知不覺，落在春芳姑娘身上。有幾天少年病象很重，燒得面紅耳赤，口渴難熬。起初還掙扎著要自己來斟水，被春芳姑娘看見了，忍不住說道：「你不要這樣。你要什麼，只管說話。」斟上一杯茶，姍姍走近榻前，側臉旁視，把茶杯遞了過去。少年實在不支，只可欠身坐起，從實接受，舉杯一飲而盡，向春芳姑娘稱謝道：「謝謝小姐，我太放肆了。」

春芳姑娘微笑不答，看出少年局促的情形來，便解釋道：「人都不免有個病病災災的，這沒有什麼。」又看出少年的意思，眼望茶壺，似乎還渴，便又斟來一杯。少年又喝了。春芳問道：「你還喝麼？」少年很不安地說：「小姐受累，我渴得很。」春芳又給少年斟了一杯，連斟了四杯，少年喝了四杯。

春芳問道：「還喝麼？我再給你燒水去。」少年賠笑道：「夠了夠了，這真是太給小姐添麻煩了。」春芳姑娘道：「這算什麼，你只靜靜地躺著，趕快養好了，比什麼都強。」

　　兩人在屋中喁喁對語，老貢生正給一個大些的學生講書。忽有一個小學生，向內間探頭，被老貢生一眼看見，申叱道：「回位子去，該挨打了！」這小孩子一吐舌，溜回座位。屋中話聲喂喂未休，老貢生也聽見了。把書講完，吩咐學生朗讀。便站起來，徐步走入內間。只見女兒在臨窗桌旁，正引針縫紉；少年臉向裡，側臥在床上。春芳姑娘見了父親，不知怎的，臉上驀然乍紅乍白，站起來說：「爹爹！」老貢生道：「什麼？」春芳姑娘頓了一頓，說道：「這人喝了許多水，燒得很厲害。怎麼總不見好呢？」又把聲音放低道：「爹爹您看，我連個坐站的地方都沒有。我想我還是往鄰家紀三奶奶家，借住幾天吧。」

　　老貢生道：「一個病人，幾天不就好了，避得什麼嫌？他又不能永遠在咱們家裡。」春芳小聲道：「這些小學生們太淘氣，總伸頭探腦的。外間我又不能待，裡間又睡著病人，怪叫人不得勁似的。……紀三爺不是沒在家麼？」

　　老貢生道：「紀奶奶那裡，狹房淺屋，也不方便。你素來很大方的，怎麼忽然又不敞亮起來了？」春芳無言可答，只低低地笑了笑。少年忽然微呻一聲，側身坐起來道：「老先生講完書了？晚生這一場傷病，太給賢父女添煩了。我覺得今天好多了，我打算明天走……」老貢生道：「唉，你，你快躺下吧。這沒有什麼，你已經在這裡好幾天了；秀才，你難道還不叫我作個整人情麼？索性養瘥癒了再走。」哈哈地笑了，回頭對女兒說：「沒有法子，一個病人，我們不照應他，怎麼辦呢？」

　　此時老貢生心上也動了一動，看女兒和少年都局促不寧，老貢生當時不說什麼；到了當天晚上，晚飯以後，便又和少年閒談起來。把少年的身世家況，又細細盤問了一遍：「秀才，你今年二十幾歲了？成了家了吧？」少年赧然答道：「晚生還沒有成家，我今年二十三歲了。」

　　少年這句話卻是扯謊，他今年實實已經二十六歲，又實實是打十九歲

便娶了妻。他的妻還是江湖上有名的一位英雄，比他大兩歲，貌美多才，有著驚人的一種技藝。只是成婚一年半，便遇上一件不幸的事，他突然發現他的妻子好似放浪不貞。少年性情，外柔內剛，外和內辣，素又多疑，妻又嬌狂，竟至於禍起同夢，血濺鴛床，把妻子手誅了。因此他才被妻黨窮追不饒，屢次算計他。現在少年本可以說：「我娶過親了，現在正在悼亡。」不知是怎麼種心情，逼得他說了兩句謊，瞞了三歲，又把一個亡妻，一個無母的小女，都壓在舌尖底下，不說出來。老貢生問罷，暗自點頭，當天仍然沒說什麼。春芳姑娘在旁拈針聽話；竟臉紅紅地躲到外間去了。

又過了幾天，少年創口未合，病狀已漸輕愈，身上也不再發熱，危篤已過，似乎可以走了。又不知怎的，少年起初抱歉說走，現在反倒不說了；主角老貢生也不催他走。除了春芳姑娘偶感不便，這主客二人竟忘其所以，天天閒談，論文述古，每至夜半。少年或者替老貢生講一篇書，批一疊仿；或者慢慢踱出廟外閒眺，又似乎有所期待。

轉瞬累旬。忽一日，少年對老貢生說：「要出去走動走動。」由早晨出去，直到過晌午，才提著一隻小包回來；在屋中轉了一圈，突然向老貢生申謝告辭。老貢生怔了怔，問道：「你痊癒了麼？你的箭創還沒有結疤，走路不妨事麼？」少年道：「晚生方才在野地裡試走了一圈，自覺精力充盈，可以走了。在這裡騷擾許多天，給長者添煩，又叫小姐受累，晚生終生感激不忘。創口雖然未合，已不礙行路，晚生打算明天動身。」說到這裡，從小包拿出一百兩紋銀，贈送給老貢生，收拾著一定要明天走了。

老貢生很詫異，指著這一百兩銀子，問道：「這東西你從哪裡弄來的？」少年笑道：「這是晚生把那對金箭環，和一副玉牌子變賣來的，留此權作老先生杯酒之費。那副珠串就送給小姐，略表寸心吧。」父女二人相顧莫名其妙，拒金不取。老貢生先勸少年，再寬住兩天；然後父女屏人私

議，對女兒悄悄說了幾句話，春芳姑娘低頭掩袖不言。

到了晚上，老貢生備了較豐的晚飯，宰了一隻老母雞，打來數斤陳紹酒，給秀才餞行。酒酣耳熱，快談情暢，老貢生楊心樵忽對少年說道：「秀才，你我萍水相逢，意氣相投，我很願跟你結個忘年之交；但恐少年英俊，心厭老物罷了。」少年凌伯萍忙道：「老先生齒高德劭，晚生感承大恩，這樣高攀，愧不敢受。你老如不嫌棄，晚生少失雙親，情願拜在你老膝下，給您老作個螟蛉義子。況且晚生家尚小康，既受你老再生之德，我還想回家小有安排。你老又伯道無兒，這百年之後的事，晚生責無旁貸了。」

老貢生笑了，把須道：「這拜認義子，乃是最俗不過的事。」少年惶恐道：「我認你老為師吧。」老貢生搖頭而笑，沉吟了一刻，忽然抬起頭來，把面色一正，對少年道：「秀才，你看我是何如人呢？」少年愕然，想了想道：「老師氣度雍容，吐屬高雅，雖然寄跡村塾，可是行事豁達，非三家村村學究一流。以弟子拙眼看來，老師必是世代簪纓，高門雅士。或者說得冒失一點，老師也許是避世的賢者一流吧！」

老貢生微微一動，忽然撚鬚道：「雖不中，不遠矣！好，有眼力！」忽然面含怒容道，「秀才，『傷心人別有懷抱』，我哪裡當得起避世二字，我無非隱居避禍罷了。實不相瞞，我當年真是個舊家子，少時席豐履厚，擁財自娛，心慕信陵君的為人，有人把我比晚明的四公子。延納學士，汲古刻書，詩酒徵逐，筵無虛日。哪知盛極轉衰，少年疏狂過甚，終久伏下了禍根。秀才，你可知道秦淮河的何麗琴麼？」

少年道：「這倒不曉得。」老貢生道：「不曉得？這可真是當年傾國傾城，顛倒眾生，轉眼化為黃塵，無聲無臭，與草木同朽了。這何麗琴乃是當年名妓，豔名噪於江南，纏頭之費動逾百金。她卻和我有嚙臂之盟，她愚弄了當時的權貴，福……」

說到這裡，不覺得把語調放低，道：「這是過去的事了，也用不著提名道姓。這個旗籍的闊公子跟我爭起何麗琴來，結果竟被我納娶，也還結怨不深。這何麗琴卻是又妖豔，又聰明，最好弄機智的一個怪女子，她不該玩弄人家，口頭上山盟海誓，把人家耍成冤大頭。她卻突然脫籍，喬裝為男子，奔到我家來。這何麗琴當時人稱她為俠妓，我呢，也正當年輕氣盛之時，五陵少年欣得紅顏知己，哪能無動於衷？」

　　少年秀才捧杯聽著，老貢生啜了一口酒，又道：「我欣得美人眷顧，就把她納為簉室。這一來福公子自覺丟人太甚了，恚恥之餘，密唆御史，把我父參倒，我父那時正作著京官。福公子氣還不出，仍要遣刺客暗算我，還要買囑豪客，恃強來劫奪何麗琴。我先父知道此事，怒我不肖，把我叫去痛責；立逼我把這妓女遣出，免辱門楣。我迫於嚴命，無計可施。何麗琴她竟忽然奔到先父書房，叩頭跪哭，說出薄命人擇人而事、從一而終的話來，求翁公做主。手持利剪，以死自誓；又替我開脫，說不是公子貪色，實是薄命人心敬奇才，情甘捧硯，倒把我形容成天人一樣。做父母的都願聽人家諛他的兒女，麗琴便是用這訣竅。我父聽了，面上矯做怒容，心上的氣可就消解了，這何麗琴真可說是尤物。我賤內是個尋常女子，當何麗琴初來時，我賤內焉能不妒？不知麗琴用什麼法子，竟會把內人哄好，居然脫略嫡媵之分，結成了乾姐妹。不特此也，我先父性情何等方鯁，竟也搪不住她那瑩瑩之淚，侃侃之談；而我的賤內也悄入書房，跪在何麗琴身旁替我等講情；我父親也沒法了。」

　　少年聽到這裡，悚然聳動，插言道：「後來出了什麼差錯？」老貢生微笑道：「你聽啊！我先父籌思之後，不能不成全我們三口，我們三口已然是一個心了。我先父就命我攜妻妾還鄉，閉戶讀書，休問世事。他老人家無官一身輕，也就驟然出都，到好友松岑中丞衙內寄寓。我父本是漢學專家，不久又應浙撫聘請，做了研經書院的山長。我就遵父嚴諭，既脫離

宦海，也就謝絕名場，不應科舉，只在家澆花問農。仇家勢焰雖張，卻是先父以學者而為名宦，在朝野頗負清望；並且同窗同年，門生故吏遍於天下，很有顯達的。福公子的先人，居官又不甚清白，因此投鼠忌器，一時不敢把我父子怎樣。我父子雙雙解職歸田，他這口氣也似乎出了。」

說至此，老貢生眼睫含淚，面呈悲憤道：「哪知道奇禍陡降！我先父在書院，依然與當地大僚，詩酒流連。忽一日，應人小宴，宴罷茗談，突然腹疼；勉強回來，竟一病不起。我連夜由原籍，奔喪入浙；可憐未見先父一面，百悔莫贖！」老貢生淒然拭淚，默然良久，才又說道：「先父既歿，世態炎涼。福公子認為我門庭祚薄，勢弱可欺；未幾，突遣一個門客，登門尋了我來。我本不見客，他說有要事面談。及至一見面，方知福某竟拿一件莫須有的案件，橫來見誣，膽敢公然說出要挾的話來。莫說我那時少年氣盛，就在今日，我又焉能忍受？福某竟拿我當無恥小人看待了……」老貢生觸起舊情，不由得眉須皆奓。少年忙問：「這福某拿什麼案情，來誣陷你老？又向你老要挾什麼呢？」

老貢生哼了一聲，道：「他拿什麼誣陷我？……」面色一變，似有難言之隱；半晌道：「過去的事何消再提？總而言之，他要挾我，叫我不可做人。……」兩眼看定少年，酒酣耳熱，到底忍不住，便又說道：「秀才，我不妨告訴你，他誣衊我太甚了。他那門客公然對我說：『有人要控告你，我的主人可以化解此案，但須你答應一件事。……』哼，他拿這個要挾我，他叫我……」說著又不忍說下去了。

少年情知內裡定有文章，又不便強問，只停杯持箸，進餚以待。老貢生氣憤良久，忽把桌子一拍道：「秀才你想，我寧為玉碎，不為瓦全！我當時衝著門客，冷然大笑。我說道：『我楊某生平剖心瀝膽，與朋友交；輕車肥馬，都可以與朋友相共。只有三事，恕我不能與朋友分享：那便是一個拙荊，一個小妾，又一件是我那幅雪山圖。除此以外，朋友不拘向我

要什麼，我可以慨贈。令居停和我也是舊交，他找我要別的全可，他竟要我獻其妻孥？你們賢居停足見豁達，難為他怎說出來！只不知他視我為何如人，不知他自視為如何人！我就是再無恥，豈肯貪生怕死，把自己的小妾奉送給人？況且我捫心自問，一無所愧，又沒有犯該死的罪；當真有人要告我，只管叫他告去，令居停不必替我擔心！』那門客又說起愛妾換馬的故事來，說是什麼區區歌妓何足惜，香山遣嫁，既可以全舊交，又足可以消禍害；奉勸我作個信陵君，不可貪色忘禍，再陷石崇綠珠的覆轍。我越聽越憤怒，我說：『愛妾換馬乃是豪舉，我楊某不能。愛妾換馬或者還可以；獻妾賣禍，我楊某誓死不能屈從。』……」

老貢生感情激越，傾囊倒篋的把積憤說出來。雖然紛無條理，少年秀才卻已聽出，福公子必是抓住老貢生什麼短處，這才遣人恫之以禍福，威之以生死，要他把愛妾何麗琴獻出來。

使他既茹復吐，到底丟人丟臉在自己面前。這福公子太快意了，老貢生可怎能忍受？這一定激出禍變來了。

果然老貢生接著說：「我當時嚴詞厲色，把這門客揮斥出去。門客還請我再思再想，後天來聽我的信，我說：『丈夫一言可決！我沒有短處，我也不曾誹謗朝政，也不曾貪賄誣良，也不曾交結匪類，也不曾交結叛逆；就是我仇家抓住我的把柄，請他只管去告，我在家等著。』我說到此，端茶送客，回到內宅去了。……我的小妾正和內人在內室閒談，見我會客之後，面色焦黃，兩人便問我見的是什麼人？談的是什麼事？我不由脫口說道：『麗琴，麗琴，你真是美人禍水！』這一句話說錯，哪知斷送她一命呢！」

第二十五章　楊春芳救難乘龍

第二十六章　小白龍迎娶春芳

老貢生楊心樵又啜了一杯酒，這才對凌伯萍說道：「少年，這是舊事了，其實我也用不著瞞你。當時內人和小妾一齊問我，我就把仇人要挾我的話，告訴了她倆，我內人吃了一驚，問我這可怎麼好？可能設法挽回不能？我說：『隨他去。』內人不放心，堅請我速給松岑年伯去信求救。我那小妾一聲不言語，面色慘變，半晌道：『公子，我看這案子不能叫它發動，這案子可大可小，可真可假。現在朝廷正記恨這種案子，公子若被誣告，恐怕摘落不清。』我說：『依你之見呢？』她面色通紅，俄延半晌才說：『公子，這禍是我引起的，只好由我消弭。我去，我去，面見福公子』……」

老貢生接著說：「我沒等她說完，就拂然道：『福某的意思，就是要你。剛才門客說得明明白白：只要我把你獻出，他就把那誣告我的證據還我。福公子如願了，你也得所了，我一個落拓公子……』我這話正在氣頭上，說得太驟了。小妾突然大哭，竟拔金簪，要挖目明志。內子把她抱住，安慰她良久說：『家門不幸，現在忽遭橫逆；我們趕緊想法對付仇人。麗琴妹妹，你再這樣，我們還有閒心商議正事麼？』麗琴聽了這話，立刻吞聲忍住。難為她一個女子，居然把悲痛羞忿一齊遏住，平心靜氣，為我劃計。她又背著我，對內人說，她要捨生救我……」

老貢生道：「我當時怫怒已極，並不聽她的。我遂一再與內人商議，自以為問心無愧，到底要看看仇人把我怎樣。內子與麗琴齊聲勸我，『既不肯受辱，應謀避地，坐待禍來，究竟不是長策。』催我立時離家出走，南赴福建，找松岑年伯。又勸我發出幾封求援的信，以防禍作……」

老貢生浩然長嘆道：「哪想到我離家不到幾天，仇人果然下了毒手！我貿貿然攜帶著一個家奴，連夜離家，在我走後不久，縣官竟陰遣捕役，

到舍下來監視我。我中途聞警，改途避禍。我那小妾果然話應前誓，捨身為我了！」說著，落下淚來。

少年詫異道：「什麼？如夫人自殺了麼？」

老貢生不勝淒愴道：「何止是自殺，她竟為給我解禍，直見福某，要求他把那誣告我的證件交出來。她說：『如肯交出證件，我便即時下嫁。』她告訴福某，『你既為我設阱害人，足見相愛已深。但是我一個薄命人，不能為新人害舊人。你福公子能把我的故夫保全住，我就不惜賤軀，與你重溫舊好。』她的打算，是想把證件騙出來。只是福某已經受過欺，哪肯再上當！小妾見誘他不動，氣憤交加，竟要以死相拚。」

老貢生接著道：「秀才，你猜怎麼樣？……她竟預服了毒藥，再登仇人之門。不知她用何言語，騙信仇人，到底將證件弄到手，她就吞嚼入腹，然後拔剪刀自刺，同時毒發……小妾她竟這樣慘烈地殉節了！我當時哪裡曉得？到後來內人也驚恐而歿，才由一個家奴，把小女抱出來，千里迢迢，送到我膝下。我的田廬家產，雖未被官抄沒，卻被本家戶族占奪，終弄得家敗人亡，只剩我父女二人相依為命了！」

老貢生道罷，又拭淚道：「我銜此恨已十多年，久想復仇，苦未得著機會。現在我女已經長成，我只有一件心事，是想把小女嫁了。我就拚一副老骨，跟仇人算一算舊帳。……秀才，你看我不像村學究，足見你有眼力。我真不是教書匠，我不過在苟延殘喘而已。所以我一聽你為仇人所窘，不禁觸起我的舊恨來。我這回禍事也是毀在萬惡的叛奴手下。仇人陷害我的那東西，據事後打聽，也是由一個惡奴貪財受賄，賣給仇人的。秀才，同病者相憐，我一聽你這件事，我就很覺動心。按理說，我本避禍之人，不敢多事，只是我見秀才少年昂藏，又動了同愾之感，不由我不助你一臂。現在將我一生，草草告訴你了，我還剩一件事，打算和你商量。」

少年聽了一動道：「你老人家莫非要叫我拔刀代報此仇麼？」

老貢生愕然道：「你一個書生，我焉能叫你作這種聶政、荊軻之事？我是有一件後事奉托，騰出身子來，我好自己報仇。不過你我萍水相逢，驟出此言，未免似乎有挾而求了。」

少年忙道：「老先生有何吩咐，只管見教。」

老貢生欲言又止，最後才說道：「我聽你說，你現在不是中饋猶虛麼？」

少年一怔，這才聽出老貢生的意思了。倉促間竟不知所答，不由瞪目看老貢生。老貢生性素爽直，略為沉一沉，到底把心意明白說出。他說：「我見秀才少年英俊，可為小女託付終身。如果秀才不嫌楊某身世飄零，不嫌蠢女醜陋，我情願把此女嫁給秀才，做個箕帚之妾。但是，我這是冒昧直陳。秀才如覺有何不便，盡可直說。不要因我幫過你一點小忙，便礙口難言。」說罷，目視少年，聽他回信，但是，老貢生越這樣說，秀才越無辭推謝了。

凌伯萍被老貢生父女救護多日，已看出春芳姑娘明麗可愛，敞亮可欽，自己似也曾一度涉過遐想。只是老貢生父女自有難言之隱，少年也有難言之隱。娶春芳為妻，以酬此德，凌伯萍多少有點顧慮。

跟著老貢生又說：「小女蠢物，可是烹調縫紉，略皆通曉；便是詩書文字，也頗粗習。不過我家乃憂患餘生，秀才若以為門戶不當，我這一席話只算醉話。並且我這番率意直陳，也有不得已。小女年已及笄，擇婿很難。我不願把膝下唯一愛女，嫁給此間村農俗子。但是我年齡已大，不知風前之燭，何時垂滅，又負著深仇奇恨，急要把女兒的終身安排好，便與仇人一拚。所以這才倉促不暇擇言，對你這樣說了，倒叫秀才見笑。但是你我氣味相投，你當不致怪我老悖吧？是我看秀才和小女，正好年貌相當，此中也似有天意。況且你們……」

少年不由臉一紅，頓了一頓道：「老先生既然如此錯愛，如果不嫌耽誤令愛終身……」說到此，說不出來了。老貢生轉悲為喜，哈哈大笑道：

「好，你我一言為定！」少年秀才這才起身叩頭，雖沒說什麼，這三個頭已算是新婿拜岳父了。

既結姻親，越發暢敘無隱。老貢生把少年又仔細問了一遍。少年秀才輕描淡寫，重敘身世，家中人丁稀少，只有一姑母，嫁在遠方。現時自家卜居吳下，粗有田廬，衣食無虞。說來彼此門戶相當。老貢生越發歡喜，又問少年：「此次叛奴害主，是否還要赴縣控告？」

少年搖頭笑道：「岳丈，我們初見面時，我不得不這樣說。其實這叛奴害人反成害己，他的屍身已逐江流漂走了，用不著我再行根究。」翁婿飲到二更以後，才罷飲歸寢。

次日，老貢生背著人，把招少年為婿的話，欣然告訴女兒。春芳姑娘粉頰蘊紅，玉頰含春，精神上為喜為羞，頗可想見。狹房淺屋，不能趨避，見了少年秀才，兩個人只有低眉斂容罷了。可是免不得橫眸偷窺，秋水盈盈，雙瞳含情。老貢生看見了，大放懷抱。

那一幅珠串，恰好就作了少年所下的定禮；問了八字，待寫庚帖。少年卻說，他急還鄉，回來時再行備禮。少年原定次日登程，此時既成為翁婿，倍見關切，老貢生堅留少年多住幾日再走。於是又將養了幾天，少年這才起身告辭。說定遲則一月，速則二十天，定要回來親迎，並接老貢生同去。少年的家，臨行時詳告老貢生，是在江蘇太湖七子山麓，七子湖邊。

貢生父女送走凌伯萍，便靜候佳音。但是東床掃榻，翹盼雲天，直過了兩個多月，還不見少年回轉。老貢生不禁疑慮起來，生怕少年患難中勉允婚事；事後嫌自家落拓，把女兒終身扔在腦後，卻是窘事。老貢生等候嬌客，一天比一天著急，忍不住對女兒念叨：「萬一他騙了咱們，可怎麼好？」自己倒後悔起來。

春芳姑娘深識大體，到此不便默然，反倒安慰起父親來，低頭說道：

「女兒看他不是那樣的人，你老不要心焦吧。」怎見得他不是那樣的人呢？這卻有言外一片話，想是兩情相恰，默喻無言。少年一定要回來的，因為她已看出，他似乎愛著自己，但這話做女兒的，卻不好對父親說，只常常地勸解父親，不必過慮。

照此直過了二個月零十天，老貢生越發坐立不安起來。悻悻地說道：「我救了他，他誤了我女兒的終身。拿婚配大事，信口敷衍我，我可不能忍受這個！……」自覺做得魯莽，連少年的身世都知不清，只聽他片面之言，便給女兒定了終身。萬一少年悔婚，一去不回，卻真糟不可言。

但等到兩個月第十八天，忽然來了三輛轎車，四匹馬，騎馬的是幹僕模樣的人。一直尋到七星屯，打聽楊老貢生。問起來，是奉了主人之命，迎接楊老貢生赴太湖去往。四個幹僕、一個女僕、一個丫鬟，一些禮物，一封信。幹僕衣飾鮮明，倍顯闊氣；見了老貢生，叩頭到地，口稱老太爺：「小的凌安，給您老請安。家主人本要親自迎接老太爺和小姐的，因為養傷，不能前來，這裡有家主的一封信。」恭恭敬敬遞上來。

女僕、丫鬟就先給老太爺叩頭，再求見小姐。小小古廟，門停車馬，小小書塾，忽聚生人，登時驚動了許多鄰舍，來看熱鬧。老貢生到了這時，一塊石頭落子地，不由笑逐顏開。拆書一看，上款：「岳父老大人」，下款「小婿凌驥友」。另有拜匣，內盛著龍鳳帖，金釵玉釧，聘禮可觀。信中勸岳父老大人把寄寓七里屯的家產變賣了，移居七子湖濱，與婿女同居，「小婿就近庶可稍盡孝養之心。」

老貢生大悅，只是跟著又皺眉。這來的四個幹僕、兩個嫗婢、三個車伕，一共九個人，往哪裡安插他們呢？那個為頭的幹僕凌安稟說：「家主臨遣我們來時，早有分派。說是老太爺本是客居，房舍不甚夠用，叫小的在近處覓店，早晚過來服侍。至於劉媽和寶芬，叫她留在這裡，服侍小姐。家主又說：老太爺可以把買的、租的地，賤價退回去，一切不要顧

惜。家主舍下薄有田廬，已經給您特蓋了一所四合房，家具圖書，應有盡有。你老人家和小姐，只空身人去都可以。」幹僕凌祥也道：「家主叫小的回稟老太爺，一切嫁妝，你老千萬不要預備。」

這些奴僕立刻給忙起來，先把學生放了假，跟著就把帶來的火腿、板鴨、陳紹等等食物，叫一個僕人，代為烹飪起來。又畢恭畢敬地催請老貢生早日登程，因為「家主正在想望著呢」。

老貢生聽了欣然，想不到少年如此鄭重其事。但他跟著又有一層過慮，叫他變產前往，投婿寄食，又不甚甘心了。老貢生秉性耿介，和女兒私計，未肯把產業全賣了，只將浮財略略收拾。忙碌數日，將田產租出去，書塾停辦，與女兒上了車，卻投太湖婿家。他還是存著先去看一看的心。

老貢生攜女登車，直赴吳下。一路上與幹僕談起少年的身世來，方才曉得少年秀才家境很富。少年是安徽宣城人，卻在江蘇太湖畔，七子山下築宅而居，宅距木瀆不遠。少年說話是一口吳話，卻又懂得湘鄂土音。據說：他開蒙的家館先生是湖南人，所以他會說一口湘鄂話。父歿之後，因鬧家務，才由皖遷吳，在太湖畔，擁有數頃水田、兩處房產、一處本宅，在木瀆附近；另一處別墅，在七子山邊。此處據說還有些商舖，如典肆、綢莊、古玩鋪等。這個少年竟是大富之家！

到了地方，幹僕把老貢生楊心樵引到木瀆本宅，凌伯萍忙迎出來，這已不是落水遇難的情形了，少年此時衣衫鮮美氣度雍容。見了老貢生，深深一揖，口稱岳父，見了春芳小姐也輕輕叫了一聲，春芳低頭不言，雙頰緋紅。

升堂入室，少年請老貢生上坐，叩頭下拜道：「自別岳父，忽已三月。現在小婿已在七子山，給岳父築了幾間草堂。岳父若是願意息影安居，有圖書可以玩讀，也可以與村夫鄉老共話。若是嫌悶，也可以招幾個小孩教教。」

歇了一晚，盛設豐宴，共話別情。老貢生堅持要到少年給自己預備的草堂去看看。次日遂又登車，走了十幾里，才到地方。果然小園精舍，房子不多，十分雅潔。正房懸額，是「青麓草堂」四字，老貢生很愜意。這所房子，並沒有跟女婿住在一起，乃是另設門戶。老貢生笑道：「應該這樣。」少年給撥去僮僕、丫鬟，服侍得很周至。然後擇吉成婚，春芳小姐嫁到凌家。

秀才凌伯萍可說是少年隱士，雖擁巨產，家中人口寥寥。

在他家內，只有一位五十多歲的老嫗，說是少時的乳母，此外便是僕婦、丫鬟了。他的那姑母嫁在遠處，雖當侄兒新婚，也沒有來。少年閉戶讀書，也罕交遊，據說他無心科舉，情願務農終身。

婚後，夫妻和美，如鶼如鰈。少年偶爾勸請老貢生到他家，貢生不肯，願欲自立門戶，不願做富戶的岳老太爺。半年之後，竟與女婿、女兒私議，要進京告狀，以報舊仇。

到了這時，少年方才追問老貢生仇家的姓名、門第。老貢生如實說出來。又問到仇人誣陷的情形，老貢生就不再諱言，也傾囊說出。

原來是仇家買通老貢生的門客、家奴，把老貢生所藏的一部禁書抄本，和貢生的詩集盜去。那時正鬧文字獄，那本禁書上有貢生的親筆題跋，已由何麗琴騙來嚼碎。老貢生說，現在已不是那時代了，仇人的贓款已被他抓到，一定拚老命，出首去告仇人。春芳姑娘如何捨得，再三泣勸老父。

少年也再三攔阻道：「岳父這樣報仇，也近乎隨珠彈雀。仇人固可告倒，只怕你老人家難免舊案重提。你老人家要報仇，我們不會想別的法子麼？」

但是，老貢生自想女兒終身，託付得所，自己何惜殘年，和仇人偕亡。對女兒說：「我也好對得起你死去的嫡母生母。」

凌伯萍夫妻堅阻不住。最後伯萍才說：「你老人家定要報仇，我們也不能堅留。但是我請你老稍待半年，我們也可設法托託人情，求一個必可勝訴之道。」

老貢生道：「我現在哪裡還有人情？」凌伯萍道：「小婿還可以想想法子。」老貢生道：「你有什麼法子？」

凌伯萍笑道：「試試看吧，這可說不定。」遂當著老貢生，寫了幾封信，派幹僕凌安送出去。叫他先替老貢生打聽仇人的近況，再尋下手的辦法。第二天就把幹僕凌安派出去了。過了幾天，凌伯萍把老貢生由青麓草堂請到自己家來，說是：「小婿要下鄉收收租子。這家裡只有你老的女兒和我的乳母，我不放心，我請你老給我看看家。」老貢生答應了。

少年凌伯萍擇日登程，對老貢生說：「小婿此行怕要多耽擱幾天，算來至少也要三十天後方能回來。」貢生道：「收田租，何須這些日子？」

凌伯萍道：「小婿是要回鄉去起租，順便祭掃祖塋。」貢生道：「路上不太平，你多帶幾個僕人去吧。」少年笑道：「那倒不用，焉能總遇見水寇呢！」

少年走了，果然直過了三十六七天，方才回來，卻帶來不少的東西。問起來，今年的收成很好。還有四隻皮箱，內多細軟珍財，還有一個玩物，是碧綠的一棵白菜，光澤瑩潤，好像是玻璃的。老貢生道：「這可是現買的麼？」

少年道：「不是，這是小婿老家的，我把它帶來了。」老貢生和春芳姑娘見這綠白菜竟和真的一般，覺得非常可愛，便問：「可是玉的麼？」

少年搖頭笑說：「不是不是，這是燒料的。要是玉的，那不成了寶貝了麼？」順手擺在內室桌几上了。

老貢生便向少年議論起仇人之事。貢生說：「我雖避居十數年，仇人

的動靜，我無時不留意。福某現在居然是道府大員了。要想扳倒他，實不容易。可是他的罪狀，我已得著實據，我只要一發動，料能扳倒他，至少也得弄他個褫職查辦的罪名。等我把那實據尋出來，伯萍你替我斷一斷，可操勝算不？」

春芳姑娘皺眉嘆氣道：「爹爹，你偌大年歲，做這打虎的事情，你老人家要細細斟酌啊！」少年笑道：「你老人家不要忙，且聽凌安探訪、請託的情形再說。你老一定要進京，小婿可以給你預備萬金。如今的官司非錢不行。你老那證據，等得閒時，找出來給我看看。」

忽在五十七天之後，幹僕凌安匆匆地回來了。一進門，滿面喜容，向老貢生道賀道：「老太爺你老大喜！」

貢生道：「凌安，你辛苦了。我喜從何來呢？」凌安道：「回老太爺，你老的仇人遭天報了！」

老貢生楊心樵愕然道：「莫非他病死了！被朝廷拿辦了？」

凌安向少年看了一眼道：「全不是，福某人遇刺身死了！」

這卻是晴天霹靂，楊心樵駭異起來，連忙問道：「怎麼，遇刺死的？刺客是誰？」凌安摸了摸下顎道：「聽說是個少年女人。」

楊心樵越覺奇怪，又問道：「女人……什麼女人？真是刺死了麼？為什麼刺他？在什麼地方刺死的？這女人是誰？」

凌安笑了笑，眼望少年，少年眉峰一皺，催道：「你快說吧。」凌安道：「這可都說不清。死是真死了，還是當場刺中咽喉死的呢。現在縣城哄嚷動了，正在搜拿刺客……」轉臉對少年道：「大爺叫我打聽的事，我也就不敢打聽了。」

少年滿面喜容，站起來，對老貢生說：「這可好了！惡人自有惡報，岳父也就不必再告狀了；心事已了，正可以頤養天年。凌安，你下去，叫

廚子備酒，我給岳父老大人作賀。」立催凌安下去了。

但是，老貢生聽仇人雖死，還是渴望知道詳情，到底把凌安重叫上來，問了又問，仔仔細細打聽了好幾回。據凌安說：福某竟是在大街路口遇刺的。坐著轎，上總督衙門，頂馬小隊子，前呼後擁，行至中途，突有一個少年美貌的大腳女子，青絹包頭，一臉脂粉，手拿狀紙，從斜刺裡一奔，上前來嬌聲喊冤。頂馬忽攔，不想已被福某看見，竟吩咐打轎，叫這女子上前答話。這女子走到轎前，伏身一跪，突然一躍，捷如飛鳥，撲上轎門，福某立刻噴血而死，喉管已被刺斷。那女子長身躍上鋪房，如飛而去。刺得太突兀，太神速，眾官兵竟然束手，不能擒拿。到底女子是誰，和受誰支使，沒有人說得上來。……事後查拿刺客，至今渺無蹤跡，多有人疑心此女必是個牝賊俠女。

老貢生問明，心中似信不信。又親到下房再窮問凌安，凌安還是那一套話。老貢生仍不甚放心，又親自向城鎮外面打聽。果然只隔過幾天，市面上也有人傳說起來，福道臺果然被刺，刺客果然是女子。卻又帶出一個消息來，說是福道臺乃是死於女俠客之手。因為在福道臺臨死前一天夜裡，他家中就進來飛賊，尋福道臺沒有尋著，捆上一個更夫，又插刀留柬，又搶走許多財物。福道臺一件稀世奇珍「碧玉菘」，也被飛賊劫去。

楊心樵道：「什麼是碧玉菘？」傳說的人說，那自然是綠玉松樹了！

但是少年秀才凌伯萍也聽說這「碧玉菘」的話了。他於是把那由家中帶來的那個燒料的這「綠白菜」，急忙地從內室案上撤下來，收藏在箱內。

楊春芳娘子道：「擺著不好嗎？我怪愛它的，這真像真的一樣。」春芳娘子又說，「若放上一個蟈蟈兒，太有趣了。」

少年笑了笑，並不言語。──可是從此這燒料的「綠白菜」，永不再見於案頭了。

日月如梭，一晃兩月。少年凌伯萍愛玩豔妻，日日在家種花藝菊，度著隱士似的生涯。七子山下，有一座古寺，叫清涼寺，寺內老方丈靜澄上人弈棋很高。凌伯萍有時就到寺裡去找靜澄下棋，看來他的人品是很恬淡的，高雅的。

但老貢生呢，他把女兒嫁了，又聽說仇人死了，他胸中兩塊心病已然摘除。依理說，他應該開懷享樂，頤養天年；卻不知怎的，他竟咄咄書空，悶悶不樂。尤其是見了女兒，就偷偷嘆氣，好像很虧心似的，見了女婿，就露出一種古怪的神色來。

有一天，這老先生對女兒悄悄說話，問女兒說：「姑爺帶來的那棵燒料的綠白菜哪裡去了？」叫女兒設法問一問。

春芳娘子忙道：「怎的了？」老貢生怔怔地說：「不怎的，你問他可能再買幾個來不能？你說你喜歡它，打算湊一對送人。」春芳娘子不知父親的意思，就說：「好了，我回頭就問他。」

可是才一轉臉，老貢生又驚驚慌慌地尋來說：「你問了沒有？」春芳道：「我還沒見著他哩，他上清涼寺下棋去了。」

老貢生舒了口氣說：「沒問，更好。你不要問他了……」

又嘆口氣道，「孩子……」半晌不言語，忽然眼圈一紅，流下淚來，道：「孩子，我對不起你！」

老貢生自此抑鬱無聊，整日伏處在青麓草堂，輕易不到女婿家來了。不久，老貢生得病謝世。最可惜的是，臨死絕氣，沒有半句遺言留給女兒。少年凌伯萍卻極盡半子之分，把老貢生盛殮起來，送回原籍，好好安葬。

楊春芳娘子自從父親病死，不勝悲哀，感懷身世，整日以淚洗面。凌伯萍性本好游，喜逛山水。今見愛妻悲苦，夫婦情重，便不肯出門了，長

日陪在閨中，不知道怎麼哄她才好。——如此過了半年，春芳娘子才稍止哀痛之情。凌伯萍這才稍稍出門，閒散閒散，但仍不肯遠遊。閒時只到七子山麓清涼寺，找靜澄上人下下棋罷了。

不想這一日，突逢奇事。時當初夏，草木向榮，凌伯萍手搖團扇，款步山前。迎面來了雄糾糾、氣昂昂的一個赤面濃眉的壯士，橫身來把路一擋，道：「借光，你老！」

凌伯萍微微一怔，把來人上下一打量。見此人身高六尺，背小包袱，提柬木棒，短衣沙鞋，一臉風塵之色，也正上下打量凌伯萍。凌伯萍一側身搖著扇子，緩緩說道：「做什麼？」

那人也一側身，把行囊、小包袱放下，木棒也放下來，雙手抱拳道：「尊駕貴姓？」凌伯萍道：「我麼？……姓凌，你有什麼事？」

那人滿臉堆下笑來，道：「此地不是講話的地方，請借一步，到林子那邊一談。」凌伯萍又把那人上眼下眼看了一遍，道：「我和尊駕素不相識，你有什麼事，請只管說。」

那人往四面一望，低聲道：「在下要向你老打聽一個人。」

凌伯萍放眼一看，前面走來一個行人。凌伯萍便用手一指道：「我不是本地人。你若打聽人，可以問那一位。」說著，拔步便走。

那漢子有些著忙了，急急伸手一攔，卻又作了一個揖道：「先生，你尊姓可是姓方？」

少年凌伯萍微微一震，立刻站住；但已被那行人看出來了。凌伯萍雙目一張，面含怫然之色，道：「你貴姓？你找姓方的麼？這裡沒有姓方的。」竟不再做回答，舉步便向山寺走去。

那人連聲說道：「方師父留步，方師父留步！」

少年回頭道：「我也是過路的，你找人，可以問別位。」那漢子匆匆拾

起行囊、木棒，追上少年。四顧無人，低聲說：「在下姓鄧，是你老的朋友薛五爺打發來的……」還要往下說。

凌伯萍猛然激怒起來，道：「什麼薛五爺？我和閣下素不相識，你打聽誰，我不曉得。你總跟著我做什麼？」怫然一甩袖子，氣憤憤地拔步走入山寺去了。

那赤面漢子呆呆地站在林邊，一時不知所措。

少年凌伯萍進入清涼寺，腳蹬門檻，回頭看了一眼，徑入方丈室。和方丈靜澄上人茗談片刻，布上棋局。素日伯萍比方丈棋高，今天卻大敗虧輸。老方丈連勝兩盤，已把整個下晚的時光消磨過去了。靜澄上人得勝兩盤，吩咐侍者給凌伯萍備餐。向少年道：「檀越，今天想在小寺下榻麼？」

少年含笑不答，起身入廁。從廁所出來，走出後門，繞寺半轉。忽一眼瞥見那赤面漢子。悠然未走，遠遠地在林邊徬徨閒眺；一見少年，舉步又要過來。少年大怒，抽身回廟，在廊廡下走來走去，思索好久。小沙彌尋找過來，道：「凌檀越，請你老用飯。」

凌伯萍草草吃完素齋，又想了想，含笑對方丈說：「今天我的手氣很壞。來吧，澄師父，我要背城借一，再戰三局。」

靜澄上人笑道：「檀越要夜戰麼？那麼，貧僧老朽，精力不濟，只好甘拜下風了。我把我們靜閒師父請來吧。」命侍者重整棋枰，烹茶備點，又命人掃榻款賓，給少年預備宿處。又問少年道：「是不是叫人給府上送個信去？」少年常在廟內流連，每逢下榻，便由方丈遣人給少年家中送信，這一次只是照例。

但是少年搖手道：「不用，我明早就回去了。……並且我臨來時對內人說過了，她知道我今天不回去。」

一位方丈，一位施主，又下起棋來。起初少年還是虧輸，漸漸地換過

手氣來；方丈年老疲倦，終局時少年才得贏了一盤。凌伯萍在這小小的野寺流連了一整天，次日並沒有回轉，也沒有給家裡送信。

但是，次日夜間，寺僧忽然看見偏廊上有一個人影，一閃不見了。寺僧惶恐起來，連聲問：「誰呀，誰呀？」這人影溜下偏廊，奔後殿跑去。寺僧聲張起來，立刻驚動半寺僧人，和火居道人，挑燈持刀四尋，又已不見人跡。山寺荒曠，眾僧越發的疑神疑鬼，都害怕起來。

知客僧忽想到留宿施主的安危，急急引人尋到凌伯萍宿處。客堂門扉緊閉，室內無光，推門不開，叫人不應，外面吵吵嚷嚷，動靜很大，裡面竟沒一點反應。知客僧越發驚疑，慌忙跑去，報知方丈。

靜澄上人嚇了一跳，道：「凌檀越是此地首富，又是首善，我們這裡又太荒僻……快看看去吧。」親自出來，率人重去敲門，「若再叫不開，便只好破門進去了。」

卻幸只叫了數聲，凌伯萍懵懵懂懂，在裡面答應一聲：「誰呀？」睡眼惺忪，披襟倒履地起來開門，問道：「什麼事情？」方丈未及開言，眾僧就說道：「凌施主好睡，前廊看見一條人影，值更的直追到這邊來，看不見了，也不知是人是怪？」

凌伯萍失口叫了一聲道：「嚇死我了！」立刻抖衣而戰。知客忙握住伯萍的手道：「施主別害怕，也許他們眼看岔了。」四手交握，知客僧的手硬冷如冰，少年的手握來溫暖如綿，長長的指爪捲起來了。

知客僧才覺得詫異，剛要說話，少年突然把手抽出來，挨到方丈身旁，不住地說道：「可怕，可怕！這一定是妖精，妖精！妖精，妖精！」

靜澄上人看凌伯萍恐怖的樣子，忙撫肩安慰道：「佛門善地，妖魅哪敢出沒？只怕是小偷兒。凌檀越，請到方丈室來吧。……你們大家再細搜搜，看丟失了什麼沒有？」眾僧又慌張起來，忙各回禪房，先摸度牒，再

找袈裟，再看看別的東西，直亂了小半夜。

凌伯萍重返客堂，披上長衫，跟著靜澄上人，進入方丈室。眾僧搜查一遍，回報一物未丟。老方丈見凌伯萍神色稍定，仍恐他害怕，便勸他不要在客堂歇宿了，不妨就在方丈室下榻，但是伯萍不肯。老方丈又要派一個沙彌，在客堂給伯萍做伴。伯萍說：「不用。」方丈道：「檀越，你不要強夯著膽子，看嚇著了，倒不好。」

凌伯萍搖了搖頭，忽然失笑道：「澄師父，你放心，我不害怕了。我不過乍聽鬧鬼，貿然嚇了一跳。準知道鬧賊，那還怕什麼？賊不過偷東西，還會偷人不成？」哈哈地笑道：「我不膽小，澄師父你怎麼看我像膽小？」靜澄上人也笑道：「我明明見你發抖。」

少年也像很怨顏，自己解嘲道：「我大概是睡迷糊了，有點情不自禁，再不，就是乍醒驚冷。我們下棋吧。」靜澄搖頭道：「不行了，不行了，老朽之身不堪與壯士連戰。並且這條黑影到底是怎的？卻叫人擔心……」還是講論這件事的真相。

少年似乎不很樂聽，反往別的話上引。忽然問靜澄上人道：「翻修藏經閣的工程怎麼樣？還差多少？我打算再多寫點，連前一共題二百兩吧。」方丈大喜，侍者急急忙忙，把善緣簿取來，少年展開簿面，提筆寫上二百兩。一位施主，一位方丈，立刻講起修閣的話來。怎麼動工？怎麼募緣？通盤算來，還差多少錢，該向哪位善紳捐。凌伯萍很熱心地替老方丈盤算。

老方丈精神煥發，欣然嘆息道：「我垂暮之年，打算親眼看見這藏經閣落成，也算是老朽一段心願，這全看諸位檀越的善心了。」

閒談一晌，天將破曉，凌伯萍略睡了一會兒，起來淨面漱口，略進茶點。辰牌以後，出離方丈室，到寺外閒轉了幾圈，回廟進齋。齋飯罷，呵欠數聲，到客堂午睡。囑咐寺僧道：「有人找我，說我不在。……就說沒

有這個人最好。」寺僧問他什麼緣故？說是有人找他借錢，所以才在寺內躲避。

少年凌伯萍竟在清涼寺，流連三日，沒有歸家。老方丈最敬重這位施主，便要遣火居道人，給凌府上送信去：「檀越出來三天了，怕府上不放心。」少年道：「不用，不用，我從來不到別處去。他們也知道。」

展眼三天過去，少年不歸家，家中竟派人尋找上來。有兩位客人，登門拜訪凌伯萍大爺。家人凌安代主擋駕，客人堅欲求見一面，並強留下很隆厚的禮物，說是薛五爺送的。凌安拒絕收，客人只是麻煩，說是：「老哥費心，給回一聲。」凌安便進內宅，在院中轉了一圈，出來對客人說：「家主不在家，家主娘子有話，重禮不敢當，請先拿回去。家主不認得這位薛五爺，怕不是送錯了吧？」

兩位客人非常著急，竟又說：「已在清涼寺見著貴主人了。」此推彼拒，許多禮物陳滿了門房桌案。磨煩了好半天，不意女傭多嘴，內宅得知，凌大奶奶（楊春芳娘子）派丫鬟問下來了。

凌安沒法子再支吾，這才到上房回稟。春芳娘子不悅道：「凌安，你就敢硬做主，把主人的朋友得罪了麼？你怎麼擅敢擋駕？」

凌安連連聲諾道：「小的不敢。是主人早先吩咐過，不願見老家的人。但凡有人來找，一律擋駕不見。問起來，就說沒在家，出門了。不是小的膽大妄為，主人實在這麼交派過。小的跟主人十幾年，知道跟這位姓薛的沒有交情。這回他們大老遠的送禮，一定沒有好事，不過又是託人情。大爺討厭極了！」

春芳娘子越發不悻，道：「他就沒有對我說過，倒對你說過！你連上來回我一聲都嫌麻煩？」凌安窘在那裡，再三辯解。

春芳娘子哼了一聲，又說：「你們做下人的，專心搗鬼，也不知主人

我是什麼意思，你們就自作聰明，把勢利眼看人。有話不往裡面傳，從你們那裡，就硬坐派下來了。這還是送禮的，若是舊親戚登門，你們還不把人家罵出去麼？凌安，什麼叫矇蔽？」凌安臉紅脖粗地說：「小的該死，下次再不敢了！」

凌安捏著汗退下來，心說：好厲害的大奶奶！氣憤憤對兩個來客說：「你們把禮物先拿回去，我主人不在家，裡邊一定不收。你們住在哪個店，你們留下地名，我主人明天到店裡見你們去。」

兩個客人仍不肯走，禮物也不肯拿回去。凌安惱了，大聲道：「你們這麼死盯。到底是訪朋友？還是訪仇人？還是討債的？我主人不去見你們，你不會再來麼？成心給我過不去，這是怎麼講？我們一個當下人的，真是……」

兩個客人這才賠笑站起來，反向凌安道歉，提著禮物回去。臨行時說：「你多費心，明早我們再來；絕不敢勞動凌大爺下顧的。」

凌安板著臉送走二客，耗過一刻，也不遣別的傭僕，竟親自到清涼寺，面見宅主凌伯萍。才出宅門，放眼四望，將近山寺，更一回頭，好！兩個客人內中的一個矮胖子，居然遠遠地綴過來了。凌安切齒發怒，只裝著看不見，一直進了古剎，把兩個客人的姓名、舉動，詳詳細細稟告給主人聽。凌安說完，又道：「大爺快回去，把他打發走了吧。你老要曉得，大奶奶……」不由得回頭看了看門，才放低聲音道：「大奶奶已經動了疑心了。」

凌伯萍不由一震道：「哦，她知道了麼？」凌安忙道：「不是，我說含糊了。大奶奶疑心我矇蔽主子，私拒來賓。別的事倒沒有動疑。只有這兩個客人來路不對，你老要小心。該怎麼辦，不留痕跡才好。他們倆說有薛五爺的信，我並沒有接。」

凌伯萍哼了一聲，問道：「這兩個人，可有一個高身量、赤紅臉的漢

163

子？」凌安答道：「正是有他，頂他的話多，可是還不很露鋒芒。那個矮胖子說話最愣，叫旁人聽了，很扎耳朵。你老不用問了，這和你老前夜告訴我的話，正是一件事。毫無可疑，你老只想善遣的辦法好了。」

少年凌伯萍低頭沉吟，半晌抬頭道：「這兩人來意不測，我打算不見他……」凌安搶著說道：「那可怎麼行？你老今天若不到店中去，明早他倆一準到家裡來。他只是送禮投信，這又是人事常情，也沒法子擋他。你老仔細想想，人家找上門來，還是硬拿話把他頂回去的對。避不見面，那可太不是法子。況且還得瞞著大奶奶，又多一層不方便。」

凌伯萍皺眉不安道：「不過，你要明白，我費了多大事，才得遷到此地，安家立業，安安靜靜過了這些年，一點麻煩都沒有，這就很難得。假如我去見他，你還不明白他們的來意麼！到了那時……況且我現在又有一份家……」

凌安脫口說道：「本來麼，錯處就在你老不該在外面續弦。那時娶了這主兒的妹妹……」說了這句，看見主人的神色不善，又把話吞下去。

但這已招得凌伯萍十分不悅了。怫然說道：「永奇，那是我的恩人！她陌路上救過我，服侍過我的傷痛，她的父親親口說出來，我怎好推辭？你難道說我貪色？」

凌安道：「是是，是我錯了，爺別過意。我也知道你老當時很為難。不過現在怎麼辦呢？人家打著薛五爺的名號，找上門來。你老內瞞同床，外拒同道，這戲法你老怎麼變，才變得周全？」

凌伯萍坐在椅子上，手托下顎，兩眼注視凌安。凌安垂手肅立，站在伯萍身旁，是個僕從回話的樣子。只是喁喁深談，脫略形跡，倒像是世僕少主的關係。這個凌安好像能替主人拿幾分主意似的，默想了半晌，又說道：「你老也別著急，就依你老的主意辦著看。你老明天出門好了，我留在家裡，替你老對付外人。大奶奶那一面，你老要對她說好了，你老要曉

得大奶奶人很精細。」

凌伯萍笑道：「她看著像多麼精明，其實也是個老實女子。……出門也倒不錯，我也這麼想，只不知來的這兩人到底怎麼樣？」

凌安笑道：「決沒有別的，只是慕名送禮來的。」

凌伯萍道：「不那麼簡單吧。你一個人可以答對得了麼？」

凌安道：「沒有什麼，我看足能抵得住。我們還有凌祥，他也很能辦事，你老儘管放心。我看你老先不要走遠，臨走時，你老不妨到店中去一趟，暗中看看人家的來意。」

少年凌伯萍點了點頭，道：「我今晚上一準去。」忽然一拂袖子，站起來道：「若不然痛痛快快，我把這兩個東西打發回去，就結了！」頓時間，眉橫煞氣，面懷秋霜，剛才那一臉儒雅蘊藉之氣一掃不見。從一雙眸子內閃閃吐露光芒。這一雙眸子又往下一垂，注視到自己的兩手，嫩軟如綿，潔白似玉，留著很長很長的指甲，剔磨得晶瑩無垢，就是楊春芳娘子那雙柔荑玉指也似乎不如他。

凌安忙道：「這可使不得！人家又不一定是惡意，那一來怕更住不穩了。你老還是先看一看，再定規趨避的道路。再不然，今晚上我替你老到店裡去一趟。」

凌伯萍笑道：「你別慌，我只是這麼說，你看我殺過幾個人？……」說話間，廟裡的和尚找來了。

和尚道：「凌檀越，外面有人找！」凌伯萍、凌安一齊驚問道：「誰找？」

小沙彌道：「是黑胖子，外鄉人。」

凌伯萍變了臉，眼看凌安道：「這一定是那個托情告幫的，這太難了，我去把他打發走了吧。」站起來，往外就走，臉上蘊含著一腔激怒。

　　小沙彌在前引路，凌伯萍趨走很快，凌安忙忙地跟著，一面向小沙彌打聽道：「這個人現在哪裡？讓進廟來沒有？」小沙彌道：「沒有讓進來。他不進來，他說，請凌大爺到廟外談談。」

　　凌伯萍越發生氣，對凌安道：「這是怎麼講？怎麼追到這裡來，我難道沒有家？薛五爺太對不住人了。這真是豈有此理，怎麼把個三不知的人支到這裡來！」起初走得很快，將到前殿，腳步緩下來，回頭望著凌安，欲言不言。

　　凌安忙搶行一步道：「大爺，還是我去打發他。叫他有什麼，到店裡等著。」

　　凌伯萍道：「這個……」拍小沙彌的禿頭道：「你先等一等，我問問你，這個人說什麼話來？」小沙彌道：「沒說什麼話，就只求見你老。」

　　凌伯萍對凌安道：「那麼，你看是你去見他，還是我去見他？」凌安道：「還是小的見他，我先問明他的來意，你老再見他。」

　　凌伯萍道：「好，你就去吧。他如果還囉唆，你把他領到家，我這就回去。」凌安道：「還是叫他回店等著。」凌伯萍點了點頭。凌安一直出去應付去了。

　　凌伯萍轉身來到方丈室，將上臺階，忽一想自己滿臉怒容，似乎不大好，便極力地把感情平遏下去。信步轉到中層大殿，殿上神像香煙繚繞，守殿的和尚正在敲磬上香。凌伯萍一眼看到供桌上擺著一副籤筒，便挨過去。和尚看了看伯萍的神色，賠笑道：「檀越，要問一籤麼？這籤靈極了。」

　　凌伯萍道：「喂，我來問一籤。」和尚把一股香遞過來，由凌伯萍自己燃著，叩拜上香。跪在跪墊上，把籤筒搖了搖，搖出一枝來，是第四十七籤。和尚把籤簿掣下一條來，念道：「第四十七籤，上平。這籤好極了，

大吉大利。求財得，謀官就，六甲生女。唵，六甲生女，先開花，後結果，檀越，你老眼看抱大小子了。訟事平，行人至，病人安，出門不利。凌檀越，這一課真好。你老諸事皆利，就是不宜出行。你老想問什麼事呢？」把籤文遞了過來。

哪知凌伯萍無心問卜，只是故意耗時。聽到這「謀官就，六甲生女」，忍不住要笑，皺著眉，對和尚說：「我正想出一趟門呢！」和尚道：「哦，那還得看你老往哪一方。你老可以再求一籤。」

凌伯萍道：「我想進城看望一個朋友。」和尚笑道：「那，那不能算出門。這出門非得走個十天八天，三百里二百里，那才算出遠門呢。你老進城，這不是當天走來回的路麼？」

凌伯萍道：「進城不算是出門麼？」和尚道：「當然了。就好比你老天天由府上到小寺來，那還算出門不成？進城一點也不礙事，你老只管去。」

凌伯萍笑了笑，道：「你費心再給我看一看，這幾天犯口舌不犯？有貴人，還是有小人？」和尚道：「這籤上沒提，一定沒有小人。你老再問一籤。」

正說處，凌安匆匆轉來，凌伯萍丟下籤筒，迎過去問。

凌安道：「這人好黏纏。他一定要面見你老。我來的不對了，大奶奶只催我，我又不能不來，沒的倒把他引來了。」

凌伯萍搖搖頭道：「這人還沒有走麼？到底什麼意思？」凌安道：「走了，我到底把他對付走了。真應了你老的話，他大概是慕名……告幫的。是小的不拾他那話，再三回絕他。看他那意思，不見真章，他絕不肯走。我看你老明早今晚，總得去見他一趟。你老不好去，我替你老去，就怕我去無效。」

　　凌伯萍已經把凌安的話完全聽明白，想了想道：「你沒對他說，我不認識姓薛的，你們找錯人了？」凌安道：「已經那麼說了，不行，他好像對你老知道得很清楚。你老還是先回家吧。回頭在路上，我對你老細講。」

　　凌伯萍低聲道；「那麼，我現在就回家？」凌安道：「可以，你老願意再遲一會兒更好。我對他講，你老要到申牌以後才回家呢。」

　　凌伯萍道：「咳，可恨！」對那側耳旁聽的和尚道：「人要是有碗飯吃，就惹不起這些鄉親。他真能大老遠的找你告幫來！」一轉身，走出大殿，到方丈室，向靜澄上人告辭。沉了片刻，帶著家僕凌安，出寺後門，往家中走來。

　　那個黑胖子當真依著凌安的話，回店等候去了。凌安一路上把細情說了出來，凌伯萍滿面憂愁。據說這兩個人是慕名投帖來的，這真真討厭，因為少年凌伯萍他不願做孟嘗君，只願做陶隱君。和凌安商量了一路，權且定了一策。

第二十七章　凌娘子疑詰生客

凌伯萍先到了家，楊春芳娘子迎頭說道：「大爺，你這門房可了不得，太寵得不像樣了。大爺不在家，有什麼事，他竟敢自作主張！」從頭至尾把凌安的罪狀宣布了一頓，跟著說，「你要不懲辦他，還不知他鬧出什麼詭來呢！」

凌伯萍賠笑安慰娘子道：「等幾天，把這看門房的差事交給凌祥好了。」春芳娘子道：「凌祥看著比他老實得多。」因又問起故鄉送禮的人，「這到底是誰呀，人家大遠地送來禮物，為什麼不收呢？凌安說，是你囑咐的。你是這麼說過的麼？」

凌伯萍含笑坐下來，丫鬟獻茶。春芳娘子還是盤問這件事，又問伯萍：「你上清涼寺下棋怎麼一去三天不回來？你這位幹僕居然擅作主張，把來的客硬拒出去，禮也不收，人也不見，連我也不回一聲，可真是凌安比老薛保的輩分還大呢，你別是他抱大了的吧？」

凌伯萍噗地一口把茶噴出來，笑道：「你才是他抱大的呢。大娘子，別生氣，你聽我說，這送禮的沒好事，又是托我求人情；我早先真是囑咐過他。」春芳娘子道：「那更妙了，你囑咐他，可不囑咐我一聲。這可是我錯怪他了，我賠個罪吧。」

凌伯萍皺眉道：「罷罷罷，大奶奶不要生氣，是我的錯，我的疏忽。」

春芳娘子也笑了，仍然睜著一雙星眼，睃定伯萍道：「本來麼，你們淨拿我當外人，還怨人家生氣。人家奴才比主家娘子還拿權哩。我可倒好，誰叫我進門淺，一問三不知。」玉顏生嗔，嬌喉宛轉，一口氣說出這些反射的話來。

凌伯萍沒法子答對，忽地站起來，把春芳攔腰攬住，道：「你還有完

沒完？我看你長著幾個舌頭？」把臉向春芳偎來，夫妻調笑一陣，才把這事揭了過去。

晚飯後，夫妻對坐品茗。春芳似乎放心不下，重提起這送禮的人來，對伯萍說：「我聽丫鬟說，送禮的來了兩個人。你不願見他們，到底為什麼？他們都是誰呀？有什麼事，大老遠的投奔你來？」

凌伯萍道：「不告訴你，你悶得慌；告訴你，這話可又長。」春芳道：「你瞧你，你們凌家門的事，我一點也說不清，還不許人家問問嗎？」

伯萍道：「問，隨便你問。告訴你吧，我們老家祖墳上有幾百棵老柏樹，有幾個窮本家過不去節，打算鋸百十棵賣了。還有頃半公田，他們也要典出一半去。他們特地為這個，要把我找回去，就算五個房頭的長支都到齊了。我明天還得趕緊動身，叫凌安、凌祥看家，我自己一個人去。」

春芳娘子道：「喲，這和送禮有什麼相干呢？」凌伯萍道：「本來不很相干……」春芳還要問：「既然不相干，你到底為什麼不願見他們呢？」

伯萍忙攔住道：「我明天就要走。還有幾封信，我得趕忙寫完。芳姐，我不陪你了。還是叫寶芬和你做伴，我要自己到書房睡去。」說著，目視春芳一笑，附耳道：「至多二十天以後，我一準回來，我再陪伴你。」春芳臉一紅，道：「呸！」

閨房調舌，惹得婢僕掩口偷笑。才到定更，少年凌伯萍果然徑到書房獨宿去了。這也是常事，每隔三五天，少年必到外書房習靜養心；每過十天半月，又必到別墅流連幾天；習為故常，上下皆知。屆時只由僮僕伺候。使女、僕婦平時無事，向例不許私出二門的，凌伯萍也不用他們服侍。就是春芳娘子，是主婦身分了，也輕易不到外書房去。少年治家有法，門庭肅然，內外界限很嚴。

第二天，春芳娘子晨起梳頭，凌伯萍竟沒有再進內宅。管家凌安卻進

來回話，在簾外輕輕咳嗽一聲，回稟道：「回大奶奶，大爺今早起五更進城了。」

春芳道：「噢，什麼事呀？」凌安道：「因為有事，有人來找大爺，沒吃早點走的，叫小的等大奶奶起來的時候，回稟一聲，請大奶奶自己用飯，午飯不用等候著了。大爺是帶著凌祥進城的，沒有坐轎。」

春芳握著頭髮，停了一停說：「知道了。」一擺手，凌安退下來。春芳忽又想起一事，隔簾叫道：「凌安，是誰找大爺來了？可是昨天那個送禮的麼？」

凌安道：「唔，……不是他，是城裡的陸四爺。」春芳娘子道：「噢！你去吧。」

但到這天晌午，那送禮的兩個客人真又來了。一語不發，把禮物強放下，兩人扭身便走，只留下一封書信，被凌安連忙收藏起來。不等內宅問道，凌安忙著將這些禮物先送上去，單把這信悄悄地壓在書房文具盤下面。

午飯時候，春芳娘子獨自進膳。飯罷茶來，正想叫凌安來，盤問伯萍什麼時候才回來，又要叫他派轎去接。不想凌安未等著問，又先上來回話道：「回大奶奶，大爺已經同城裡的陸四爺搭伴進省去了，因為有順便的行轎，說是昨夜已經對大奶奶念叨過了，叫小的跟凌祥看家。大爺本想回家一趟，只是來不及了。陸四爺還有別人，他們一塊兒包了八座行轎，一同從陸宅起身走了。大爺臨走時，沒囑咐別的話，只叫凌祥跟大奶奶回，說是得過二十多天，才能回來，順便也許到鋪子裡看帳去。大奶奶可把凌祥叫上來問話麼？」

春芳娘子斜倚妝臺，聽了丈夫匆遽離家，不禁默默不悅。

丈夫行蹤飄忽，說走就走，床頭人不得與之握別，這固然叫做妻子的

不高興，並且這個凌安和那個凌祥，在群僕中似獨得丈夫過分的推信，覺得比妻子還深切。春芳娘子意含不快，又說不出口來。大娘子跟家僕爭氣，未免離奇得可笑。可是凌伯萍實在也太偏信這兩個幹僕了。即如這次借奴才的口，給愛妻帶話，情理上豈不是也太難點了！

春芳娘子煩惱起來，向凌安揮手道：「走了走了吧，不用向凌祥問了。」凌安肅然退下去。

春芳娘子懶洋洋的，倚在繡榻上，信手抓來一本書，心不在焉地看，哪裡看得進去？喟然微嘆道：「怎的一回事呢，走得這慌？」尋思一回，粉頰含慍道：「不行，他回來的時候，我一定要問問他。他為什麼……莫非他？……」

她此時已有身孕。懷娠女子的脾氣，彷彿特別嬌性似的，無故還要生閒氣。現在她丈夫飄然而去，就好像把她拋了一下，越想越不樂。忽又想到自己的身世，竟止不住掉下淚來。

抽手巾把眼淚擦了擦，跟著擺弄著手巾，細細地揣想丈夫待己之情。

丈夫每每地說愛戀自己，勝過前妻。口頭上的話固然不可盡信，但是每見他痴痴地看著自己，有時把自己看得抬不起頭來，便故意佯怒，推他，罵他：「裝著呆相做甚？」他那時必然臉紅失笑，猛一攬自己，說：「愛你嗎！」分明覺出他是真真動情，真真貪戀自己。只是他看著像個文弱書生，卻臂力極強，繡帳調情，有時會把自己像抓小雞似的提到懷抱。有時他忘情胡鬧，一點形跡也不檢點；任憑自己羞愧難堪，極力支拒，竟一點也扭不動他。可是，你說他貪戀自己罷，卻又每隔三五天，他必搬到書房獨宿。而現在，他跑到山寺下棋，一連五日不歸，剛剛回來，又匆匆別去。到底他是愛自己不愛呢……

春芳娘子回想未成婚之前，初救他時，他對自己確是有心。初成婚之時，他又那樣沉醉於溫柔鄉裡，夜夜把自己纏磨得幾乎失眠。告饒，他還

是偎著人，不肯稍休。他到底是怎麼一種心情呢？莫非他經常出去，別有外遇了不成？卻又聽侍嫗使女說，大爺最正經不過，自經前妻亡故後，素來厭惡女人，並且有獨身不娶的話。這回娶自己，他事先說，純為報恩，並非貪色。可是自己也盤問過他，到底是純為報恩麼？他又是臉一紅，笑了。他說：「你自己想吧。」至於聯姻時，迎娶前，伯萍自承初婚，未講實話。他說這不是隱瞞，不過萍水相逢，偶訴身世，出於一時的戀顏飾詞。但是洞房之夕，伯萍已實告自己，娶己乃是續弦，先有髮妻已歿，他並沒有騙哄自己。然而他這次不告離家，突然一走，究竟為了何故？是何居心呢？

春芳娘子想了又想道：「他這個人真是個怪物。等他回來，我一定要盤問盤問他，為什麼抽冷子一走，不在我面前告別？下回他再出門，我叫他帶了我去。」

春芳娘子在內宅悵惘怨慕，其實只由於伯萍這猛然的一走，動起疑猜來了。那兩個幹僕不勞支使，在外院大忙起來。

這一片大宅，素常並無護院更夫。此時竟由凌安、凌祥兩個管家替換著班，值夜巡更，倍加小心，街門早關，燈火早熄，前後院日夜梭巡。家中別的僕役有的就不解。春芳娘子也問下話來：「你們兩個人，這是怎的了？放著覺不好好睡，個個熬得那樣，用得著你們打更麼？」

凌安熬得眼眶青，眼珠紅，向春芳娘子回稟道：「回大奶奶，咱們宅子太曠，又是在村子裡，離城遠。聽說前幾天，隔村吳家失盜了。大爺又沒在家，小的們不能不小心一點。」

春芳娘子聞言，倒很喜歡：怪不得伯萍這麼看重他倆，這兩個人倒也真能忠心衛主。是的，他們見我年紀輕，家裡女人多，男子少，他們倆自然要加一分小心。

凌安不但如此，還叫他的女人章媽（是個三十多歲的粗壯女人，看樣

子很有一股子力氣的）到上房來，在外間值宿。還有使女寶芬，十八九歲的大丫鬟，也派到上房值夜去了。自從春芳娶進門來，立刻主持中饋，伯萍的姑母遠嫁異鄉，迄今沒有來過。家下除了僕婦，更無親人。伯萍不在家時，他們做奴僕的，忠心事主，自然要在上房留人值夜的。這也是富家的常態。

這樣過了兩二天，家主凌伯萍既已出門，凌宅上下老早的安眠了。忽一日，才交三更，院中啪嗒的一聲，管家凌安在更房中忽地坐起來，一探枕，摸出一把刀，又一推夥伴凌祥。兩個人悄悄地摘下弩弓兵刃，悄悄扒窗縫，往外窺看。在外院廂房後，竟發現高矮兩條人影，隱身在房脊後，正向內院探頭。

凌安一聲不響，與凌祥慢慢開門，溜了出來，兩個人藏在迴廊下暗影中，提刀綽弓，看房上人影的動靜。

那兩個人影交頭接耳，只露出上半身來，在房脊後打晃，旋又蠕動，似往內宅移挪。耗了一晌，啪嗒又一聲，猛見兩條人影倏然分開，又一閃不見了，微微聽見撲登一聲。凌祥大驚道：「不好，下來了！」就要抄後牆，奔尋過去。凌安一把將他抓住，道：「慢著！咱得看明白了，別給主子惹事才好，只要加倍留神，來人倘不驚動上房，千萬不要開弓。」

於是兩個幹僕依然注視房上和外院角門。過了不大工夫，一條高大的人影重現於外院房頂。那另一條胖矮的人影當下真下了平地。角門一響，闖了出來，竟繞奔外院庭心而來。腳步輕輕，東張西望，嗖地一躥，到了院心。復又伸頭探腦，閃來晃去。黑影中，凌安、凌祥分藏在廊柱後，細辨來人，穿一身夜行衣，卻似背後並沒有插著兵刃，只手中拿著短短一物，那房上的人影伏在房脊後不動，似替下面這人巡風。

凌安、凌祥一動也不動，眼珠隨著地上人影轉，手中弩弓早已插上短箭。只見這地上人影竟很膽大，略一張望，竟走跨院，直奔外書房去了。

凌家二僕頓時看不見他的舉動了。凌祥便想挪動地方，凌安抓住他的手，一指房上，附耳悄言道：「使不得！」

那地上人影襲入跨院，也不知鼓搗什麼，半晌沒見出來，凌祥沉不住氣，低問凌安：「他也許穿房繞進內宅了？」凌安也有點惶意，便循著迴廊，往內宅溜。猛抬頭時，見廂房上的人影也已挪了地方，慢慢地往內院深進一層去了。忽然間，嗖的一聲，凌安、凌祥急急地匿身回顧。地上那條胖矮人影忽地從跨院躥出來，疾走如飛，推屏門，竟奔內宅中院內書房而去。

眼睜睜見此人撲到內書房門前，先攀窗內窺，又一旋身，抽出短刀，便要撥門。凌家二僕不由駭然！

凌祥又忍耐不住，把弩弓一端，低聲道：「開吧？」凌安道：「等一等，看他撥門不撥？」

這胖矮人看似要撥門，卻又遲疑，房上那人影低嘯了一聲，意思是不叫他妄動。

這人影回頭一看，不撥門了。雖不撥門，但仍留戀不走，似已弄破窗紙，往屋裡探看。鼓鼓搗搗，從身上掏出一物，破窗投入室內。凌祥不曉得是怎麼回事，凌安心中大吃一驚，怕是賊人放火。可是沒見火亮，這才略略放了心，怒目盯住這人。這人影又似旋風一轉，稍一徘徊，直轉到內院。兩個管家立刻從迴廊下，借黑影障身，往內院裡挪移跟綴。

內院堂屋雙扉緊閉，微露燈光。只見這人影向四面張顧一下，便直走庭心甬路，搶奔上房，腳登臺階，便要歷階而上。

二僕登時發急，這賊簡直要闖上房。上房東間便是春芳娘子的臥室！凌祥再按捺不住，從明柱後悄悄地、急急地往前移動，約莫夠上尺寸，把弓端好，把箭瞄準。只要狂賊膽敢無禮，撥弄上房門，便不客氣，咯噔一

下，把此賊射倒，再射房上那個巡風賊。凌安比較持重，但見賊人各處窺探，深入不已，又想不出怎麼辦才好，於是也把弓端好，心想不必瞄中，只把他驚走了也罷。

兩個幹僕兩對眼睛注視著這胖矮人影。這人影上了臺階，踏步窗前。五間正房出檐抱廈，都帶窗擋。這人影鼓鼓搗搗，似想穴窗內窺，已不能夠。但是堂屋門扉都是紙糊的，可以穴視。這個人便挨上門前，一彎腰，重抽匕首，要破扉往內偷看。猛然聽咯噔一下，嗤的一聲，這人影霍地一跳，退下臺階。同時門扉錚然一震，這人影一驚，急張眼往四面一看。就在這時，猛聽廂房頂上吱地響起一聲低哨。那巡風的高大人影在內宅東廂房頂上現身出來。那地上的胖矮人影竟徬徨四顧，欲退未退。忽又聽吱地響起了一聲更低的哨聲，突從正房房頂上，又湧出第三條人影來了！

那地上的胖矮人影一眼瞥見，失聲一呼。那明柱後的凌安、凌祥也幾乎失聲一呼：「怎的來了這些人？」

廂房上高大人影竟對第三人影發了話。第三人影一晃身，往後園一指，輕輕呼道：「來！」語音幽咽，故意改變著嗓音。

又吱地打一呼哨，向房上高大人影、地上的胖矮人影連做手勢。然後，第三人影一閃不見了。房上人影向下面招呼了一聲，立刻登房越脊，追趕下去。那地上的胖矮人影也飛身一躍，躍上短牆，由牆頭躍上房，一直搶奔後園，也如飛追趕下去。

三條人影頓然消失。凌安、凌祥捏了兩把冷汗，急急地跳出廊下來，也要追奔後園。堂屋門呼隆的一響，門扉大開，女僕章媽、丫鬟寶芬手裡捏著東西，探頭出來。凌安急急地低叫道：「快進去，關上門！」女僕章媽還想說話，被凌安一迭聲地催進堂屋，一迭聲地問：「大奶奶醒了沒有？聽見沒有？」

丫鬟寶芬道：「沒有。」凌安、凌祥一齊放了心，囑咐她倆小心一點，

把上房門閂好，別驚醒主婦。二人然後忙又往各院各處，搜尋了一遍。開了內書房、外書房的門。這兩處紙窗皆破，從內書房屋心撿得一封紅柬帖。凌安一吐舌頭，把柬帖與凌祥草草看了看，便藏匿起來。這一夜兩個人通宵沒敢再睡。

到了次日，凌安避人悄問他的妻子，才知他妻子章媽打出一枝袖箭來，把破扉偷窺的夜行人驚退，卻還不曉得這兩個人影是被第三個人影引走的，更不曉得那第三條人影竟是凌伯萍秀才。

幾個心腹下人們喁喁私語，加倍防備。幸而主婦春芳娘子不曉得，便把這事啞密下去了。凌安、凌祥瞞上瞞下，仍然提心吊膽，怕那人影再來。卻是奇怪，章媽這一箭打草驚蛇，這兩個人影從此不再來了。那來訪的兩個客人也自此絕跡了。

這裡面頂數內宅的章媽和寶芬，外院的凌安和凌祥，最為關心。凌安特意把丫鬟寶芬重囑了一頓，叫她千萬嘴嚴密點，怕是主婦娘子知道了，婦道人家膽小。章氏在旁聽了，點頭會意，嘆息說：「姑太太要在這裡，也還有個主心骨。」無奈凌伯萍的那位姑母在夫家一直未來。章氏反囑凌安多多留神，主婦娘子人太精明，「問下來，怕你沒話答對。」凌安笑了笑道：「我知道。」

凌安又叫凌祥到別墅查看一趟去，別墅幸沒有失物。凌安道：「丟點什麼不要緊，你留神看看，沒的憑空多添出什麼來，那可更不好。」

凌祥點頭一笑道：「我明白。」但是凌祥到底還不甚明白，依然猜疑那第三條人影，到底是誰。凌安衝他只撇嘴，道：「好糊塗！你猜這第三條人影是誰？不是多虧他，才把那兩個人影誘走了麼？你難道說三條人影是一塊的不成？」凌祥不禁連連點頭，心下恍然了。

太湖堤邊，七子山麓，凌伯萍的男女僕婢，瞞著主婦春芳娘子，直戒備了半個多月才罷。宅主凌伯萍出門流連，悠悠未歸。⋯⋯在七子山西南

二三百里之外，莫干山陽，仇溪北岸，出了小小一件事故。

凌伯萍家在江蘇境西南。又在凌家西南，山川環抱，風景幽靜的地方，有一脈水，叫做仇溪。上流從莫干山麓發源，自西北向東流，曲折行來，旁經塘棲鎮，匯入運河。運河南北行，東西便橫貫著錢塘江。這小小市鎮恰當運河西岸，又接近錢塘江。「塘棲」二字或者就由錢塘江得名，也未可知，地方卻在浙江省境了。

有一天，塘棲地方，順運河自北而南，駛來一艘不大不小的帆船。船載著一位孤行少年客，要到東天目山附近探親。所以駛到塘棲，便即停泊，再走就要逆流西溯了，船家須要僱用縴夫。這船是少年一人包的。少年服飾豪華，舉止雍容，似是個貴公子，卻獨行無伴，連個侍僕也沒有。但他應付船家，答對店腳，樣樣很在行。絕不受矇騙，花錢又大方。船家服侍他，倒很小心。

船家忙著找縴手，少年就對船家說：「要上岸住店，歇一晚上。因為身上覺得不很舒服，也許受了河風了。」就叫一個水手，引他投店。客店字號叫做隆順興客棧，少年一個人占住了三間上房，命船家把他的兩隻皮箱、一份鋪蓋送到房內。給了酒錢，道：「你們忙你們的吧，後天一早，你們再來。」

船家謝賞回船，把船靠河邊下碇。一個水手拿了一串錢，上岸沽酒買肉，預備晚上賭錢。忽然，從北邊順流飛駛來一艘瓜皮小艇。奔到帆船前後，也攏岸停泊了。塘棲本是小碼頭，停泊航船毫不足怪。於是從這小艇上，站起來三個大漢子，雄糾糾，氣昂昂，非常魁偉；卻穿著長袍馬褂，又似文質彬彬的樣子，不過人人臉上帶著風塵之色。三個大漢，一高二矮，兩胖一瘦。那高個兒生得一張紫膛臉，胖矮子生得一張黑臉，瘦矮子生得一張赤紅臉，沒一個面貌白皙的。年紀大致在三四十歲上下，最年輕的也有二十八九，最年長的不過四十一二。三人一齊下了小艇，手搖紙

扇，東張西望。看了看帆船，就由那個瘦而矮的漢子走向帆船而來。那沽酒買肉的水手恰好上街回轉，瘦矮漢子看著迎面截住，舉手道：「費心大哥，我煩你一點事！」

水手看這漢子，恍惚很眼熟，好像在前途遇見過，疑疑思思地答道：「你這位客爺……什麼事？」瘦矮漢子拿捏著斯文樣子，回頭看了看四面，悄聲說道：「大哥，我跟你打聽一個人。」

水手道：「哦，打聽哪一位呀？」漢子低聲道：「就是雇你們船的那位少年客人，他哪裡去了，不是上岸了麼？」

船伕錯愕起來，不住打量這人，吞吞吐吐地說道：「唔，不錯呀，人家早不在船上了，走了。」

漢子從身上掏出一個小小紙包，塞在水手的手裡道：「大哥，這個給你喝酒。可是那少年客人已經雇到地頭了麼？開發了你們的船錢沒有？他是改起旱路，走下去了麼？」

這個水手見紙包歡喜起來，但是他一手提著酒瓶，一手拿著好幾包肉食熟菜。小紙包塞入掌心，竟沒法檢看。也不慌答話，忙忙地彎腰放下酒瓶，先看船上的夥伴，沒人理會他，他趕緊騰出手來，把紙包打開一看，不是銅錢，是銀子，而且差不多夠一兩。滿臉堆下笑來，忽一轉念頭，急問道：「客爺，這銀子，你老叫我買什麼？」

漢子道：「是送給你喝酒的。」水手忙道：「我謝謝！」

漢子接著說：「你只告訴我，坐船的那位客人，到底奔到哪裡去了。你費心幫我尋著他，我這銀子就都送給你。」

水手覺得古怪，順口說道：「你老打聽人家做什麼？……」

還沒說完，忽見客人神色不對，怕這一兩銀子跑了，忙改口道，「這位坐船的跟你老認識吧？」

漢子道：「對了，所以我才打聽他。我們是同鄉，他是跟家裡慪氣偷跑出來的，我們受了他父親的重託，來找他回家。」

水手道：「那就是了，怪不得你老綴了一道，原來是為這個。」

可是這個就很不像話。水手為圖白撿這一兩銀子，忙裝糊塗，傾囊相告道：「這位坐船的客人沒有改旱路，他還坐船呢。他是趁我們雇纖手，到岸上歇一天。」

漢子忙問道：「哦，原來是這麼回事，他住在哪個店裡呢？」水手略微尋思一會兒，覺得說出來，與己無礙，便把隆順興客棧的字號告訴了這個瘦矮的漢子。不待重問，索性把少年的姓名也說了出來，姓白名文隆，是往東天目山探親去的。

又道：「客爺，你老可用我領了去麼？我可以先把這瓶子酒和熟菜，先送上船去，我再陪你老，找白大爺去。」

漢子道：「不用了，不用了，謝謝你。你只把去路指給我，我們自己尋了去。可有一樣，你回頭見著少年，千萬別提咱們過話的事。也別告訴他，我給你銀子，他聽見了，一定不願意。」

水手道：「我任什麼不說就是了。」瘦矮漢子道：「對了。」

瘦矮漢子抽身回去，向那兩個同伴一點手，結伴一同走入塘棲鎮去了。尋著隆順興客棧以後，他們卻另找了一處店房住下，然後仍由那瘦矮漢子，重到隆順興客棧去了一趟。然後在隆順興客棧，也定了一個房間。傍晚時候，由瘦矮漢子獨自潛入隆順興客棧住宿。

挨到次日，瘦矮漢子和那個高胖漢子，商量好了說詞，肅衣整容，來到那姓白的少年房門前。高胖漢子輕咳了一聲，叫道：「白大爺在屋麼？」屋內悄然沒有動靜。高胖漢子又叫了一聲：「白大爺在屋裡麼？有朋友找。」屋內依然悄靜，高胖漢子側臉向瘦矮漢子道：「唔，對麼？」矮漢子

退了數步，低聲道：「一清早還看見他呢。」

兩個人在外面耗了一會兒，忍不住又彈窗叫了一遍，順手推了推門。這一鬧把店夥驚動，跑來問道：「客人什麼事？找人麼？」二人道：「不錯，這屋裡客人可姓白麼？」店夥道：「不錯。」二人道：「那麼你給我們言語一聲。」店夥道：「白客人出去了。」二人道：「唔？什麼時候出去的？」店夥隨口答應道：「剛出去，許是到外邊吃飯去了。」又問了問，說是客人的行李沒有搬走，櫃上還存著多餘的店錢，當然他還要回來的。

兩人愣了愣，只可返回自己房間。那個高胖漢子去到另一店房，給同伴送信。只留下瘦矮漢子，把門扇大開著。少年如果回店。便可看得見。耗了一兩個時辰，瘦矮漢子忍不住出來，到街上遛了一趟。旋邀同伴，走了幾處飯館。隨便用過飯，重到河邊看了看。聽船家說：「少年客人剛才來了。因為纖手明天雇到，還得多耽誤一天。」三個漢子放了心。

轉瞬入夜，仍由高矮二漢子到隆順興客棧叩門，不想少年還是沒回來。店家也不由多了心，店夥過來幫著叫門，裡面竟一點動靜也沒有。二人相顧示意。對店夥道：「你看看吧，客人許是走了吧？」急急地用力推門，已從裡面上了閂，推了推窗也推不動。

店家詫異道：「這是怎的呢？」兩個漢子忙繞奔後窗，試一掀動，果然窗扇隨手開縫。掀窗內窺，屋中闃然，人已不見，行李也沒有了。

這時已經二更多天了，店夥們驚怪起來。卻是不短店錢，未丟東西，店家自覺僥倖。故意裝憨，向兩客人說道：「客人也許是出去遛逛去了。」

兩客哼道：「你別糊弄了，這裡頭有事！」急急出店，找到同伴，齊奔各處搜尋。又撲到河邊一看，竟上了船家的當了！

那艘帆船已然不見。向同泊的小船打聽，據說那艘帆船竟在傍晚的時候，突然解纜啟行，不奔仇溪東天目山，已經折回運河，往北駛下去了！

三個大漢駭然相顧，細問水手：「你們看見少年上船沒有？」水手不曾理會，隨口說道：「沒有上船吧，是空船開回去的。」

三個大漢又問：「看見腳伕搬行李，上船沒有？」水手想了想道：「好像天黑的時候，有一個人從街裡走出來，大概扛著箱子。」

高胖漢子道：「你別胡猜，到底你真看見什麼沒有？」水手忙道：「是真的，真有一個人扛著東西上船來著。天黑，倒是沒有看清扛著的是什麼。反正不是鋪蓋卷，就是箱子、衣包。」

三個大漢嘖嘖讚嘆道：「好俐落的手法，果然名不虛傳！難為他怎麼覺察出來的。」揣度情理，料他們私詢船伕的事，必已被少年窺破，他勢必設法哄出船伕的實話，就預加防備，定下金蟬脫殼之計。那船伕第二次答話，一定早受了他的買囑，替他扯謊騙人。哪有雇不著縴手，多耽擱一天的道理？三個大漢把人綴沒影兒了，只得上了自雇的船，吩咐啟碇。赤面大漢道：「咱們再摸，再綴！」

機緣湊巧，過了不幾天，竟在運河上狹路相逢，重遇上這個豪華少年。少年態度忽變，任這三個大漢跟蹤潛綴，他似理會、似不理會，似介意、似不介意，照舊走自己的路，不再躲閃了。跟著這少年住了店，三個大漢立刻忙起來，一個人住在店裡，一個人伏在店外，那另一個急忙到市上，買辦來一些禮物，又叫酒叫飯。飯後由那個黑矮漢子，二番叩門投刺，拜訪少年。其餘兩個同伴藏起來，暫不露面。

少年就好像預知三人必來相訪似的，早早地在店房中，肅衣靜候。黑面胖矮漢子舉手敲門道：「白文隆大爺在屋麼？」

裡面出來回答道：「哪一位？請進來。」手搖灑金扇，款步迎出房門。

一個素不相識的生人，陌路相逢，猝來求見，照例必先請教姓名：「貴姓？哪裡恭喜？」跟著必再叩問來意。「有什麼事見教？」這是世套常情。

但這少年不然，立在門側，微微把黑胖漢子瞟了一眼，用扇子一指上首椅子，閒閒地說了一句：「請坐！」便隨著進來，神情瀟灑，一點忐忑詫異之態都沒有。

黑胖漢子進了屋，先把屋中情形打量了一回。僅僅一個小單間，只一目便可瞭然。箱籠行囊，還是那幾件。於是謙讓著進來，把手中提的禮物放在桌上。少年連看都不看。黑胖漢子這才長揖賠笑，先含糊叫了一聲：「先生。」一側身，不就上座，退坐在木榻上邊。少年斟過一杯茶來，說道：「請喫茶！」自己隨便坐在下首椅子上，搖著扇子，悠然往內外看，默默不再發言。黑胖漢於兩眼骨骨碌碌地轉，盯著少年的嘴，料他必先動問。哪知不然，黑胖漢子欠身接過茶杯，稱謝道：「不客氣！」

微微啜了一口，把杯放下。

半晌，少年恬然相對，仍不說話。黑胖漢子抱拳低聲道：「哦，白先生，在下久仰大名，早想和先生親近親近，總嫌冒昧，又沒有機緣，況且在下又自知是個無能之輩……」說到這裡，抬眼再看少年。少年道：「豈敢！」只說了這一句，便又住口。

黑胖漢子滿臉堆下笑容來，說道：「是的，在下自問不敢高攀。白先生的大名，威震江湖，遠近皆知，哪一個不想親近高賢！在下打頭三年，從敝友那裡，得知你老近來不常出門，在府上納福的時候居多。還有在下別的幾個朋友，也都羨慕白師父的水陸功夫，都很想登門求教。只可惜俗務羈身，未得如願。不想今日萍水相逢，得瞻龍威，真是三生有幸的了。」哈哈地笑了幾聲，自己也覺著沒笑強擠笑，笑得聲音很難聽，不自然。

再看少年，搖著扇子，唇吻微微一動，泛露笑意，似要發言，可是仍沒出聲。又沉了一會兒，方才重說了一句：「請喫茶！」用扇子又一指茶杯。

黑胖漢子開始有點窘了。肚裡本預備了許多說詞，不知怎的，竟被少年這含默無聲的聲勢禁住。手摸衣襟，頭上冒汗，怔了片刻，橫眼看了少年一眼。少年依然堅坐不動，緘口無言。而且任聽客人說話，既不贊一詞，也不詰問來意。

黑胖漢子一時僵住了，把一隻手往襟下摸摸索索，掏出一封信來。又把桌上的禮物打開，是四包重禮，另有兩大匣點心，卻從點心下面，翻出一個小紅漆盒。手舉著，湊到少年座旁，伸舌頭舐了舐厚嘴唇，又乾咳了一聲，道：「白師父，在下名叫蔡大來，諢號叫黑牝牛，和令友薛五爺彼此都是很要好的朋友。不瞞你老說，我們哥幾個，人人都佩服你老的武學，總想來請教請教。可是勢隔雲泥，無故登門，又不好意思自己個來。現在我們薛五爺給我們寫了這封薦信，一來求你老不嫌棄，賞臉下交；二來還有一點小事，要煩求你老費神幫忙，勉為其難。」

這蔡大來恭恭敬敬先把信遞過來，復又把小漆盒打開，內盛一大塊金錠，一剪兩斷，又擺著幾棵茅草，都放在少年面前。復又把那一盒點心挑了又挑，挑出一大塊點心來，劈開糖餡，挖出一隻小銀盒，內藏一粒明珠，灼灼有光，也拿來擺到少年面前。然後站起來，又作了一個揖。

少年瞠目看著這封信，並不接收，臉上神色好像很惶惑。半晌才道：「唔？哪個姓薛的？這這這，是什麼意思呢？」

黑胖漢子索性一屁股坐在少年肩下，低聲道：「白師父！小弟久聞你老水陸稱雄，在江湖道上久慣匹馬單槍，仗義遊俠。做的事都是些殺富濟貧，除暴摧汙的義舉。我們哥幾個自愧不如，早打幾年前，就很有意思請你老率領我們，總沒有機會。現在我們大當家的遇上事，吐點了。我們二當家的和三當家的，咳，說出來怕您笑話，他二位競爭起頭把交椅來了。爭位不決，險些動刀子，火並起來。多虧我們的軍師爺，和四當家的出主意勸解，叫他二位都別爭了，趁早留出這頭把交椅，另請高明。我們窯裡

這些年又實在興旺。像這麼一起內訌，管保要糟，說來也太可惜。大家商計著，已經把二當家、三當家勸住。與其爭位子，還莫如散夥；與其散夥，還莫如另聘江湖上有名氣的人物。這一來，可就想到白師父身上了。我們人人都佩服你老，二當家和三當家更是心眼裡願意。所以才打發我們三個人來……這點東西，也說不上是聘禮，只算是小弟們一點心意罷了。我們現在全夥足夠一百六七十人。只要有名人領導，也足能轟轟烈烈混一場，落一個名揚江湖，稱雄線上。」

少年聽著，撲哧地笑了起來，眼光直注門窗。黑胖漢子不覺愕然，也跟著往門口看。只聽少年笑道：「你們大當家的死了，打算聘別人當家？」竟說出外行話來。

黑胖漢子忸怩道：「不錯，是這個意思，只求白師父賞臉。」

忽然，少年猛地站起來，回頭向後窗招手道：「後窗根那位朋友，進來談談好嗎？」立刻聽履聲橐橐，轉到前邊。咳了一聲，走進來那個高身量、赤紅臉的大漢。

這大漢身才探進門口，雙拳早高高舉起，叫了一聲：「白師父！」深深地作下揖去，道：「在下久仰你老人家武學聲威，名震江湖，總覺著沒人先容，不敢冒昧！」

第二十八章　鄧飛蛇延賢被拒

　　這個人與那先進來的客人不同了，虛眯著眼，堆滿笑容，竟似渾身都裝著謙抑。到這小單間，反客為主的，先請少年上座。竊看少年神情越發冷漠了。

　　這大漢自己報名道：「白師父！小弟名叫薛紹彭，和咱們薛五爺是遠房本家。」又指著先進來的客人道：「這位蔡老弟是小弟的至好，我們哥幾個很久很久地羨慕著你老哩。」把大指一挑道：「你老可稱得起揚名四海，俠風千古！」不倫不類，掉了幾句文，跟著很卑虛地側坐在少年身旁，說不盡的仰慕話，一口氣講了數十句。少年只是無言，含笑皺眉，搖著扇子，眼望門口看。

　　這薛紹彭說完了客套，忽地把聲音放低，接續著黑牤牛蔡大來的話頭談起來，仍是敦請少年，做他們的領袖。嘮叨半晌，少年忍不住發話道：「二位的來意，說了半天，我只是不明白。我也不曉得二位把我看成什麼人了，你二位到底是怎麼一回事？」

　　姓薛的大漢裝出自來熟的神氣，呵呵地笑道：「白師父，你老說這話，可該受罰！小弟跟蔡老弟別看是線上的無名下將，可是若提起你老來，我們還算有眼能識泰山，小白龍的盛名誰不知道？白師父，你老就不要戲弄您這兩個傻兄弟吧。我弟兄奉命而來，不為別的事，就為敦請你老上山。我們這個撥子，別看規模小，也足有二百多弟兄，你老要是一入撥子，挑出牌去，只憑您的萬兒『小白龍』三個字，就足以壓倒中原的道上同源，第一把金交椅不能再讓別人了。我們臨來時，我們的軍師爺就只囑咐我，只怕淺水住不了臥龍，再三叮嚀我們哥倆，務必請你老到我們撥子上，先把合一下子，您看著順眼，您再留步。」

那蔡大來接言道：「白師父，只要你一接舵，就知道很值得一幹了。我們那裡的聲勢……」那薛紹彭道：「什麼白師父，是方師父。」蔡大來道：「是的，是的，我知道。不過，還是這麼稱呼好。」

兩個漢子你一言，我一語，勸少年給他們當老大哥，大當家的，說的話很多。少年好像真不懂，大半晌才又搖著頭，吐出一句話：「二位的話，我還是不明白。我和二位不認識呀，我更不曉得什麼小白龍，小白龍是什麼呢？」

這一來話又繞回去了，兩個漢子說：「你老一定是小白龍。你老不是小白龍，誰是小白龍呢？」於是又舉出話來，證明他們怎麼知道這少年就是小白龍。證明了一回，便又稱讚一回小白龍的水陸武功，然後話歸本題，還是勸駕，但是任憑二人怎麼樣磨煩，這少年沉住了氣，咬定了牙，並不惱，也不認。忽然他就失笑，忽然他又淡漠下來，對於二人的話，始終堅持著說是不懂，不懂，一百個不懂。

兩個大漢相視無計可施。蔡大來搔頭不悅，看著同伴，說道：「白師父這麼峻拒我們，想必我們都是下三濫，不值俯就的了，我們也真不敢高攀。不過白師父看在薛五爺的面上，總得叫小弟們回得去呀。你老一定不肯去，那也沒法，可不可以把這封信拆開看一看，賞給我們一封回信呢？我哥倆回去，也好有個交代啊！」

少年眼望桌上一看，信皮上寫得明明白白，「內涵面交太湖方大爺印靖親拆，龍門薛緘。」

少年站起來說：「我可不便私拆人家的信。二位不知，我白文隆也是個讀書人，非禮勿施，非禮勿動，偷拆看別人家的書信，也和偷聽窗根一樣，都不應該。」說時眼望後窗，又拋了一眼，微微一笑。

那薛紹彭哈哈大笑道：「白師父心路來得真快，立刻就罵上我了。我可不敢偷聽窗根。老實說，我倒是偷看窗根來著。我久已羨慕你老，無奈

沒有好機會，沒得見過面，我才扒窗眼，偷看看你老，其實沒別的。」

少年哂然不語，用手又一指後窗，剛要點破外面的另一個人影，忽然一想不對，又忍住了。但是窗外的人影卻覺察了，頓然縮回去。少年只做不理會。

一個漢子說道：「白師父不賞臉，足見你我的面子薄，我看咱們不如把四當家的請來吧。」外面登時咳了一聲，少年登時也說道：「索性都請進來吧。」

於是履聲橐橐，那個黑瘦漢子也進來了。小小單間，主客四人，把屋子裝滿了。略敘寒暄，落座敘話。時已二更以後，店家連進來兩趟，給拿開水沏茶。

容得店夥去後，這個黑瘦漢子也開始遊說，卻與二人措辭不同了，剛見面，便一舉手道：「兄臺！小弟馬濟生。」獻茶之後，這馬濟生對薛、蔡二人道：「你們兩個大呼小叫的，那是怎麼說話？」

二人應聲道：「白師父不肯賞臉。」馬濟生道：「那是你哥倆廢物，你當是綁票麼，當下就要人家的回話？」

這人湊了湊，也到少年身邊，低言悄語道：「兄臺，你我慕名沒見過面，可是兄臺的一往俠蹤，小弟久已曉得。小弟的賤名，你老也許聽人說過，也許不知道。你老可知道尹鴻圖尹老前輩的令高足舒延松麼？那和小弟乃是十五年的老交情，共過患難的。還有薛五爺，是你兄臺的老同學，老朋友，他和在下卻也熟識。說起來，咱們彼此都有點淵源。薛、蔡二位賢弟是個力笨漢子，心上欽佩你，嘴裡說不出來，乾會嘟噥罷了。他們二人白跟你老兄絮聒半天，沒的倒叫你老發煩。兄臺也別笑話他，他兩個是直性人，不會彎彎角角的，也難怪他。現在小弟既然出來了，可要向兄臺討近了。咱就打開窗子說亮話，我們三個實不相瞞，是專程奉命，來請你老兄的，我只請示你一句話，你兄臺如果不棄卑微，肯賞臉率領我們哥幾

個，就請擇日上山。你老兄若有不便，我們絕不敢勉強。老兄的人品我很知道，是最狷介的，可是兄臺也要看清楚了。我們哥們潛伏在草野，避禍待時，絕不像尋常同道。一味打家劫舍，那麼胡鬧。我們弟兄也有一點小小作為。」

這人放低了聲音道：「我們也是寧為盜，不為官。」此人又一摸小辮道：「為了這個……兄臺，你我也是志同道合的呀！只不過兄臺是單闖，我們卻是湊了一夥。兄臺！真人面前不說假話，我們大老遠地奔尋到兄臺面前，路程不嫌千里之遠，時候已經訪求三個多月，也很不容易，即此足見小弟們這番志誠了！可是我們絕不敢強人所難。還有一節，兄臺想幹的，我們也正幹的是這個。道不同不相為謀，道相同還是合夥幹得好啊！不過，一個人有一個人的打算，一個人有一個人的顧忌，也就是一個人有一個人的難處。方大哥，長話短說，你老到底怎麼個打算？你或者怕我們言不顧行，不願跟我們蹚渾水！我也不敢說我們走的儘是乾淨道。但是，大哥，你不妨慢慢打聽。」

薛、蔡二人一齊看著少年的嘴，料到馬濟生這番話可以打動少年了。然而少年還是不言語。馬濟生於是又補了一句：「兄臺可以先到敝窯看一看。」少年抱拳道：「馬大哥，對不住！」

馬濟生爽然失望道：「那麼……唉！」回顧薛、蔡道：「方大哥不願意跟咱們一夥屎蛋一齊混，這可沒法了。但是還有一樣，我們就是現在做的，有對、有不對的地方，方大哥上去之後，我們還可以力守將令。大哥叫我們怎麼樣，我們就怎麼樣。我們奉請大哥歸窯把舵，給我們當家主事，我們自然事事要聽你老的約束調遣。就是本窯的一切成規，看著應改的就改，應留的就留，一切由您獨斷獨行，我們都聽你一個人的。你老只要肯去，我們哥幾個的生命事業，連腦瓜子，一齊交給方大哥。這可是至矣盡矣的話了。方大哥，咱們一言而決，只問你作興不作興？」

一面說，一面看少年的臉色，還是無動於衷。馬濟生自知絕望了，卻仍不死心，一轉話鋒道：「既然大哥不肯下顧，那就一切作罷。不過小弟還有一點不知進退的要求，不知大哥肯賞臉不肯？」又回顧同伴道：「大哥一定不肯去，咱們只求大哥賞一回臉，幫我們一點小忙，總可行了？」

薛紹彭立刻應聲道：「白師父做事最有分寸，最講義氣的。馬四哥，你把這件事從頭到尾說出來，我想白師父絕不會再駁咱們這回面子的。」

蔡大來也道：「並且這又是白師父慣做的。」薛紹彭又道：「況且又是彼此有益的。」說時一齊抬頭，察看少年的神色，少年兀自無言。

馬濟生微一低頭，舐了舐嘴唇，放低了聲音，說道：方大哥！我們也曉得方大哥素常是獨行獨往，不肯搭伴。像小弟這一夥子酒囊飯袋，我們儘管自覺不錯，大哥沒跟我們共過事，自然要仔細一下，就擱在我身上，也是不肯輕諾的。入夥的話，咱們就放在這裡，請大哥往長裡看，往細處品。不拘哪一天，看得小弟們還有一節可取，只要賞臉光臨，或者賞一個信，我們還是歡迎的。咱們先說現在的。現在小弟訪得一椿小買賣，很值得一拾。我們哥幾個的意思，打算想求方大哥臨時捧一捧場，拔刀相助，幫著小弟們，把這椿買賣做下來。所得的好處，我們分文不要，盡聽大哥處置，只求大哥給咱們江南綠林道爭這一回臉，我們就承情不盡。」

說到這裡，少年的臉色有些不耐煩了。右手把灑金扇連搖，忽然砰的一下，往身上一拍，微微笑道：「做什麼買賣？諸位看小弟哪點地方像個買賣道呢？」

馬濟生也怫然不悅。他想：到了這步田地，還拿這種話來搪塞，豈不是太過的藐視人了！他強將怒氣按下去，換轉詞鋒，賠笑說道：「方大哥，不要誤會！方大哥乃是當今大俠，我們就糊塗煞，也不敢拿尋常的無本買賣，來強人所難。我們哥幾個說的這椿買賣，不客氣說，乃是不義之財。動手拾了過來，倒是與民除害，為民泄憤。在行家面前，我們絕不敢閉眼

胡嚼，說那沒影的事。大哥賞下耳音，容我仔仔細細地說出來，你老聖明，你可以耐心想情！」

說罷稍停，馬濟生將茶杯端起來，骨嘟嘟地喝了下去，復又說道：「大哥！我們弟兄身入江湖，深慕俠風，自誓殺富濟貧，戒淫戒貪，鋼刀雖快，不害善良之民。所謂盜亦有道，我兄弟一向努力這麼做下去。但我們儘管如此存心，究竟失足綠林，拔不出身來，也每每自限。無奈困於衣食，不得洗手。我們的先輩又留有遺言，頒下戒條，斷不許我們為官為吏。方大哥，你要知道，你和我們門徑不同，師法各異，說到歸根，總還是一脈呀。你要明白！」

末後幾句話轉了方向，少年聽了，雙眸一張，身軀一挺，把三客重看了一眼。忽然，他又一聳肩，面色登時又回復過來了，仍舊淡淡地聽，不肯贊一詞。這馬濟生無形中已窺見少年的神情，登時順勢而下，抓著這一點，往下說道：「方大哥，我的師父是誰，大哥也許有個耳聞。」

他把手指一屈伸，做了個手勢，接著說：「因為這個，大哥，我們擠來擠去，不準為官，就只好為盜了。真是隨便什麼人，各有各自的難處，各有各的做法。還是那句話，我們儘管不自愛，也不敢妄戕良民，擅劫義財。這份意思，方大哥一定理會得出來。可是說到現在……」

馬濟生突然站起身來，往內外看了看，做出小心精細的樣子，給少年看。然後轉身歸座，自己取茶壺，斟上兩杯茶，一杯獻給少年，一杯自飲，潤了潤喉，又低聲說：「天色真不早了，大哥睏了吧？我先說要緊的。」手沾茶水，在桌上畫了幾個字，道：「大哥久游江南，這個人想必早有耳聞，聽說過他的劣跡吧？」

少年拿眼角掃了一下，燈影下看不清水跡。可是少年也不說明，也不詰問。

馬濟生不放鬆，看著少年的臉道：「怎麼樣，知道吧？不知道麼？」少

年仍無表示。馬濟生又往跟前湊了湊，低聲悄語，繼續說道：「這個姓連的傢伙，你只一看他的姓，就可以曉得他的出身。嗯，他是旗員，輩輩做大官。他本人一連兩任鹽法道，吃肥了。大哥一定曉得他的底細。」

薛紹彭在旁幫腔道：「錯過是他，誰敢那麼大膽！白師父，他的名字就叫連寶惠，在江南官場上，是有名的辣手。」蔡大來道：「你還不知道他的外號哩。」薛紹彭道：「他的外號怎會不知道，他是有名的『連剝九層皮』嘛！」

少年愕然，暗自揣想，江南道上竟沒聽說有這麼一個叫「連剝九層皮」的古怪外號，不禁問道：「這個連剝皮現在哪裡？做什麼官？」

馬濟生暗暗歡喜，以為這一著沒有走空，急忙說下去。少年一面聽，一面仍自暗想。恍然聽誰說過，連寶惠是一個清耿剛直的能吏，治獄刻深，可以入酷吏傳的人物，但沒有人說他貪贓。馬濟生幾個人卻堅說此人貪瀆賣法，多所殘害，不但是酷吏，又是個假道學、真贓官，做出許多殘民以逞的事情來，少年不覺詫為奇聞，馬濟生講得更起勁了。

據馬濟生說，這連寶惠連剝九層皮，既是旗員，朝中有人，又是巧吏，善會逢迎，在任上貪婪殘酷已極。黑心杵（昧心錢）摟了十幾萬，卻是巧於粉飾，他的上司反倒誇他是幹員，曾以卓異，專折特薦。只有江南百姓，把他恨入骨髓。他卻是官運亨通，一帆風順，老百姓呼天籲地，也不能把他怎樣。他手下的豪奴幹僕，比他尤其兇殘，倚仗主勢，橫行民間，又不只是欺壓良善，魚肉鄉民。只那良家婦女，清俊子弟，糟踐在這群惡奴手裡的，更不計其數。

馬濟生接著說道：「最可恨的是，連剝九層皮在建寧府做知府的時候，縱容惡奴，連興大獄。當地富孀李寡婦母女三人，控告管事霸產，落到連九手下人的圈套內，不但含冤喪產，母女三條命反倒活活被逼死。他們買出人來，說李寡婦和家生子有奸，娘兒三個一齊服毒全貞，丟下一筆絕戶

產，惡奴膽敢化名吞占。後來激動公憤，那贓官連剝九層皮，袒庇惡奴，直使母女三人沉冤海底，臨死還落個不貞之名。那動公憤的七個當事的士紳，沒過一百天，一個個被他買盜攀誣，叫案牽連，也弄得個個傾家敗產，還死了一個老書呆子！」

馬濟生切齒搖頭地說道：「這是一案。」

福建地方，男色之風甚熾。有一縉紳之家，姓林名某，乃是個富舉人。膝下一個愛子，年才十五歲，資容秀美，宛若處子。在家塾讀書，曾考中案首。許多有女之家，豔羨璧人，願得為婿，若干逐臭之夫，又思竊餘桃，謀嘗異味。林氏子卻珍重千金之軀，守身如玉，不但不敢濫交匪類，連大門也不肯輕出，他家也深知防備，林氏子每一出一入，必遣家僕緊緊隨護。但後來終被當地一個富豪覬覦上，用陰謀，設美人局，把小妾裝飾了，倚門挑逗，潛存下不利孺子之心，騙林氏子上當。不意弄巧成拙，林氏子險入虎口，終於逃出陷阱來。這一案鬧得人言嘖嘖，傳為話柄。那富豪謀奸未成，吃了個啞巴虧，自然不敢聲張。林舉人引為奇恥，自然更願既往不咎，把案子掩飾下去，以全顏面。

但他們這些貪官訟棍卻故意放出謠言，硬說林氏子已與小妾成奸。那富豪也確把林氏子捉住，硬給雞姦了。怎麼髒，就怎麼講。連剝九層皮立刻居為奇貨，要借這一案，把那富豪大大敲詐一下。竟據匿名帖，要拘傳兩造，開堂審訊，以正風化，而除陋俗。題目像是很正大的，可是放在縉紳之家，如何受得了。富豪當然寧傾萬金產，不願叫小妾下公堂，林舉人又如何肯教愛子打「雞姦未遂」的官司？痛恨兒子不肖，因貪女色，自招汙辱，把兒子痛責了一頓。林氏子橫遭儻來之禍，被責含羞，竟闔戶自盡。他父痛心愛子慘死，傷心門楣玷辱，竟致發狂！

馬濟生說到這裡，一拍桌子道：「這又是一樁慘案。」

馬濟生把連剝九層皮的劣跡，如數家珍說出來，一連舉出六七件，件

件皆令人髮指。一面說著，一面竊看少年的神色。

馬濟生嘆了一聲，跟著又說道：「連剝九層皮劣跡昭彰，不一而足。可是皇天無眼，一點報應沒有。他在現時官場中，居然上邀帝眷，中得上司器重，下獲同僚羨慕，稱他為名利兼收，誇他為吏治幹才。什麼疑難大獄，到他手下，便可快刀斬亂麻，一下斷清。這小子盜名欺世，殃民肥己，盡有濟惡之才！百姓固然切齒痛恨他，可是惹不起他。」

馬濟生又道：「他任憑到哪裡做官，總有些紳士跟他要好，方大哥當然明白，這正是宦途的祕訣，貪官劣紳必得通同作弊。小弟們想，上天沒有報應，小民敢怒而不敢言，紳士和他狼狽為奸，上官反倒刮目看待他。他的罪惡已然貫盈，卻沒人懲治他。我們可就想到了。」

馬濟生手一指肋下道：「可就想到我們的青字了，我們在江湖上游俠仗義，除暴安良。我弟兄不才，我們再不替天行道，把這贓官懲治一下，還留他在世上縱橫，傾害良民，我們成了什麼人了？我們可真成了一群臭賊子，真格的一點人事也不幹了麼？方大哥，現在這小子卸任榮歸，已入江南地界，我們還能袖手不問，放他平安過去不成麼？」

少年靜靜地聽，仍然不贊一詞。馬濟生何等機警，已瞧出少年臉上多少有點掛神了。於是緊三點，又狠狠地釘了幾句話。只見少年唇吻微動，半晌道：「要動，你們諸位何妨就動一動呢。」

馬濟生連忙拍手道：「是呀，小弟們一定要不度德，不量力，動他一動！」

說至此，馬濟生眼看著薛、蔡二人，急急順坡而下，把眉峰一皺道：「不過，咳！不怕方大哥笑話，這個贓官好不厲害。他自知罪大惡極，人人怨恨，所以他這一趟飽載而歸，一路上防範特嚴。他這次攜帶著嬌妻美妾，十數萬貪囊，數十輛駄轎，迤邐登程，他如何不加小心？這小子竟請來一小隊官兵，排刀護又地給他護送家眷。這不過是一群屎蛋，沒有什

麼。但是他還不惜重聘，把搜括來的老百姓賣兒貼婦錢，拿出一點點，也
足有千八百兩了，竟雇來一夥子武藝精強的鏢客，給他保鏢，護行！大哥
請想，一個清官，肯有雇鏢客戶行的嗎？足見他宦囊豐足，情虛畏盜了。」

　　略停一停，馬濟生接下去道：「這群鏢客小弟可不該說，也真是貪利
忘義，只圖這千八百兩保費，甘心給貪官汙吏做走狗，低三下四，自比副
號奴才。這一夥子鏢客全是北方來的，肚大腰粗，把咱們南方江湖道，看
得一文不值，說咱們全是些吃橫梁子的力笨漢，不過倚仗人多，沒有真玩
意。他們響響地叫字號，說他們鏢旗一展，閉著眼在江湖道上走，也沒人
敢多看他一眼。說的話真狂極了，而且這些傢伙雖然賣狂，也真不含糊，
手底下也真有兩下子，小弟們打聽得清清楚楚。」

　　馬濟生抬頭看了看又道：「近聞五天前，清湖鎮拉撥子的黑旗寶老麼
的部下，就叫他毀了個不輕。咱們線上的朋友，和保鏢的雖是隔行，究竟
是武林一家，向來彼此都有交道。等到真動起手來，勝敗乃是常事，也得
照著江湖道上走。這夥鏢客千不該，萬不該，挾持官勢，把寶老麼的弟兄
擒下三個，全給打折了腿。這還不算，又個個給灌了尿，把人作踐苦了。
本來武林道出頭動上手，就沒了交情，輸了招，就提不到義氣。他們當場
不留情，把咱們線上朋友宰了，那叫死而無怨。再不然，就是送進翅子
窯，朝了骨子（送官法辦），那也是殺剮任命。哪知他們竟自居為外行，
把咱們亮過萬兒的朋友，當作了小孟賊，打折腿，還灌尿，這不是活作踐
人麼？他還說你們江南的綠林道原來都是些雞毛蒜皮，把咱們罵了個不亦
樂乎！」

　　少年不禁問道：「這鏢客叫什麼名字？他們現在哪裡？」

　　蔡大來歡然說道：「他們現時正在衢州，要僱船改走水路。大約後天
大後天，可到金華。因為他們這次北上，訪聞還要順便逛逛杭州西湖。大
哥要動他的手，就可以先在蘭溪江埋伏下，等著他個狗日的。」

薛紹彭也忙說道：「這個傢伙不留真名，報字號是保定什麼鏢局黑鷹程岳的手下人，凶橫極了。」

少年默默地聽著，忽然張目道：「唔，程岳？」

馬濟生看出少年臉色不對，連忙搶過來說道：「你不知道，你不要瞎猜。方大哥，這幾個鏢客，據小弟看，全不是什麼正路貨，別看功夫硬，多半是冒牌，和黑鷹程岳不相干的。我們仔細刺探過，訪聞內中有個姓石的，叫做什麼石作霖（此影射獅子林），又有一個姓路的（此指紫天王陸嗣清），全都是蠻不講理的北方漢子，尤其看不起我們南方人物。可是他們這些東西，別看面子上不懂人情，手底下可是真硬，真狠，真辣。要動他，非有驚人出眾的本領不行。聽說他們從福建北上，一路通行無阻，沿途綠林道折在他們手裡的，已有三撥，我也不知道我們怎的這麼洩氣，該著人家賣狂罷了。而且每到一地，打店主，罵寓客，鬧得凶極了。小弟眼見他們一個大小夥子，把一個賣菜的老太婆打了。」

馬濟生接著道：「他們還會無事生非，綠林道不找尋他，他會找尋綠林人物。他們在店裡，曾把一個過路的黑道朋友拾掇了，照例灌了尿，還給挑斷腳筋。所以我們想，兔死狐悲，物傷其類，我們拚著喝尿，也得鬥鬥他們。若這麼輕輕放他們過去，他們更看不起我們江南綠林了。他們說，我們南方綠林道都是溺壺，只配灌尿，你道可氣不可氣！並且贓官這一筆不義之財，足夠十幾萬，原封拾過來，也有很大的用處，你說拿來幹什麼不行？小弟們看到這步棋，覺得在義氣上，必須動他。可是在能耐上，又怕拾不下來。真個喝了尿，未免替同道丟人！」

說時笑了，少年也微微一笑。馬濟生又接著說道：「不怕大哥笑話，我們這才臨時起意，要請大哥捧場。說真了，小弟們絕不是為圖利，只為爭面子。動手的時候，自然是小弟們先打頭陣。只是到了關節眼上，請方大哥仗腰子，助一拳。這幾個鏢客倒是飯桶居多，內中真有一兩個棘手

的，非方大哥制他不可。得了彩，我們分文不要。」

馬濟生雙拳一抱，低聲道：「還是那話，小弟們志在為民間除害，給同道吐氣。嗯，我們就是只爭一口氣！得的彩不拘十萬八萬，多數都送給大哥，請大哥分派著濟貧救災。現在咱們浙東正鬧著饑荒，咱們拾過來，拿這銀子救救可憐的老百姓。大哥，你瞧，這有多麼好，唵？」

滔滔地說了好半晌，馬濟生還嫌慫恿的力量不夠，更再二再三描說，一不為名，二不為利，只為了江湖上的義氣，要剝一剝這連剝九層皮的皮，要儆戒儆戒這夥狼煙霧氣的鏢局子狗腿，為什麼拿馬鞭打老太婆，拿尿灌合字朋友，說話時，義形於色，忿不可止。然後又把動手的步驟說了出來，在何處埋伏，用何計誘敵，施展什麼法子來打劫。然後又說到連剝九層皮人雖萬惡，那鏢客情雖可恨，卻是我們鋼刀儘快，永不見血腥，除了過招鬥技，斷不肯枉殺一人。

馬濟生叫著自己的名字道：「方大哥，你可以放心，我馬濟生和這幾位弟兄，既然敦請你老出山，跟你老手下做事，那就給我們添光貼金了。一切事情都請你老指點，指揮，叫我們怎樣，就怎樣。上陣我們跑在大哥頭裡，做法跟在大哥後頭。大哥說一就是一，說二就是二。別看臨時邀你幫忙，無形中也就是推你老領導我們做這一場義舉。我們是只要連剝九層皮的財，不要他的命；只抹鏢客的臉，不傷他的人。連九的家眷，小男婦女很不少，小弟一定約束眾位朋友，不許驚動人家。怎麼講呢？跟著好人學好人，我們從前沒敢走錯步，這一回更要做個樣兒，給大家看看，看小弟們是不是還可以做俠客的下手。」

這一切打算，全是盜俠行徑，大仁大義，決非濫賊的勾當。但是，馬、蔡、薛三人說了恁多話，再看少年時，起初神色上不無動容，等到馬濟生舌敝唇焦，越說越多，說到末了，少年的臉上反倒一點踴躍的意思也沒有了。容得這說客住了聲，喝茶潤喉，少年又恢復了剛才那種漠然的態

度，並且臉上又帶出似乎惶惑不解的樣子來了。

小小一間店房，杯茗孤燈，一主三客，低聲悄論，忽然聽外面鼓打三更了。少年站起來，似呈倦態，打了一個呵欠，很文雅地說道：「好，在下聞所未聞！不過像這種事情，對不起，小弟只可聽聽熱鬧，至多說兩句不平話罷了。小弟無拳無勇，恕難為力。」

馬濟生十分不悅，不禁冷笑了一聲，和蔡、薛二人互相示意，一齊站起來，告辭，道：「小弟的意思，已經說到至已盡已。不過彼此總是新交，倉促之間，我也不便立等回話。這麼辦，明天一早，我聽你老兄的吩咐。真人面前不說假話，明白人不能裝糊塗。小弟不才，盼望老兄今天晚上仔細思索思索。趕明天，打開窗子各說亮話！」放下這幾句，舉手告退，一齊出來。

少年冷冷地說：「恕不遠送。也不必明天，現在就可以打開窗子說亮話，恕難從命而已。」馬濟生越發怫然，一轉身道：「那麼，小弟不敢動問，方大哥你貴姓？」

少年把扇子啪的一下，往左手掌上一打，變色說道：「呼牛喚馬，隨你老兄的便。你老兄要明白，我在下和你素不相識呀。」論少年的本意，絕不願得罪這三個不速之客。但是話擠話，究竟扔出這麼一句來，終於要落到不歡而散了。

馬濟生氣得面色全變，由紅而紫，頭筋直迸，雙目圓睜。怒哼一聲道：「好，漂亮！哥兒們，咱都白費唾沫了。走！」說罷扭頭就走。

但是少年忽然又把話拉回來，臨送到門口，又客氣了幾句，道：「假如有緣，也許小弟能夠從命。只是小弟自有小弟的難處，違命之處多多海涵。」頓了一頓又道：「一切事明天再談吧。」

馬濟生也立刻回嗔作喜道：「那麼，我聽老兄的信，剛才是我失言。」

江湖道上，不願明白翻臉，各又饒上幾句場面話，長揖告別，各自歸自己的房間。

馬濟生回去往床上一躺，對蔡大來、薛紹彭道：「他娘的，怪不得鄧二哥不敢自己出面，這傢伙真難對付！任你說得天花亂墜，他有一定之規，硬把咱們繃出來了。好難請的諸葛亮。」

蔡大來道：「四哥剛才扔的那幾句話很有勁，小夥子也得思量思量。他跟你我不同，咱們是沒家又沒業的。好便好，當真瞧不起咱們，娘拉個蛋，先把他的私窩子給挑破了。」

馬濟生笑道：「得了，倒有你這麼一想。可是你再轉念一想，他敢在七子山下買宅置產，裝良民充紳士，他定有護身符。他又是單人匹馬獨闖，你就想賣他，你得抓住他的真贓實犯哪。」薛紹彭道：「寫黑信。」

馬濟生搖手道：「不行，他在那裡，打著紳士秀才的幌子，在縣衙一定埋著底錢，黑信準沒效驗的。再說咱們是請他幫拳復仇，也犯不上那麼幹。回頭咱們先告訴你鄧二哥，聽聽他怎麼說。」

蔡、薛二人恨恨不已道：「這小子這股勁兒太氣人了，明明揭穿他的假面具，他還是瞪著眼跟你裝沒事人。」馬濟生忽一望後窗道：「低聲！天不早了，咱們睡吧。」

這三個人聚在一個房間，一鋪長榻上，把燈吹熄，嘀嘀唧唧的，倚枕附耳低言，一面計議，一面竊罵少年。商量定了，到了次早，便要重到少年房間，再作一次切談，並索少年的回話。不料一夕無話，才到次晨，三人還未容前往，店房中的夥計已來敲門送信。說：「白大爺已經到蘭溪去了。諸位有事，請只管辦，不必等他了。諸位的店錢，白大爺已經付過了。」

馬濟生道：「什麼？」霍地從榻上爬起來，蔡、薛二人也連忙下地，向

店夥細問。又追到少年原住的那房間，那房間早已空空如也。

蔡大來對馬、薛二人說道：「小白龍這傢伙真恨人，咱們怎麼辦？趕緊迫他去吧！」薛紹彭道：「不行，追上他，又該怎樣？咱們還得等鄧二哥呢。」

馬濟生想了想道：「鄧二哥那裡，我們何必等他，不會找他去麼？」蔡大來道：「咱們先找鄧二哥，找著了他，再追小白龍去。」

馬濟生道：「那一來，又怕誤了，咱們三個人應該分頭辦事。」遂命薛紹彭找飛蛇鄧潮，命蔡大來找海燕子桑七，他自己急急地奔蘭溪而去。

數日以後，蘭溪江上，果然駛來四號大船。船上乘客，正是馬濟生所說的那個連剝九層皮，連道臺連寶惠和他家眷。卻不是卸任榮歸，乃是由他的夫人和他的胞弟，買舟北上，出聘愛女。也不是順路往杭州西湖遊逛，乃是他的親家翁達善阿現任浙撫，他的嬌婿涓吉本月完婚。連寶惠遣女于歸，有官職羈身，不敢擅離，所以托他的二弟夫婦，把女兒送到杭州，替自己主婚。不過連道臺心憐愛女遠嫁，捨不得叫叔叔嬸嬸單送，他那夫人竟也為掌珍，不憚千里，親自送來。可以說，趁此看看東床，會會親家太太，同時逛逛西湖。

當此時海疆不靖，盜賊橫行，浙撫和連道臺，一方迎親，一方嫁女，兩家都是顯宦，自然沿路上頗有不少官弁護送。浙撫達善阿仍不放心，特從杭州鏢局，加聘來幾個有本領的鏢客，相助官弁，沿路護行。因此排刀執戟，前呼後擁，顯得勢派大些。這一來，果驚動了沿路賊匪，多有心羨豐奩，潛思肱篋的。但是人家邀來的鏢客功夫很硬，三不知的小蟊賊只一碰，就吃了苦了。

連九大人在任上以風裁稱，確是有峻烈之名的。但是「連剝九層皮」的外號，乃是賊人順口捏造的謠言。他的官聲並不甚惡，好像也是施世綸一流人物，治理民情，有點意氣用事；貧民告狀倒占上風，富民打官司，

反而討不了便宜去。馬濟生糟蹋他苦害良民，交結紳士，卻一點也不是實情。即如僱用鏢客，沿途肆擾這一事，更非真相。

但是馬濟生為什麼要造他的謠呢？這裡面頗有曲折。簡單一句話，就因為護行的鏢客，內中有兩個人，一個是黑鷹程岳最小師弟紫天王陸嗣清；一個是黑鷹程岳的愛婿獅子林廷揚。

而林廷揚是馬濟生等所要專誠找尋的。

馬濟生為什麼要找林廷揚呢？這就是飛蛇鄧潮為報兄仇，糾集同盟，預備下了好幾年，直到這一次，方才大舉上場。邀能人，設機謀，捏造下一番挑撥的話頭，要唆使少年幫著助拳。少年非別，就是那鼎鼎有名的小白龍方靖。

但是獅子林廷揚在保定鏢局做事，為何此日在閩北出現？

這卻是說來話長。獅子林廷揚在保定創業，乃是壯年的事，今日的林廷揚正當年輕，剛剛與黑鷹程岳的愛女程金英成婚。小兩口兒奉了他岳父之命，跟隨著他岳父的師弟紫天王陸嗣清，來到杭州，接辦勝字號鏢局。到勝記鏢局不及一年，山東布政使達善阿奉調署理浙江巡撫，又數日，達善阿定期為愛子完婚，便聘黑鷹程岳護送親迎。程岳遠在保定不能分身，達巡撫又指名要請女鏢客程金英，伴護兒媳，這林廷揚夫妻便隨著紫天王陸嗣清，和岳父門下弟子顧金城，替程岳應邀，前來護行。

署理浙江巡撫達善阿是顯官，黑鷹程岳是名鏢師。這一文一武，一官一民，卻有著七八年的私交。這一段私交，乃是達善阿在北京做京官，黑鷹程岳在北京爭名創派時，交結下的。

小京官多半清苦，達善阿被事情擠住，多虧了黑鷹程岳慨助他一臂之力，才把緩急的情事疏解開了。後來達善阿居官榮顯，便出資幫助程岳，擴充鏢局，以報此情。這可是多年以前的舊話了。

第二十九章　程黑鷹選婿聯鏢

原來鐵掌黑鷹程岳，自接掌江南太極門以來，以拳、劍、鏢三絕技，蜚聲山東、江北。他本是山東曹州府人，從師南遊，在江蘇省江寧府、海州府，混了多年。等到恩師十二金錢俞劍平傳宗贈劍，封劍閉門以後，程岳在老師家裡，孝敬了三年。

那時候北京城王公貝勒，競富鬥勢，納士招賢，大開延賓之館。有的廣延儒修，博古右今；有的縱情笙歌，教演優伶，以聲色自娛；有的玩賞古物，收集金石書畫；有的又招聚拳師武士，摔跤舉石，較拳論劍；有的就招些幫閒清客，豢鷹蓄犬，逐走射飛。真是個點綴昇平氣象，表面看好像崇文右武，實際上不過是皇親國舅，有錢沒處用，拿著活人當玩物。當時盛傳達摩肅王府比武，國子監馬夢太角技成名，這些古話並非儘是小說點染，也倒真有其事。只不過年代錯誤，不在康雍時代，實在清中葉嘉慶、道光朝罷了。

天下英才終不免受著名利的牽誘，於是草野英雄「盡入彀中」。一時文人學士、騷客通儒、弈棋國手、書畫名家，紛紛集會在京師，各挾所學，以炫鬻於勢家豪門。便是各派拳師劍客，為了給本派傳名，也紛紛地束裝北遊，投托在京城這爺府、那爺府，不為干祿求官，也要爭名逞勝。那時節，真可說是人才濟濟了。雖然隱憂潛伏，萑苻不靖，可是朝野的眼光齊注到了日下繁華，哪管那路邊凍骨、海疆狼煙了。

當那時，十二金錢俞劍平聽說，少林拳在北方盛極一時，京城論者齊推少林派為武術正宗。他這太極門的拳術，只在江南、山東久負威名，不曾遠及，未入國門。遂命黑鷹程岳帶著一兩個師弟，到京城創萬兒，藉以昌大本門武學。但是同行相妒，自昔皆然。黑鷹程岳不知費了多少心機，

才把太極拳的武術在北直創開，頗收了些資質好、堪造就的門徒。程岳在北京東城設場子，親傳師門拳、劍、鏢三絕技，自謂下此苦心，終不負恩師所託了。

只可惜十二金錢鏢的絕技，傳習太難，學者無多，只有太極拳盛行一時。那時候說到及遠的兵器，只有玉幡桿楊華夫妻傳下來的連珠彈和鐵蓮子，在直隸、湖南最為時興；飛豹子袁振武傳下來的三十六粒鐵菩提，也在遼東、河北有名。黑鷹程岳不肯和玉幡桿夫妻爭弟子，更不便和師伯飛豹子相傾軋；因此索性把十二金錢鏢這一種絕技，暫停傳授，打算將來遇著有緣人，再擇授一兩個，免使絕技失傳而已。

黑鷹程岳在京師創萬兒成名，復遇上一段好機緣，獲得一筆巨金。他遂攜金來到保定府，創辦鏢局。鏢局不在北京開張，乃是讓同行、避聲氣的意思，因為出資的東家都在朝中為官。清朝制度，是不準現任職官與民爭利的。

程岳開安遠鏢局，比起他師父俞劍平，成功難易，相差甚巨了。那時俞門三絕技威名久著，在山東、江南道上叫得最響。走鏢時又循著俞劍平安平鏢局的舊鏢路，自然得收事半功倍之效。黑鷹程岳的鏢旗，也是繡著十二金錢，形式與俞劍平的鏢旗相差不多。只是在旗角上，加繡一隻黑羽飛鷹，乃是奉師命加上的，與當年的金錢鏢旗，稍表不同。飛鷹鏢旗只走了兩三年，鏢道便已大通，生意十分興旺。

會值秋節，黑鷹程岳修書一封，帶銀三百兩，派一個弟子名叫黎成基的，銜命到海州雲臺山，給師父俞劍平、師母丁雲秀，稟安問好，報告景況；就便要找師父要人，或者再派一兩個師弟來幫忙，或由師父代邀江南名手。

十二金錢俞劍平拆信一看，欣然大悅。捋著白鬚，對夫人說道：「想不到程士峻（程岳的號）混得這麼圓。功也成了，業也就了，名利兼收，

居然給我們太極門爭光露臉不小。你看，他也收下這許多徒弟了。」遂叫過徒孫黎成基來，細打聽了一回。

程岳的意思，是求師父把四師弟楊玉虎打發出來。還有小師弟俞瑾（俞劍平之子），師父如捨得他到北方闖闖，尤其盼他同來。黎成基將鏢局興旺的情形，對師祖說了一番。頭一年賠錢了，第二年下半年便賺得不少，這一節更好，足賺了五千。

俞劍平聽罷，眼望夫人道：「你看看，我說程岳是員福將，果然不假。你還記得嗎？我和你當初在南京創業時，冒過多少次險，著過多少次急！記得頭一年結帳，各處送禮請客，賠了二千七。第二年賠得不多，也有幾百兩銀子，我記不清了。直到三年整時，結大帳，才落得剛夠本，這一回我記得清清楚楚，我才分到好錢六十八兩。第四年上半年，才算真見賺錢。若不是岳父老大人（丁朝威）接著，憑我俞劍平，寶劍雖利，無奈不能偷人搶人，早得賠關門了。所以說戰將不如福將，程士峻命運實在比我強。」

夫人丁雲秀微笑道：「不是那麼說，開基創業難，循規蹈跡易。程岳的鏢店別看新立字號，究竟有你的金錢鏢旗影子在前面罩著，無形中不知給他遮蔽多少風雨。你那時候就不然了。一者你是自東自掌，他卻是另有財東。二者你就沒藉著我父親的光，我父親威名只行在北方，南京城只知道『綢緞丁』，不知道『太極丁』。三者咱們那時候，是什麼年頭？咱們年輕創萬兒的那當兒，正是五穀豐登，天下太平，清平世界，夜不閉戶，誰家走道肯保鏢？哪像現在，東一股，西一股，遍地儘是吃橫梁的賊匪，不但商家運貨得保鏢，連官紳出門也得請鏢客，程岳這孩子趕上好時候了。」

俞劍平噴地失聲笑道：「這才叫好時候呢，遍地出土匪，開棺材鋪的莫怪盼鬧瘟疫了。」說得丁夫人也笑了。俞劍平又道：「程士峻是四十多

歲，奔五十的人了，你還孩子孩子的叫他？」

丁雲秀道：「他就拄拐杖，長了白鬍鬚，能怎麼樣？他到底也是孩子。他不但是你的徒弟，也是我的徒弟呢，他不能只管叫我師母啊？」

俞劍平笑道：「是啊！他還得管你叫師父哩。」丁雲秀笑道：「本來我教過他嘛。」

俞劍平遂命管事先生寫了回書，三百兩節敬欣然收下。與丁雲秀商計，愛子俞瑾年已二十餘歲，仍捨不得叫他北上。只派人把近處的弟子叫來，問他們誰願投大師兄去。頭一個便是八弟子紫天王陸嗣清，現正沒事，很想到北京城玩玩。楊玉虎有事纏身，不能立刻就去。黎成基再三拜求，也只能答應半年後再北上。

唯有七弟子武凌雲，現正當年，技藝也已大成，家境又清苦，俞劍平前已將他薦到胡孟剛的振通鏢局去。胡孟剛此時已告老，振通鏢局現由他的侄兒胡同英主持一切。俞劍平遂與胡同英商量，把武凌雲、陸嗣清，全打發去了。由雙友鏢局的鐵矛周季龍，代給薦送兩位好手。黑鷹程岳所以這麼邀請幫手，便是預備開創西路新鏢道。

等到鏢局事業經營得根基很穩固，程岳便起身南遊。先到曹州府省親，次到海州探師，順路仍拜訪各處武林的名手和草野的豪傑。這開鏢局的生涯，第一要緊的訣竅，就是眼界寬，須與綠林道通聲氣，然後鏢旗一揚，通行各地，都有人照應。

黑鷹程岳騎上一匹黑馬，穿一身黑衣，肋下懸青鋒劍，腰間纏藤蛇棒，袖底藏十二金錢鏢，只帶一個趟子手，暫別京、保，先游齊、魯，還鄉小住；旋到海州，叩謁師尊，細說別情，也算是創業榮歸。俞劍平特為他設盛宴，招群徒，銜杯歡飲。宴罷，程岳取出土儀對同學故友，人人都有表贈，師尊更不必說。復由自己備宴，普請附近武林。在海州盤桓半月，這才動身，奔赴久別的南京城。

南京城的老朋友更多，也大宴數日，程岳這個人可以稱得起膽大心細，志豪量宏。比俞劍平還精明，比胡孟剛還熱烈，且又能言健談，處世對人，最有人緣。他這番派來，武林中傳為美談：「你看人家，可以稱得起衣錦榮歸了。」

話傳到十二金錢俞劍平耳內，越發歡喜，竟對著老朋友黑砂掌陸錦標說道：「你看程士峻也太張狂了，他這勢派也太大了，一路上到處投帖請客，把我老頭子都蓋過去了。我當年像他這麼大歲數，就不會這一套。你聽吧，人家張口一個黑鷹回來了，閉口一個黑鷹回來了，好像多麼驚天動地似的。說實了，黑鷹有什麼真本領。這傢伙嘴頭巧，手腕圓，會占便宜罷了。」居然把俞劍平美得說出這帶嫉妒意味的話來，真個是：「其詞若有憾焉，其實乃深喜之。」

黑砂掌陸錦標笑道：「程黑鷹的玩意兒，本來沒有真的。這傢伙不走運，沒碰上好師父，遇見滑頭老師了，才教他耍嘴皮子，手底下稀鬆平常。」

俞劍平哈哈大笑，道：「這才像你的話，你會頂我。」陸錦標道：「你這傢伙美不夠，我不噎你，你還臭美。要不然，你怎麼叫臭魚呢。」

一對老頭子，時常下棋消遣，說笑，嘲謔。當下黑鷹程岳早已離開南京，欲赴杭州西湖。奇緣湊巧，正遇上一個少年壯士，騎白馬，挎利劍，竟從一夥土寇所放的卡子上闖過。這一夥土寇一共二十幾個人，拉開了撥子，要劫奪過路客商，把少年壯士也圈在線裡了。少年上前答話，強賊突發冷箭，「射人先射馬」，照少年驃下辣手。

這少年好硬的騎術，並不拔劍磕箭，反把馬韁一帶，霍地一跳，閃開了箭，仍不退不逃，雙足一磕鐙，唰的撲過來，這才亮掌中劍，與賊交鬥。馬上用劍，本來很難，這少年仗騎術巧妙，拍馬一沖，竟衝倒兩個賊，又掄劍刺倒一個人。未容賊人發箭攢射，倏地飛身離鞍，直撲上來，

猛如怒獅，手起劍落，又刺倒一賊，手法好不俐落，又很沉重有力。

黑鷹程岳帶趟子手，從岔道趕來，一眼瞥見，急上前招呼罷戰。那賊酋正聞風緊，從隱僻瞭敵處，放馬撲出來。但群賊總數約有二十多個，散布開，巡風放哨，守窰踩道的，倒占用了好幾個，現在動手拾買賣的，不過十一二人。

遇劫的客商，乍聞響箭匪警，嚇得四散奔逃，此時一見有人打頭陣，那商人中也冒出來三四條大漢，手裡居然也掣出防身的兵刃，衝上來，大呼小叫，意欲拚鬥，看模樣似會個三招兩式的。

兩邊人數一比，賊人的勢力並不見得強。只不過商隊這邊怕有大撥伏賊，乾嚷不上前，一味虛張聲勢，想嚇跑了賊，他們就可以奪路闖過去了。可是在當時，兩方面總算旗鼓相當，對峙起來，麻稈打狼，未嘗不兩頭害怕。

黑鷹程岳急急地飛馬奔來，向賊酋連說出江湖黑話。那少年壯士年紀雖輕，人很在行，立刻收劍一退，道：「老英雄敢是要給我們說和麼？我們不過是借道，沒打算動手拚命。」

黑鷹程岳立刻橫身在兩邊的當中，趟子手拍馬跟上來，抽刀掩護著程岳的後路。程岳空手抱拳，連忙向賊酋發話，自報字號，說明自己不是多管閒事。乃是純為江湖上的義氣，繞著彎子，說出自己不是助客隊，乃是幫綠林道。

賊酋呂二混卻並不渾，登時說出場面話：「原來是黑鷹程老英雄！程老英雄到場，衝著你老的面子，好吧，我們這票買賣讓了。」

程岳急命趟子手拿出錢來，給弟兄們治傷。呂二混連說：「不不不，這可不敢當，在下交朋友了。自己兄弟，腦袋掉了，椀大疤瘌，別說扎這麼幾個刺，碰個小疙瘩，蠻不要緊。」話非常的夠外場，卻衝著程岳詰問少年的姓名。

程岳不肯代答，少年自己竟衝口叫出來：「在下冒失了，傷了諸位，諸位不怪罪，我這裡作揖賠禮吧。我們不過是幾個走道的，實在沒有錢，倒耽誤了諸位的正經買賣。我們給諸位湊一瓶黃酒喝吧。我在下姓林，名叫林廷揚。」

走回商人隊中，共湊出五十兩銀子，交給程岳。程岳遞給群賊，群賊嫌少，不肯收，又險些弄僵。林廷揚很機靈，只一看光景，立刻掏腰包，又拿出五十兩銀子來。群賊掃興而去，賊酋向程岳舉手告辭，拍馬走了。

商隊結合起來，向程岳道謝解圍之功，也要贈送路費。程岳大笑拒絕。少年壯士林廷揚容得群賊退淨，這才向黑鷹程岳拜謝解圍之恩，口稱救命之德，竟行大禮。磕頭立起，然後從行囊中找出一封書信，雙手獻上。

程岳看此少年，劍眉虎目，蜂腰猿臂，氣度昂藏。再拆信一看，是獅林觀主耿秋原道長寫的一封請託信，推薦他這門下最得意的弟子林廷揚，求在黑鷹鏢局做些事業，不在餬口，只為歷練他的技業。林廷揚本要持書前赴保定，不想在此地巧遇上。

黑鷹程岳看林廷揚既果敢，又精明。雖是少年，似曾經憂患，人極穩練，便把他收下了。等到黑鷹倦遊北返，連林廷揚，竟又蒐羅了三個少年壯士，都延進自己鏢局，由老練鏢師引路，分入各路鏢道。

不久，林廷揚隨紫天王陸嗣清，押鏢踏入江湖，應付綠林，非常得法，越發得到黑鷹的倚任。又不久，黑鷹竟把膝下唯一的愛女程金英，許嫁給林廷揚了。林廷揚身世孤單，既結褵，夫妻歡好，如影隨形。那程金英又會一身的好功夫，成了獅子林有力的內助。獅子林感激岳丈，事之如師如父。

然後黑鷹程岳的鏢局生涯越發興旺。杭州勝字號鏢局因一個鏢客闖禍，丟失了一票鏢。這票鏢既很重，失鏢的鏢客又羞忿自殺，勝字號的鏢

主連賠鏢，帶打人命官局，把買賣弄得十分掃興，一賭氣要關門。倒是手下一群鏢客，須設法安插，遂又想把鏢局出倒。恰巧被黑鷹程岳趕上，幾次協議，勝字號鏢局，換東不換匾，全盤倒給黑鷹程岳。程岳命愛婿林廷揚、愛女程金英，隨師弟武凌雲、陸嗣清，南下接辦勝字號。名義上還是勝記鏢局，骨子裡變成保定安遠鏢局分號了。分號的總鏢頭，起初是武凌雲，後來武凌雲另有他就，這總鏢頭的擔子，便落在八師弟紫天王陸嗣清的肩上。

紫天王陸嗣清本是鷹游嶺黑砂掌陸錦標的次子，武功超越。幼承家學，既會鐵砂掌的功夫，又入太極門，學會了太極十三劍、太極拳。在俞劍平群弟子中，論年輩頂數陸嗣清幼小，論技藝，他算是很拿得出來的高足弟子，既掌分號，頗盡心力。林廷揚與愛妻程金英，跟著師叔做事，靠近勝記鏢局，賃下小小一所房，白天在鏢局做事，夜晚歸家。夫妻倆還要相督相勉，練習功夫。夫妻倆的情感非常要好，有時林廷揚押鏢出去，程金英還要女扮男裝，私自陪伴丈夫一同出門。

這種事兒是兩口兒偷偷地背著黑鷹程岳做的。黑鷹程岳雖把生平武功傳給了這個女兒，卻是性情古板，一向不準女子逞能炫技的，守著舊家門風，姑娘們大門不許出，二門不許邁。

程金英姑娘天性好動不好靜，在閨中不敢拗著老父，出嫁後住在保定，守在父親眼皮底下，也不敢隨便。但一到杭州，這小兩口琴瑟靜好，相親相愛，本來好得寸步不離。等得林廷揚押鏢出去，程金英可就磨著丈夫，非帶她出去，開開眼界不可。

林廷揚果然從命，瞞著師叔紫天王陸嗣清，兩口子私自偕行，押鏢出離杭州。鏢局的趟子手和夥計們，待承東家的姑奶奶，和姑老爺，當然要趨奉的，程金英叫他們瞞著，他們自然不敢泄露。

夫妻倆雙雙押鏢私行，一連數次，浪靜波平，未生事故。但也有一兩

次，遇上綠林，依著林廷揚，還在道字號，講交情，同攔路賊借道。程金英好容易抓著試技的機會，跳下鏢車，嬌叱一聲，抽劍上前，和劫鏢賊人交起手來。

程金英的打扮，本是改裝為男子。穿一身急裝緊褲，把一握綠雲盤成雙辮，結在頭頂，用帽子一壓。腳蹬窄勒皮靴，裡面塞了許多棉花。腰繫緊帶，肋挎豹皮囊，外面用長袍一罩，顯得是個風姿翩翩溫柔美少年，倒看不出像個女子，但也不像鏢客。夫妻倆押解鏢車，獅子林騎馬，程金英坐在車上，乍看倒像是僱主。及至對敵，把長衫一甩，提劍與賊相打，趟子手無不暗暗喝彩。獅子林慌忙過來，一面迎敵，一面照護著愛妻，打得特別出力。

程金英本有一囊暗器，足以卻敵，她竟不肯施展，運用俞門太極十三劍，和敵人猛搏，只幾招，便把為首賊人刺傷。林廷揚手底下更狠，唯恐程金英初試身手，或有疏虞，乃和敵人對面，便發出數件暗器，將抵面之敵打倒，立刻抽身幫娘子的忙。賊人呼嘯一聲，圍攻上前，旋看出形色不利，狂嘯一聲，驟然撤退下去。程金英高興得嬌笑連聲，還想追趕賊，趟子手和林廷揚忙把她攔住。

強賊既退，鏢車前行。曉行夜宿，把貨鏢交到地方，夫妻雙雙回轉杭州。相約好，仍瞞著師叔紫天王陸嗣清。不過，女子炫才，得意還想再往。這趟護鏢獲勝，和丈夫諄諄訂下後會，再有押鏢之事，她定要一趟不落，隨丈夫聯保。又因有這次經驗，發覺纏足女子男裝應敵，實有不便，跑起來，時恐跑掉了靴子，她自己就親制套鞋和鐵尖鞋，對丈夫說：「還是女裝俐落。」又悄問丈夫：「女子護鏢，江湖上也有吧？」

林廷揚也正在少年喜事之時，見愛妻能幫助自己，早樂得閉不上嘴。不久，又有一趟鏢該由林廷揚押護。他忙回家告訴娘子，叫程金英先穿男裝，藏在城關外等著，容得鏢車出發，離開鏢局門口，程金英便可偷偷上

車。他們還想瞞著陸嗣清，哪知道陸嗣清早已曉得，只是裝糊塗罷了。

　　這一晚夫妻倆正在家中打點行裝，陸嗣清忽然登門來找，面含不悅，似欲有言，坐定半晌，才說道：「我說你們兩口子，要鬧什麼詭？上次出了錯，怎麼這回又要去……你們瞞著我，你們瞧你這師叔太傻了吧！」

　　夫妻倆都很乖覺，忙賠笑說了實話，一齊央告陸嗣清。林廷揚又道：「你侄女總磨著我要去。」程金英說：「他一個人去，我在家不放心。」

　　卻不知陸嗣清也是好事之徒，看見程金英那樣喬裝，也捋鬚笑了，旋又板著臉說：「你們這麼胡鬧，你父親一準不答應我！」但是程金英素知陸嗣清好飲貪杯，忙給端上酒菜來，熱了好酒，夫妻陪師叔小飲良久，一味軟磨，到底逼得陸嗣清答應了。

　　酒酣耳熱，又說起女子保鏢來。程金英問道：「江湖上到底有沒有女鏢客？」

　　陸嗣清道：「也許有吧？」此時他酒入歡腸，話滿舌邊，不禁失笑道：「傻孩子，你師祖太丁雲秀就幫你師祖保過鏢，你竟會不知道麼？」

　　程金英笑道：「您還不知道我父親那古板脾氣麼。他老人家一張嘴，就是女孩子家應該學習針黹烹調，講什麼三從四德。像這些事，他老人家從來不肯告訴我。不過我們師祖太丁雲秀，是老師祖的愛女，武功很強，我是聽說過的。可不知她老人家也保過鏢。我自己還覺著新鮮呢，哪知早走在前輩後頭了。」

　　紫天王哈哈大笑道：「姑娘，我再告訴你一件新鮮事吧。除了你父親是俞門大弟子，還有你二師叔，三師叔，四師叔，他們是你俞師祖親自教的。像你別位師叔，誰都跟你師祖太學過。尤其是我，在俞門算是老么，入門的年歲又最晚最小，直說，我的一身武藝，完全是師娘教的。不怕你們笑話，我們師娘就拿我當小兒子看待，就欠沒給我擦屎沾尿罷了。所以

我只要聽人一罵『師娘教的』，我就一愣，好像跟罵我一樣。」

一席話說得林氏夫婦忍俊不禁，撲哧的都失笑了。從此程金英助夫護鏢的事，就算走了明路，只瞞著他父親黑鷹程岳一個人罷了。其實也算假瞞著，程岳怎能毫無耳聞呢？不過睜一眼，閉一眼罷了。做父親的，對於已出嫁的女兒，也只好這樣。

兩年過去，程金英夫妻聯保鏢車，已非一次，外面漸漸有人知道了。忽一日，紫天王陸嗣清正在鏢局，新到任的浙江巡撫達善阿，派一名差弁，持帖邀請鏢頭程岳到衙一敘。陸嗣清覺得奇怪，達巡撫怎會知道勝記鏢局是程岳接辦的呢？怕是出了別的麻煩，忙向來人打聽。這來的差官也說不上來，只知名帖是由內衙交出來的。

紫天王慌慌張張換了長衣服，代替程岳，到撫院去了一趟。達巡撫親自接見，禮貌上相當客氣，自稱與程岳也是患難舊交。現在要迎娶兒媳，聽說程鏢頭的女兒武功甚好，打算煩程氏父女，護送舅爺、舅太太，到福建去一趟。

紫天王忙道：「回稟大人，這勝記鏢局雖由程岳接辦，可是程岳本人並不在此地。」

達善阿點點頭道：「我知道，他的女兒和女婿不是在這裡麼？可以叫他們兩口子去，我好放心，並且也方便。」遂命原派的差官，領陸嗣清到內帳房，接洽護送起程的日期，當時發下五百兩銀子，跟著又入內衙，見了舅爺略談數語，便把紫天王送出來了，教他趕緊預備。

紫天王皺著眉，抱銀子回到鏢局，和管帳先生說了。這一回保主指名要鏢頭的姑奶奶、姑爺親自出馬，沉重又大，推辭不開，怎麼辦呢？斟酌一回，便對林廷揚說了。林廷揚要把程金英叫來。紫天王搖頭道：「不用，你先回家吧。告訴姑娘，給我準備點酒，到晚上我上你家去，咱們爺三個仔細合計一下。」

林廷揚領命離開了鏢局，回家告訴娘子。程金英大喜，高高興興地吩咐娘姨，預備酒食，自己忙著打點出行的衣物兵刃。

晚飯時，紫天王陸嗣清果然來了，依然是面有難色。這不是尋常保鏢，這乃是給當地巡撫護眷迎親，不但要恃武功，還得像伺候官差一樣。好了，落兩錢；不好，就怕得罪官府。

程金英道：「你老放心，聽您這樣說，不過叫我陪著官娘子，由福建坐船坐車，北上浙江。這沒有什麼，這個我還辦得了。」紫天王道：「辦還辦不了麼，只是伺候老爺、太太、小姐，氣兒難受。」

程金英道：「咱們也是買賣道，他們還把咱們當奴才看不成？他這是求咱們，不是咱們巴結官，上趕著效力。」

紫天王道：「姑奶奶就只想一面，你不知他們在旗的那些臭例，官架子，多麼不好受哩。」

商量了一會子，唯恐年輕人應付官場不行，遂由紫天王陸嗣清，親率獅子林廷揚、程金英夫妻，帶數名鏢客、趟子手、夥計，應了這號買賣。

等到登程，達巡撫的內兄毓舅爺，預受達巡撫的囑咐，待承鏢客，禮貌很周至，尤其對待林廷揚夫妻，竟稱之為林姑爺、程小姐，毓舅太太更親自款待程金英；一路上住店，特給林廷揚夫妻留出單間房；坐車乘船，也另留一車一艙，倒鬧得小夫妻很不好意思。紫天王本慮舅爺官氣凌人，到此方才釋然。那毓舅爺是個藹然老者，竟非常和氣，只是虛排場稍為多些。

這一行迎親的共有十幾個人，一路上曉行夜宿，卻喜行囊簡單，一路平安無事。不一日到達福州。毓舅爺夫妻，會見了親家連道臺和連夫人。內堂設宴，略事酬酢，旋整理行裝登程。

連夫人親自送愛女于歸，男女兩家所帶的僕婦丫鬟、官弁長隨，湊在

一起，竟不下四十餘口。妝奩富麗，行囊闊綽，雇起車船來勢派很大，一路上地方官都照料送迎。這一來，未出仙霞關，便被旱路強人打眼，一入浙境，更驚動水上的賊人了。

潛伏在浙南龍游的水寇，聶四疤眼聶永奎手下的踩盤子小夥計，竟迎出三站路來。還有那嶺北陸路的山寇，仙霞嶺的奚一刀，竟也潛帶三十多個強悍的賊黨，隨後緊追上來。連道臺護行的官弁沒有看出來，卻瞞不了久涉江湖的紫天王陸嗣清，登時被他覺察。

官眷登程，照例派一兩個長隨，先趕出一站路，覓店房，打公館。紫天王一見路上不穩，便密囑林廷揚夫妻留神，另派趟子手趙忠輔，跟著打前站的幹僕，往前蹚道。

這麼防備著，誰知就在仙霞關內，便和賊人朝了面，過了話。投店打尖時，陸嗣清看見所雇的車轎，內有一個四十一二歲的黑臉車伕，落了店，牲口沒卸套，便跑到店外轉角處，與一個生臉男子喁喁對話。兩人的眼東張西望，一看見陸嗣清便不言說了，立刻匆匆走開。這也是很平常的事，陸嗣清尚未過分介意。

等到飯後，該登程時，一群車伕都忙著套車，單單這黑臉車伕落後。直等到人家都眼看開車了，他才匆匆從店外回來，一眼看見陸嗣清，便把臉扭到一邊去，裝沒事人，神色上顯見得有些情虛內怯。陸嗣清暗告林廷揚夫妻一齊注意這個車伕。

行抵仙霞關，住店投宿。毓舅爺帶來的幹僕特給主人包了一個整院，請連夫人、連小姐住上房，舅父、舅太太自住東廂房，把西廂房留給林廷揚夫妻住。晚上掌燈以後，毓舅太太到連夫人房間，閒敘家常，說起一路上的辛苦，遂提及護行的鏢客林廷揚夫妻來。毓舅太太盛誇程金英的武功。連夫人聽了，很覺稀奇，便命丫鬟，把程金英請到上房，待茶閒談。

林廷揚衝著程金英直笑，夫妻倆調舌道：「程小姐，人家官娘子請你

了。你可擺著點牌子，不要露了怯呀，人家還要考較你的武功哩。」說得程金英瞪了他一眼，才跟丫鬟去了。

林廷揚便找到陸嗣清，在店院內外躊躇了一回。男女兩家所帶的僕從，投店歇息，背著主人，私下里耍起錢來。陸嗣清看了看。退身出來，與林廷揚，順腳走進櫃房，向司帳打聽了幾句閒話。

又找到車伕歇息處，看了看，那個黑臉車伕竟未在屋內。

紫天王陸嗣清急向各車伕打聽，車伕們都說：「謝老二剛才有人找他，他出去了。」

陸嗣清道：「誰找他？」答道：「許是他的鄉親。」

陸嗣清抽身出來，命林廷揚把住店門，自己急找出店外。

一路搜尋，竟在隔街小酒館內，看見那黑臉車伕，躲在僻座，與兩個生臉人，低著頭飲酒私談，語聲很小。

陸嗣清一步闖進去，這車伕猛然抬頭，和陸嗣清眼光一對，臉上登時變了色。未容陸嗣清上前，便站起來說道：「陸鏢頭，這邊坐，喝兩盅麼？」手指同坐二人道：「這兩位是我的鄉親，好久沒見面了。我們聚一聚。」極力地向陸嗣清解釋敷衍。

陸嗣清把這兩人打量了一眼，微微笑道：「他鄉遇故知，該喝幾杯呀。」也不再說別的話，就在旁邊，揀了一個座位，隨便要來一壺酒，自斟自飲，看住三人。那兩個生人自起毛骨，勉強吃完，向黑臉車伕告辭。車伕謝二算完飯帳，向陸嗣清招呼一聲，就要回店。

紫天王陸嗣清哈哈一笑道：「朋友，你的鄉親走了，咱們兩個可以喝一杯了。」竟把車伕強行邀住，低聲與他密談。

陸嗣清在江湖上很有經驗，自信沒有走眼，並且為人外樸內明，除了好喝酒，應付事情上很有手段的。

當時陸嗣清把車伕拘住，一點也不放鬆，立刻拿江湖話，點破他的陰謀，擠取他的實情。他對車伕說：「光棍不瞞光棍，朋友，我留神你已經好幾天了，你想必也明白。你們瓢把子是哪位？可以說出來，給我引見引見。這一回我們勝記鏢店護送達巡撫大人的寶眷，不淨為生意，這裡還有私交。江湖道上的朋友，總得給小字號閃點面子。」

陸嗣清又道：「達巡撫乃是一省之主，說實了，也不好動他。他這是迎娶兒媳，你想萬一道上出點事，掃了他的面子，他豈肯甘休？弄不好，沿路上地方官都吃不了，兜著走。好朋友，讓過這一水吧。這票生意也沒多大油水，瞞不了行家的眼。只這一點點嫁妝，此外並沒有多少『現水』。我煩你轉達你們瓢把子，衝著小字號，讓過這一步；我在下知情感情，必有對得住的地方。別看護送的還有好些官弁，我盼望老弟你只衝著我一個人，和我們總鏢頭黑鷹程岳，別的人你全甩開，不要往眼裡放。」委屈宛轉，點逗了許多話。誰想這個車伕咬定牙根，不承認是賊黨的底線。

紫天王陸嗣清又親自給車伕斟了一杯酒，再用好話套問，以後更用話威嚇。車伕仍然是不拾這個碴，弄得陸嗣清不得下臺。他不由心中慍怒，眼珠一轉，又想出一套話。因猜知這車伕是旱路線上的朋友，便把路上有名吃橫梁子的、拉大幫的，指出名字來，換個兒盤問他。

陸嗣清且問且說：「也許你不肯揭底，怕落埋怨。你可以把你們瓢把子說出來，我這裡有帖，我就立刻按規矩，拜山投帖。」這個車伕好生呆板，又像太嫩，不敢吐實似的，任憑怎麼說，仍舊瞪著眼裝好人，又想溜走，越發把陸嗣清惹急了。

他將酒杯一推，面色一繃，道：「呔，相好的，我的話說盡了。『光棍』一點就透，『軸子』棒打不回。我可是拿你當朋友看待。相好的，你不要自找倒楣！」憤然站起來，取出一塊銀子，丟給堂倌，對車伕瞪眼道：

「走，跟我回店！」

車伕的黑臉登時變得焦黃，雙眸怯怯，似欲覓路逃走，但這哪裡走得開？陸嗣清磔磔地狂笑道：「朋友，你走不掉了！」

伸手一拍車伕的肩胛骨，把鐵砂掌的功夫只用了三分，車伕失聲喊叫起來。

這時兩個人正站在飯館櫃臺前面，引得飯客和堂倌，都張眼詫顧。陸嗣清順手把車伕揪在飯鋪外面，時已二更，街上昏黑。陸嗣清詭笑道：「相好的，像你這麼廢物，你還要掙扎，你還打算逃跑？乖乖地跟我走吧。」扯住了車伕，不從燈影裡走，單揀黑道暗隅鑽。

第三十章　女鏢客灑錢擊盜

　　果然事到臨頭，這車伕方才害起怕來，情不自禁說出幾句有聲無辭的哀告話，卻還是只告饒，不吐實。陸嗣清大怒，罵道：「你不見棺材不落淚，不到黃河不脫鞋。」手掌又一用力，哎呀一聲，撲登一響，這車伕先打墜軲轆，然後就一栽身跪下了。

　　陸嗣清失聲大笑道：「你是安善良民，趕車得到飯館請同鄉吃飯，不算犯罪。你又沒有真贓實據落到我手裡，你跪下做什麼？相好的，你現在可真是不打自招，自己給自己劃招子。肉頭巴雞的，還要支吾我！來吧，趁這裡沒人，實話實說，有你的便宜！」

　　陸嗣清說罷，伸手把車伕扯起來，登時另換了一副面目，道：「咱們都是江湖道，你要明白，我們保鏢的不過是應徵護行。我又不當官，又不為吏。你們只叫我過得去，我絕不會難為你。你只把你們瓢把子的萬兒，和你們的窯口設在哪裡，你們共有多少位，打算在哪裡拾買賣，一是一，二是二，全告訴我，我絕不能給你苦子吃。你明著當車伕，暗做底線，你到底是常常這麼幹，你還是單衝著這號買賣來的？你是受線上的買囑哇，還是原本就在線上，臨時才改裝車伕？別裝傻，趁早一點不漏，都給我倒出來。我自然看情形，叫你過得去，也許把你放了。話是這麼說，信不信全在你。你要是還有夾帶藏掖，我可沒法子，咱們只好回店。」

　　陸嗣清又道：「卻有一節，回了店，那就由不得我了。人家是官，官有官的辦法，我做鏢客的也攔不住人家，你就是不招，人家不管那一套，人家還會屈打成招哩。相好的，仔細思索思索。說吧，我現在等著你的！」

　　車伕謝二慚懼交迸，一隻手被陸嗣清抓著，竟嚇得手爪冰涼，滿把握著冷汗，不住地抖擻。原來他是一個乏貨，陸嗣清倒把他看高了。

陸嗣清不由嗤之以鼻道：「憑你這樣眼神，這份膽量，你還幹這個？你看嚇得這樣！得了，我起初還當你是裝傻呢，原來你是真害怕，我更不能難為你了。咱們來，這邊談談。」路旁黑影裡，有一塊大石，把車伕揪到石邊，兩人挨肩坐下。陸嗣清卻也膽大，並不怕車伕抽冷子動匕首，施暗算，居然收起怒容，用好言重新哄問起來。

謝二欲不說實話，明知回店沒有好；欲吐實情，又怕陸嗣清毀了他。當不得陸嗣清緊自催逼，手指被握處，又奇疼徹骨，他這才囁嚅說出幾句話來。只承認自己本來是作車伕的，上年叫仙霞嶺的奚一刀擄了去，強逼他做眼線，不敢不應，到今幹了十四個月了。得了贓，分給他半成不到，只合二三厘罷了。奚一刀盤踞藏在仙霞嶺山坳，手下有四五十人。窯內詳情一概不知。至於怎樣下手劫奪客商，事先也不得聽聞，他只管泄底放籠而止。就是估計油水的厚薄，也自有踩盤子小夥計暗中操縱著，叫他刺探什麼，他就刺探什麼。

他簡直是賊人的耳目的耳目，副手的副手。這一回連道臺雇著他的車，奚舵主受人慫恿，認為是好買賣。特派四個踩盤夥計，在外面貼著。連道臺聘女的嫁妝值一兩萬，奚一刀那邊早已探明；只叫車伕隨時報告行程，好估量開耙的地段；又命他仔細查護送的人數，有沒有扎手的。謝二結結巴巴地說了，跟著央告求饒。

紫天王陸嗣清聽罷，說道：「這不就結了。相好的，你要明白，我是托線的，不是鷹爪孫。你只不扯謊，我一準拿你當朋友，我再問你一句話，你們到底打算在哪兒動手？一共預備多少人？」

車伕立刻詞涉吞吐，陸嗣清兩睛盯住他？緊緊迫問。車伕這才說：「所有護送兵弁二十多人，另有鏢客六人，一到衢州，就改水路的話，我已告訴了窯裡併肩子們。奚一刀自料幫內人少，怕動不了，所以一直綴出界外，還未敢下手。剛才那兩人送來口信，已由奚舵主與浙南蔡九成合了

把，兩家要一齊動手，得了彩平分。動手的地段，總在龍游前站。」

紫天王反覆訊究，略微沉吟，笑著站起來，道：「好！你很夠朋友。來吧，你跟我回店……」車伕害起怕來，連忙說道：「陸達官，你這就不對了。你拿我當江湖道，哄了我的話，你還要把我送官？……我知道你老的鏢局不常走這一路。可是山高水低，總有碰頭的時候。你老把我送了忤逆，我們外頭還有人呢。剛才走的那兩個人，不到明早，一定知道了。隔不了兩天，我們瓢把子也知道了……」

紫天王哈哈大笑道：「相好的，別害怕。我送你做什麼？我不但不送你，我還要拜託你一件事呢。告訴你，你好放心。我這是回店給我們夥計送一個信，跟手就放你走。你的意思，我已經看出來了。你是要溜，對不對？車也不要了吧？這很可不必。來，你跟我回店，我自有道理。」

車伕測不透鏢客的心意，如上法場似的，被押回店。走不到幾步，林廷揚在店門等急了，迎面尋來。兩方碰頭，把車伕打量幾眼，笑問道：「師叔怎麼樣？揭出來沒有？」

紫天王往路旁一領，道：「有門！」想了想，回店倒多枝節，要就此釋放車伕。退到黑影裡，當著林廷揚，向車伕笑問道：「相好的，現在我再問問你，你是由打這裡悄悄溜走？你還是先回店，把車弄出來，再藉故一溜？我想你照舊裝沒事人，把這趟車送到地方，自然很好，我也放心。不過我怕你沉不下心去了。你到底想怎樣脫身，趁這裡沒人，趕快對我說。你如果不願回店，我眼下就放你走。」

車伕驚喜道：「達官，你老真要放了我，你這大恩大德，我一輩子也忘不了。我家裡也有老娘，也有妻子孩兒，一家五口就算全活了。你老救全我，我姓岳的……」紫天王笑道：「你到底姓岳，還是姓謝？」

車伕臉一紅道：「是姓岳，我不瞞你老。你老放了我，我姓岳的知情感情，我一定從此洗手，改行向善，再不幹這種沒本錢的生意了。」

紫天王搖頭笑道：「咱們都是道裡人，用不著講這個。長話短說，你是決計不願回店了，唵？」車伕道：「你老聖明，回店還有我什麼好，我還有什麼臉回店？老實說，做賊的不怕殺頭，就怕六扇門（官府）狗腿子胡亂收拾人。」

紫天王笑了笑，說道：「也好！」遂低囑獅子林廷揚：「趕快回店，把咱們勝字號鏢局的名帖取兩份來，把我個人的電影也捎兩張，另外再取二十兩銀子。」林廷揚睜著眼聽著，哦了一聲，還想細問問。

紫天王陸嗣清揮手催他快去快回，道：「回頭我再告訴你。」說罷仍監視著車伕，在暗處等候。

林廷揚如飛奔回去，依言全取來。紫天王陸嗣清這才接過銀兩、名帖，向車伕藹然說道：「朋友，你多受驚了。你也明白，剛才我是不得不然。你現在形跡已露，當然不好意思回店，我也不勉強你了。這是二十兩銀子，你可以拿去做盤川。你那輛車和那匹牲口很不要緊，決失迷不了。我可以替你寄存在這店裡，另外放下麩料錢。等到事後，你還可以回來領取，你一點損失也沒有。」拍著肩膀道：「你就走你的吧，咱們改日再見！」

車伕到此，方才一塊石頭落地，不由驚喜過望，感激非常，忙給紫天王磕了一個頭，又向林廷揚下拜，說了許多感恩不盡的話，自誓從此改行為善，再不給賊人做眼線了，要老老實實趕車餬口。

紫天王陸嗣清忽然搖手笑道：「你真要改行麼？那不成！相好的，你那麼一來，我可不客氣，要對不住你，我不放你了！」說罷，手搖著那四張名帖。兩眼盯住車伕，臉上露出詭譎的笑容來。獅子林廷揚在旁聽著，哦的一聲，撲哧笑了。

車伕乍聽一愣，順著紫天王的手一看，登時也明白過來。

也哦了一聲，連忙說道：「達官爺，您別看我改行，我總得回窯一趟。

你老人家要有什麼話，想叫我給我們頭兒帶過去，我照樣辦得了。」

紫天王陸嗣清軒然大笑，道：「相好的，你真行！光棍遇光棍，簡直不用廢話。」車伕越發放了心，竟伸出手來，索接紫天王手中那名帖。紫天王笑著把四張名帖遞了過去，囑道：「岳朋友，你我心照不宣，還用我再描一遍麼？」

車伕忙道：「陸達官，你老的意思，我全明白了。我這趟回去，見了我們頭兒，一定把你老這番意思全帶到。別看我人微言輕，我們頭兒也得顧全我。我一定對他說，這號買賣油水固然大，可是有刺扎嘴，裡頭又關礙著老朋友的面子，我們頭兒一定得給你老套套交情。還有蔡九成那裡，我遞不過話去，我還可以轉求我們頭。」

紫天王暗暗歡喜，遂又說道：「岳朋友，你很明白，我謝謝你。你回去對奚爺說，就提勝字號鐵掌黑鷹程岳程鏢頭，和我紫天王陸嗣清，向他致意問好。這一票買賣老實說苦得很，又硬得墊牙。一頭是巡撫，一頭是道臺，拾倒好拾，吃可吃不消。這不是我姓陸的嚇唬人，事情明擺在這裡呢。奚爺久闖江湖，想必總明白。寧鬥力，不鬥勢。你回去務必把這情形學說清楚，人家這是娶少奶奶，嫁大小姐，體面要緊。大喜事價，你們若給他添點堵，他們做官的嚥不下這個虧的。只要奚爺顧面子，讓過這一水去，我們勝字號一定領情。如果奚爺勞師動眾的，覺得已經下了本，買賣不做不行，我們也只好擎著。不過彼此都要估量估量！」末了這句話又繞回來有點威嚇的意思了。

這件事折騰了多半個時辰，聽更樓已打三更了。紫天王又向車伕客氣了幾句，車伕這才很感激地施禮告辭。眼看這車伕把名帖慎重包好，揣入懷內，說一聲：「青山綠水，改日報德！」轉身徐行，走出數丈，把身法一展，低頭拔步，居然疾如箭駛，沒入黑影中去了。莫看他膽小力薄，居然會輕身術。

獅子林廷揚眼看此賊去遠，動問陸嗣清道：「這傢伙真是個車伕麼？不像吧？」陸嗣清笑道：「他的話仍然是半虛半實。他一定是個小賊，絕不是趕車的。」

林廷揚又問道：「這一來前途還有事沒事呢？」紫天王沉吟道：「那可難說，我們反正得加小心。若按情理論，他們一來懼勢，二來畏難，奚一刀或者要仔細思索思索。」

兩個人說著話回店。不想這時候，店裡人竟鬧翻了天。

陸嗣清、林廷揚離店之後，程金英娘子在上房陪著連夫人、毓舅太太說閒話。燈邊桌上，擺著果點香茗。舅太太拿程金英當客看待，殷殷相勸，連夫人禮貌也周到。那待嫁的連小姐倚在母親身邊，孜孜傾聽著程金英談武論技。程金英說到自己男裝保鏢的得意事，曾用十二枚金錢鏢，打散群賊，太太、小姐們聞所未聞，都聽愣了神。

連夫人便問：「金錢鏢是什麼樣的鏢？可是鏢上拴著六對金錢麼？」毓舅太太說：「不是吧，這一定是首飾樓裡打造的瀏海戲金蟾一對一對的大金錢。程小姐，這金錢有這麼大吧？」用手一比，足有茶杯這麼大。

程金英微微一笑道：「沒有那麼大，也不是金的。這金錢鏢本來是說著好聽的一個虛名兒，實在就是咱們常花的康熙大錢。」

連夫人道：「噢，就是銅錢呀。可是當十的大錢麼？」金英娘子道：「不是，就是平常的銅錢。」

舅太太插言道：「我明白了，親家太太，你沒見過咱們北京城賣香瓜的麼？他們就用大錢打瓜，磨得錚亮錚亮的。」連夫人道：「這可稀罕，這錢可怎麼打人呢？估摸這錢邊還得磨快了吧？」舅太太道：「那一定得磨。」

金英笑道：「不用磨，只用原來的錢，那麼打出去就行。」

說著從身邊掏出十二個錢鏢來，擺在桌上。連夫人、連小姐、舅太太

一齊擠過去，丫鬟、僕婦們也不覺湊來。及至就燭下一看，不禁失笑道：「咳，就是這樣的呀，這不跟咱們花的銅錢一個樣麼？這可怎麼能打賊呢，能打老遠的麼？」

程金英笑道：「也打不很遠，我只能打兩丈三四，我父親才能打三丈五。我們師祖十二金錢俞老鏢頭可打得遠，還能打人的穴道。」

連夫人道：「打穴道，能打得準麼？程小姐，你也會麼？」

程金英道：「我可不會打穴。」

舅太太道：「打穴道做什麼？」幾個婦女七言八語，盤問起來。程金英對這些外行講武，頗覺得乏味，只信口敷衍著。

連小姐向母親附耳低言，意欲請程小姐擲鏢一試。小丫鬟眉開眼笑，也要瞧瞧稀罕。程金英情不可卻，張眼尋找可打之物。店房中紅燭高燒，恰有蠟花。程金英道：「我來打這蠟燭頭試試。」

店房屋窄，也不過壁隔丈二，命一個丫鬟把燭臺舉起，立在屋牆根。程金英順手捻取三個青錢，退到對面牆根，方要捻打，那丫鬟恐怕打著頭臉，要搬凳子，把蠟臺放在凳上。

程金英笑道：「你別害怕。過來，你只這麼舉著，我就打不準，也不會打傷了你。」丫鬟笑著還是不敢。連夫人道：「你看你，一個銅錢罷了，真格的還會打死你不成？小秀過來，你替她端著吧。」

另一個青衣丫鬟應命過來，她卻把燭臺側身平舉，右腕伸得遠遠的，賠笑說道：「程小姐，你老可往外打。」這麼單手平伸，燭臺雖不重，究不免顫動，燭光一晃一晃的。程金英故意做出不經意的樣子，暗將三枚金錢托在掌心食指中指上，對一個梳雙辮的小丫鬟道：「大姐受累，你再端一個燭臺來吧。留神打滅了，滿屋漆黑。」大家說道：「可真是的，再端一個亮來吧。」

一語未了，程金英早將右腕輕抬，右手二指一捻，手腕一振，噌的一聲輕嘯。這些太太、小姐未及諦視，那丫鬟手中的燭火忽然一亮，蠟花已噌的一聲，被黑乎乎飛來的影子彈落。

跟著噌的一響，銅錢觸牆落地。那丫鬟喲的一聲道：「嚇，你瞧，打下來了。」

眾目齊尋，任什麼也尋不見。舅太太忙道：「程小姐，你的手太快了。我們連看還沒看準呢，你怎麼就把燈花打下來了？怎麼沒看見你使勁呢？」連夫人和小姐都沒有注意，覺得不盡興，一齊要求金英再試。

當下程金英笑著又改了一個試法。邀請這些太太、小姐們齊出房間，來到院中，將三隻燭臺擺在庭心。程金英退距兩丈五六以外，手拈錢鏢，笑說道：「你們可留神，我要打了。」因她們全是外行，也不立好架勢，只隨隨便便站住。一探身，輕輕把玉腕一揮道：「我先打東邊頭一盞燈。」噌地青錢相磨，唰的一響，第一個燭臺光焰噗地滅了。她跟著說：「我打第二盞！」噌的一聲輕嘯，噗地又滅了一燭。緊接著第三隻錢鏢再發出去，燭隨聲滅。

太太、小姐噴噴格格地笑個不住，到底也沒看準打法，圍著程金英道：「你打得怎麼這麼準呀！你再打一回，我們仔細瞧瞧，你可先言語一聲啊。」

程金英敷衍著，剛要三試錢鏢，忽然哼了一聲，微一愣神道：「連太太，舅太太，這沒什麼，你看我再打個新鮮樣的。你們全進屋裡，我站在這裡，從外面往屋裡打。打燈火沒有意思，燭頭大，你們看我打香頭吧。」

太太、小姐們越發欣笑道：「這可開眼了，程小姐，你就打吧。小秀，玉玲，快點香。」

眾女眷一齊進入屋裡去了，忙著搬桌子，覓香頭。……卻不料猛然間，程金英一扭身，一個箭步，一揚手，撲奔西牆，喝道：「好賊，給我下來吧！」接著，噌的一聲輕嘯，哎喲一聲喊叫，撲通一下，店跨院西牆角外摔落一人。

程金英唰的又一個箭步，墊步撐腰，躍上西牆頭。房上另一條人影如飛逃去。牆下這個人影，摔倒地上，霍地站起來要跑。程金英甩腿一跨，早翻身躍落平地，一抖手，刷刷兩隻錢鏢，逐後影打去。那人影咕咚又栽倒，尚欲掙扎。程金英更不容他逃走，飛身躍過去，一個踝子腳，把那人踹倒地上，雙眸一閃，先向四外一尋，急急過去，將此人按住捆上，吆喝道：「忠輔，快來，有賊子！」

趙忠輔便是鏢局那個趙子手，聞聲急奔過來。夥計金壽也跑進來。這一呼叫，立刻驚動全店，護行的官弁立刻挑出燈籠，提著腰刀，往店裡店外，各處一陣亂搜。

太太、小姐們嚇了一跳，齊往屋裡亂鑽。程金英娘子這時將寶劍摘取在手，堵店房門一站，先護住內眷，安慰她們，不要害怕，這不過是一個扒牆頭的小賊罷了，卻暗告趙忠輔、金壽：「眼見牆頭房後，似有兩個人影。陸師叔和他（林廷揚）又都出去了。咱們鏢局的人漏空了。你快到各處，查看查看吧。」

金壽急喚夥計，先奔放行李嫁妝處，提刀守住。鏢客顧金城已聞警出來，命趙忠輔保護店房後窗，自己登上牆頭，急急地勘尋逃賊的蹤跡。不想賊再沒尋著，官弁們卻將一個蹲牆解溲的漢子捆進店來。連那中鏢的賊，拿馬棒棍子，一陣亂打，厲聲地訊問口供。中鏢的賊一聲不哼，解溲的漢子哭叫告饒。

顧金城慌忙向那王旗牌說：「王老爺，打著問，問不出什麼來。你老息怒，交給我套問套問他吧。這蹲牆根的未必是歹人，這個扒牆頭的，我

看他不像是小蟊賊，倒像是踩盤子的。」說到這裡，又嚇住了。那個王旗牌卻請示舅老爺：「這賊子太沒王法了，這得把他捆送縣衙門。」

正亂處，紫天王陸嗣清和林廷揚回轉店房。一聞店中鬧賊，陸嗣清不由紫面通紅道：「你看，咱們只顧綴那頭，漏了這頭了。若不是咱們姑奶奶，這個跟頭，我可真夠受！」一直找到舅老爺面前。

舅老爺很生氣道：「這些賊太萬惡，才幾更天，就敢出來上房！」定要把這兩賊摁送縣衙。太太、小姐驚魂稍定，齊向程金英稱謝，又誇獎她眼快手疾，越發地欽敬她。

程金英含笑退出來，見了紫天王和林廷揚埋怨道：「你們爺倆幹什麼去了？你瞧，若不是我！」

林廷揚忙笑道：「我先謝謝，要不是你，我們真栽了。可是，若沒有你，我們爺倆也不會全追出去呀。你只知你在這店裡拿著賊，你可知我們在店外放了一個賊麼？」

程金英愕然道：「什麼？」紫天王陸嗣清笑道：「姑娘，我們也沒有閒著。」遂將義釋車伕之事說了。

林廷揚忙開玩笑道：「大娘子，你捉住賊是一功，何可知這一來，更糟糕了麼？」程金英不悅道：「怎麼，我袖手不管就對了，是不是？」

紫天王忙道：「別拌嘴，別拌嘴。姑娘，我說了，你別生氣，你捉得對，他們旗牌老爺打得可不對。這不是一個小蟊賊，這是一夥大盜的踩盤小夥計，他們聲勢很不小。剛才我把給賊臥底的車伕訓了一頓，買囑好了，才放了他。他們不能不承情。道上走著，多少得點方便。不過姑娘你捉得這賊可糟了，叫他們一陣苦打，打完了，還一定要送官，我們攔又攔不住。你想，沒有咱們托線的在內。賊人也許不惱。既有咱們，把人捉住了，又苦打，又送官，豈不是太不留面子了！」

程金英不由一怔道：「怎麼，咱們捉的賊，他們要硬送官麼？」陸嗣清笑道：「所以說，官究竟是官麼！旗牌老爺叫打的，舅老爺叫送官，誰能攔得住？」

程金英一驚，怒了，說道：「那不行！這一來，線上的朋友一定怪咱們不懂交情了。這人是咱們捉的，不能叫他們隨便處置。不成，我找他們去！」站起來就奔上房。林廷揚一把沒抓住，她一徑找舅太太和連夫人去了。

這些女眷把程金英看成女英雄，她說的話比聖旨還靈。三言兩語，立刻派丫鬟，把舅老爺請進來。由舅太太發話：「程小姐捉的這個小賊，咱們可不能送官。程小姐說最好交給她，數說他幾句，把他放了，一路上走著更穩當。」

舅老爺說：「這不對吧。懲一儆百，這非得嚴辦不可！」

舅太太不悅道：「人家保鏢的懂得道上的事，人家說放了好，還是放了好。」連夫人也說：「這做賊的也都是為窮所累，嚇唬他一下，還是放了他，也是一件好事。」

毓舅老爺深疑擒賊容易放賊難，還是堅持不肯釋放，和舅太太夫妻倆幾乎拌起嘴來，經紫天王陸嗣清把此中利害，再三解說，好容易說得舅老爺才有點活動的意思了。不想店中沸沸騰騰，直鬧到天亮。剛要釋放時，到底又驚動了地面上的官人。縣官吃不住勁，竟親自來到店中，給上司宅眷請安道驚，又鬧了一陣賊走關門的把戲，前前後後驗了一回道。把店東也傳到縣衙，把那個真賊和那個倒楣解溲的，一齊都押到衙門。

鏢客們眼看著，也沒法了。依法訊辦，那個解溲的確是本街上的買賣人，押了些日子，被人聯名保領出來。那個真賊，正是奚一刀的黨羽，竟陷身法網，吃了兩年半的官司。

當下直亂到過午，二姓官眷才上車登程。查點行囊，一物未失。一行人等從此越發把程金英這男女三個鏢客，看成了不得的人物，路上禮貌越發親切。只是紫天王和林廷揚卻未免多擔一份心，生怕劇賊奚一刀不肯甘休，沿路上只好加意防備。

這一回，為了放賊，舅老爺夫妻拌了一回嘴；為了捉賊，林廷揚兩口兒也是嘖嘖噥噥，一個抱怨，一個不服。程金英滿面嬌嗔，一賭氣說道：「再看見線上的人來蹚道，我也不敢多管了！」

紫天王笑道：「姑奶奶別價，你別聽廷揚胡說。姑奶奶辦得很對，他是故意慪你。說實了，打賊、罵賊、送賊入獄的，是人家護送官弁辦的，跟我們不相干。奚一刀手下有人總能探著實底，萬不會遷怒到咱們頭上的。」

雖然這麼說，打傷賊人的卻是一個女鏢客，沿路賊人到底傳播得遠近皆知。「交官治罪」乃是事實，到底誰是主動，未免分析不清了。

又走了幾天，到達衢州，該換水路，一行官眷住在一座大店中，把車輛馱轎，一一開發回去，一面尋雇大船。由衢州信安江順流北上，走龍游，入蘭溪江，到衢州，便可換乘江船，入錢塘江上游，直抵杭州。臨啟程時，舅爺已派專人，回杭送信。達巡撫算計著啟程日子，派人坐江船，下來迎接，預定在桐廬嚴州，可以接著。這個消息不知怎的，會被賊黨曉得了，竟暗綴下來；要在不出信安江的地段，衢州以北，嚴州以南，動手搶這一票大油水，同時也給鏢行一個過不去！

第三十一章　紫天王憑舟御賊

　　紫天王陸嗣清、獅子林廷揚和程金英、顧金城，男女四鏢客竟在衢州店中，獲得警信。那旱路劇盜奚一刀，派另一個踩盤子夥計，專程追躡來了。這一夜，兩姓官眷宿在店房，一入夜，陸嗣清等不管官弁做法怎樣，他們帶著趟子手、夥計，潛分為上下兩班，輪流值夜。

　　到下半夜，該著陸嗣清的班，略略聽見一點動靜，便和夥計金壽，出來查看一趟。一連兩三次，忽聽見店房隔壁，有人輕輕捶牆。陸嗣清急急站起，暗囑金壽留神，自己一人提劍溜出去，尋聲一找。正有一個夜行人，在牆外等著，向陸嗣清一打手勢，向街外一指，飛身急奔而去。陸嗣清急忙追趕，離店兩箭地，那夜行人止步點手，低低叫了一聲：「陸鏢頭！」

　　陸嗣清很詫異，追至近前，一面提防著，一面低聲詰問：「相好的，你是哪位？」那人輕聲一笑道：「陸鏢頭不認得我，我可認得你老。我們老闆姓奚，我們夥計姓岳。」

　　陸嗣清道：「哦，原來是奚舵主手下的好朋友！」努目端詳了一遍，看這人瘦身長臉，顴骨高聳，雖帶凶相，似無歹意。

　　陸嗣清忙道：「朋友，你見著你們岳夥計了吧？」那人道：「不錯，我先替他謝謝。你老的名片，我們老闆也接著了，派我來跟你老搞搞交情。」

　　紫天王聽了一怔，揣不出此人來意所在。忙又表說道：「咱們都是江湖道，沒有說的。不過，我太覺對不過好朋友了。在店裡還有一位朋友露了相，可惜我做不了主，本家一定要往六扇門裡送。我攔了一會子，白碰了一個硬釘子。」

那人道：「陸爺別介意，那是怨杜老海自己太洩氣。你老很費心計，我們頭兒也知道了。我們已派人到獄裡探看他去了。他也說到你老，當時給他再三的講情。他說是叫一個蓮果（女子）給鏢下來的，恕我不該問，但不知這位蓮果是誰？」

陸嗣清道：「相好的，過去的事不用提了。你反正明白，我姓陸的夠朋友，咱們彼此心照。你把我哨出來，就是為這句話麼？」

那人哈哈一笑，道：「陸達官，你可看錯了。我這來不是為別的，乃是我們頭兒得著一個信。有咱們漂字線上的朋友（水路綠林），大概要在衢州、嚴州一帶，動手開耙。我們頭兒怕你不曉得，打發我來給你透個信。為的是朋友之交，有來有往，也顯得我們南路朋友，不是不懂交情。你老那兩張電影沒有白出，你老明白啦。在下的事交代過了，咱們再會！」轉身就要走。

紫天王陸嗣清又是一怔：「奚一刀居然還遠遣同黨，追出一百多里，給送這一個信，到底他是為什麼？是為交情，還是故意賣一手唬人？」猜測著連忙叫住那人道：「朋友慢走！」

那人立刻止步，就像準知道陸嗣清還要問他話似的，迎著說道：「陸達官，還有話叫我往回捎麼？我們頭兒叫我轉達你老，最要緊是在龍游以南，船上頭多多留神。不過，我們為道裡的條規所限，人心只送到這樣。你老再想打聽別的話，恕我不便多答了。」

這水路賊人要劫官眷的都是誰？手下有多少人？準在哪裡下手？這個夜行人預先把話封住了，不容再問。陸嗣清仰面一笑，道：「多謝費心，我倒不敢強人所難，我也不再想打聽什麼。不過有一節，朋友，你若看得起我紫天王，請你留名。你這個朋友，我是交下了。」

那人答道：「好說，你老。我在下姓盧，有個匪號，叫六條腿飛驢盧長順的，便是我。」

陸嗣清道：「好，盧大哥，青山綠水，改日補情，恕不遠送了。」不但不再問，竟先抽身回店去了。六腿飛驢大睜眼看了一晌，方才舉步，奔入夜影中。

　　陸嗣清回轉店房。這時候林廷揚加倍小心，正在那裡佩劍梭巡。紫天王把詳情低聲告知林廷揚和手下的鏢客，鏢客駭然驚異。林廷揚道：「有這等事，他們這是什麼意思？」

　　紫天王笑道：「他們哪裡是好心好意送信關照，簡直故意給咱們添堵罷了。哼，我才不怕這一套。水路上有人暗綴，他就不說，我們還窺測不出麼？那衢州一帶，水道上的綠林，知名的人物，不過有數的幾個。他不肯告訴咱們名字，咱們蒙也蒙得出來。老侄，咱們多小心就結了。」鏢客一齊稱是。

　　次日僱船時，紫天王陸嗣清向舅老爺特別要求不要隨便雇，特給他們指出了兩三家可靠的船戶，解說道：「舅老爺，這可不是我給船戶攬買賣。聽說前途水路上不很太平，咱們僱船，須得留神船家。」舅老爺矍然道：「真會有賊船不成？你聽見什麼了？」

　　陸嗣清道：「那倒不是，可是難免水手們跟水上小賊有勾結。我說的這兩家船戶，跟鏢局有來往，很靠得住。舅老爺別多心，剛才我跟店家打聽了，前六七天，水路上出過一樁小劫案，內中就有水手的事。固然咱們不怕，總是小心一點好。」

　　舅老爺很講面子，微微一笑，立即應允道：「陸鏢頭是好意，當然小心沒錯。」他還以為鏢客想弄船家的回傭，哪知人家防患未然！陸嗣清又命林廷揚悄悄上岸，向鏢行同業打聽一回，並借來兩位鏢客，都是會水的。兩姓官眷共雇妥四號大船，即時登舟啟行，只走了兩程，竟逢意外。

　　這天黃昏時候，官船入港，大家掌燈用飯，紫天王陸嗣清，飯後出艙上岸，活動腿腳，沿碼頭堤岸，走來走去，縱目閒眺。江心小船往來如

織，岸邊行人也絡繹不斷。忽然間，他若有所睹，哼了一聲，急忙回船，帶上兵刃暗器，對鏢師顧金城、趟子手趙忠輔和邀來的孫、左二位鏢師，囑咐了幾句話，然後悄悄把林廷揚夫妻喚出艙來。

這時候，一鉤新月剛剛升起，照破了暗影，映得波光如鏡。江上東一處，西一處，泊著大大小小許多船，船燈如豆，映流如星。遙望岸邊遠景，似霧籠荒村，另有一種空濛迷離的景象。林廷揚、程金英並肩站在船窗前，順著紫天王的手，遠望前岸，江蘆掩映，影影綽綽，似有小船，卻看不清船上人物。夫妻二人問道：「師叔，什麼事？」

紫天王不答，點手引著二人，從大船後放下跳板，悄悄地下船登岸，繞到江邊一高崗後，隱住身形，一齊凝眸注視。隱約看出江葦叢中，有兩艘小船並頭停泊。一艘無人，一艘船面上有數人圍坐，好像聚賭，又似共飲，一個侉聲侉氣的男子，振吭唱起漁歌來。

林氏夫妻看了又看，不很明白，悄問紫天王：「師叔，這有什麼可疑麼？」

紫天王嘻嘻一笑道：「你們兩口子的能耐呢？你再看那對岸。」對岸也停著一艘小船，船上也有一兩個人。這並不足詫。

程金英笑道：「師叔別再掂量我們了，我們任什麼也看不出來。」林廷揚也不說話，站起來，拾起一塊江石，欲往泊小船處投去。

紫天王忙道：「你幹什麼？快別扔石頭呀！驚飛了掛椿的老合，怎麼辦？你兩口子別著急，多耐點煩，一會兒就看出動靜了。」

三個人藏在土崗後，席地而坐，延頸凝望。好在土崗距官船隻七八丈，如有警訊，聲息可聞，一跨可到。過了好半晌，果見小船上，走下來兩個人，一直登岸，投北走去。北面許多臨江的房舍。猛聽數聲呼哨，這兩人越過房舍，走入街裡去了。也就是隔過半頓飯時，忽聽街裡，有馬蹄

奔馳之聲。蹄聲甫住，岸上突又現出一人，沿著江岸，急行如飛，往南奔來。

程金英道：「不對，咱們快藏起來吧。沒的看不出形跡來，倒露出形跡來了。」林廷揚道：「回船可來不及了，咱們往西進街躲吧。」

紫天王忙道：「別動，別動，進街也來不及，這裡藏著很好。你們再瞧，這人是往哪裡去的？」三鏢客連忙藏在崗後，俯身注視來人。

只見這人竟直趨官船停泊處，相隔尚遠，止步不前。似乎略一遲疑，向四面稍作張望，便又退回，轉奔江葦掩映處，上了小船。此時夜色已深，早逾二更，月色亮多了。月影下，兩艘小船並泊。恍見那艘小船，站起三兩個人，似乎迎接來人，跟著又全坐下。忽聽砰的響了一聲，似投石入水。立刻有一人駕起那另一艘小船，駛往對岸去了。對岸邊另泊著一隻小船，立刻發出一聲輕嘯，雖竭力求低，攔不住有心人正在傾聽。

紫天王陸嗣清吁了一口氣，說：「姑老爺，姑奶奶，怎麼樣，我的老眼不花吧？你能說這是漁船、航船、小駁船麼？」

紫天王比林廷揚不過大七八歲，也正在壯年。他也和他父親黑砂掌陸錦標一樣，生得紫面虬髯，身矮面圓，外表粗粗魯魯，內裡異常精明。平時為人懶懶怠怠，好開玩笑，每每倚老賣老，以老前輩自居。只可惜在俞劍平門下，排行居末，年歲最小，想攀大輩，也攀不起來。現跟著大師兄程黑鷹做事，在師侄們面前，也不過掙了個「老叔」的稱呼罷了，不過調起皮來，他比晚輩鬧得還歡。

林廷揚夫妻都知道這位八叔好吹牛，自誇識見。兩口兒忙送上一對順心丸道：「還是八叔有眼力，招子亮。你老人家看，他們當真是衝著咱們來的麼？」

紫天王道：「那還用問麼？」程金英道：「唉，但願咱們看錯了才好。

當真衝咱們來的，你先看看，他們可是今夜動手麼？」林廷揚也道：「咱們快回船，布置一下。若真是賊人。動手恐怕在四更左右，月亮沉下去以後。」

紫天王一聽這話，拍巴掌說道：「可不是，看對了，倒糟心！還是看走了眼才好。」連說了兩句，心中默記來人，水陸並進，聲勢必不在小。一旦動手，卻也很險。向林氏夫妻囑道：「船上我已經留下話了，你們放心吧。不過他們這三艘小船究竟如何，現在還難說。咱們再看一會兒。」

三個人伏在崗後，索性躲在土坡上，手摸兵刃，探著頭端詳。眼看那艘小船駛過去，從對岸接過兩個人。那對岸的一艘小船便鼓起槳來。馳奔官船。

林氏夫妻忙道：「不好，他們就要動手！」紫天王向四面一看道：「別慌！這不是，這還是探道來的。你們瞧，船上人很少。」

林廷揚疑疑思思的，暗中把他妻程金英的手捏了一下，提著他妻的手，摸摸鏢囊。程金英點頭會意，還手回捏了一把。

兩口兒各將暗器備好，以待遠攻。

紫天王陸嗣清，明不著急，暗中作勁，把顆頭搖得像貨郎鼓似的，看前看後，防水防陸，不止注視前面，更提防著背後，恐怕賊人從碼頭掩來。

男女三鏢客眼見小船駛奔官船，果然是來踩線，不走江心，貼岸劃到官船旁，一掠而去。這邊小船還未劃遠，那邊街裡蹄聲再起，人影又現。數了數，共三條人影，手中各持一物，映月閃光，在碼頭略一露形，倏復退去。那小船去而復回，人上人下，竟有四五次之多。街裡蹄聲也先後浮起數次。

竟猜不透他們這等遲徊瞻望，有何顧慮。

這時浮雲遮月，霧露益濃，江波雖尚搖光，業已看不出遠影。三鏢客道：「大概今晚上許沒事。」

三人正打算往碼頭旱路上搜看一回，猛然所見官船舵後，波心中砰的響了一聲。對岸小船驀地如飛駛來，又掠官船而過。紫天王道：「不好，咱們快回去，船上許是有動靜了。」好在土崗距江很近，男女三人躍下土崗，分上官船。

那來幫忙的二位鏢客，一個叫孫德臣，一個叫左文升，還有本鏢店的顧金城，正在船面巡視，慌忙湊過來道：「陸鏢頭，越等你老，越不回來，龍窩子（水裡）可有動靜了。」

陸嗣清一指駛去的小船道：「難道是這小船鬧鬼？還是有水鬼砸船底？」孫德臣道：「那倒不是。剛才聽見有人浮水，往後船梢，偷扳船舵似的。我給了他一下子，又放了幾句話，大概把他驚回去了。」

紫天王把手一拍道：「如何？這準是剛才這隻小船弄的把戲！」一回頭，林廷揚恰在身邊；程金英到太太、小姐那邊船艙去了。紫天王便對林廷揚道：「我們趕快預備，你看吧，不出今明天，就許比劃比劃。」遂立刻分派，將官船並在一處。

命林廷揚、程金英緊護官船，無論外面如何，不要擅出。又暗告護眷官弁，恐有水陸強人，明襲暗竊。

王旗牌一聽愕然，道：「真有大膽的賊人麼？」就要號召手下兵丁，預備火槍、弓箭，又要稟知舅老爺。

紫天王連忙攔住，說：「王老爺，您先沉住了氣，您別慌！咱們暗暗地預備最好。聲張出來，倒嚇著太太、小姐。」把自己的布置一一說了。賊人若到，可用聲東擊西之計。末後又饒了一句：「王老爺，您看著吧！」

王旗牌聽了，意似不悅。但仍依言，把兵分派開，從船艙眼探出火槍

來。一共四桿火槍，分拒兩面。——面指水上，一面指陸上。

紫天王陸嗣清善開火槍，自己要了一桿，獨當一面。又諄囑官弁、鏢行，最好把賊人驚走。雖有火槍，能不開才好。火槍轟擊，恐其嚇壞宅眷，驚動地面。

提心吊膽，守了半夜。哪知小船情形儘管可疑，只是蕩來蕩去，往官船這邊哨探，並沒有準備動手。岸上的蹄聲也沒有了。一直耗到五更破曉，平安無事，那對岸的江葦後的小船也全駛去了。

紫天王吁了一口氣，堅坐在船面上，等候天明。王旗牌從船艙鑽出來，問道：「陸鏢頭，怎麼樣？到底有歹人麼？」紫天王道：「大概是有，不過沒動。」

王旗牌似信不信，笑了一聲，又問道：「那麼，前途還要緊麼？」

紫天王搖頭道：「這可難說，我們總得小心。」王旗牌道：「這話太對了，小心還會有錯！」

林延揚急急瞥了一眼，心想陸師叔好吹，得罪人了，自己還未必知道。

轉眼天色大亮，官船啟碇。夜間的事鬧得舅老爺曉得了，特意出艙，向紫天王打聽。紫天王據情說了，舅老爺聽了王旗牌的片面之詞，話裡話外，反疑心鏢客虛驚虛乍，或者是故意居功。

紫天王笑了笑，表面不介意，心中很惱，只密囑自己的人，加意戒備。索性較上勁，前途再遇上事，決計瞞著官弁，自行應付。心裡這樣想，偏偏這日天時不利，天空烏雲密布，似有雨意，風勢忽又逆轉，順水船竟遇上頂風。官船的帆篷不能張掛，全都落下來。這一來只好改用纖手，走得頓然慢多了。直走到過午，才駛出三十幾里路。跟著暴雨驟降，江濤洶湧，聲勢倍覺驚人。船家連忙開船入港避風，挨過兩個時辰，雨勢小住，才又攢程前進。

船走過龍游，將到蘭溪。雨勢未剎，風勢稍停。天色十分陰霾，才到申牌，已然暮雲低垂，四處迷迷濛濛，天昏江暗。

催船家冒雨攢程，一路行來，雨打船窗，窗板都已關上。紫天王仍存戒心，不時要開窗探頭，向外看看。直走到黃昏以後，船距碼頭尚遠。忽然一陣風過處，左岸似有一片蹄聲。蘭溪江江岸峻高，水面低下，人在船中，仰望兩邊，陡岸壁立，竟在兩三丈以上，此時只能聽見蹄聲嘚嘚，看不見岸上的馬跡人蹤。

陸嗣清傾耳良久，風過處，卻已辨出蹄聲俐落，至少也有五六匹馬。紫天王訝道：「水路上怎麼又有騎馬的？莫非昨夜的朋友又趕來了？」招呼林廷揚，過來仔細聽聽。林廷揚依言側耳，這蹄聲隨著風勢，忽浮忽沉，好像距江邊不遠。有心登岸一看，又恐打草驚蛇，反叫舅爺、王旗牌之流多心。紫天王想了想，攔住林廷揚說：「索性到碼頭再講吧。反正就有線上的朋友，也不至於在這裡貿然動手。」

又往前走，天色越黑。問船家時，距嚴州還有三四十里，決計趕不上碼頭了。船家向護眷官弁請示，要趕到前面一個野渡停泊。紫天王忙搶過來說：「那不行，非趕到嚴州不可！」船家道：「那一來，可就在三更以後了。」

紫天王道：「就到天亮，也得往碼頭上趕。那是沒法子的事情，你們難道不曉得路上太緊麼？」

原來坐船也和起旱一樣，當午打尖，入夜要泊碼頭歇宿的。並且船上也不能盡備飲食，每日兩餐，總得到碼頭上，買米買肉，打火造飯。鏢客們堅持教船家多趕一站，二姓官眷固然帶著食物，卻是兵弁、水手早餓了。紫天王只可遷就著，說道：「到野渡打尖做飯，咱們還是趕到嚴州再歇。」

這樣講定，船仍攢行。直到二更將近，才趕到野渡，地名柴口。官船

剛剛泊岸，突見一艘小船從下流駛來。細雨瀟瀟，小船上一個少年男子，打著雨傘，昂然站在船上。小船飄搖如葉，劃行甚疾，那少年男子穩立船頭，身形一點也不打晃。雨傘緊緊遮著上身，面貌不露，只看出下半身雨衣開處，似穿著長衫，腳蹬著雨靴。傘柄下繫著一盞小羊角燈。光焰暈黃，風雨中閃爍不定。

官船入港停泊，那小船也駛過來。只聽那少年說了幾句話，小船的船伕一面划船，一面答對，也跟著攏岸停泊了。少年一彎身，從船艙提出一個長條包裹，打著雨傘，走下船來。雨路滑濘，那傘柄小燈晃徘徊悠，那少年踐行泥塗，腳步輕靈，不趨碼頭，竟向官船這邊走來，直踱到六七丈以內，方才折回去，斜趨碼頭去了。

一路密雨疾風，官船上的官銜燈籠早已撤去，只在艙門掛著數隻羊角燈。僕從廚役忙著炊飯，溼柴不能燃著。在旗的官兒，起居服食講究已慣，雖然客途遇雨，仍不能受委屈。舅老爺打發聽差，到碼頭飯館叫飯菜。荒江野渡，哪有什麼好飯館？就有，也早關了門。只砸門買了些大餅饅頭，對付著將食盒路菜取出食用。鏢客和護行官弁，也給送來食盒點心，和幾瓶女貞酒，上上下下胡亂吃飽。

紫天王仍催促開船，船伕央求道：「老爺，這大雨的天，漆黑的道，人都累乏了，明早開船吧！弄不好，還許觸礁擱淺呢。」

紫天王不允，申叱道：「你們不用蒙人，這條江沒有沙灘淺水，怎會擱淺？水槽很深，怎會觸礁？」

此時風勢驟起。官船才泊岸時，光有一艘小船跟蹤駛來，入港避雨，這工夫陸續又有兩艘小船入港。天空陰暗，狂風怒吼，野岸上草木蕭蕭哀嘯，四面昏黑，幾乎數丈外看不清景物。紫天王直覺心上惴惴不寧，也不曉得是在這裡停一夜好，還是漏夜往前趕一站好。尋思一回，叫來林廷揚夫妻，又商量一晌，既沒有看見踩線賊人的真形跡，還是往前趕。況且

此時雨勢漸微，風勢轉猛，走起來也並不難。遂商承舅老爺，催令船伕啟碇。

當下官船解纜離港，冒夜風攢行。剛走出半里地，忽聞後面馬蹄聲驟，前面呼哨聲起。荒郊野渡，夜闌風急，官船中人聽得真真切切。紫天王機靈靈打了一個寒戰，忙說道：「不妙！船家，船家，快快停船！」

船中宅眷只一少半人睡了，其餘的人感覺夜雨氣悶，在艙中都鬧心頭憋得慌，睡不著。此時聞警，全都側耳道：「哪裡吹哨子？」只有舅老爺還略懂江湖上的事，嚇了一跳道：「這是哪裡響？聲音不對呀！」忙命人請王旗牌、鏢客問話。

那王旗牌酒喝得微醺，正和兵弁們，講說自己行軍伍、奮勇殺賊的事，外面呼哨聲竟沒理會。不想這呼哨聲盡自吹起來。迎面波心，後面岸上，一遞一聲，似乎遙為呼應。風過處，哨聲乍高忽低，聲聲不斷。估計前面的響聲約在半裡之遙，後面的哨聲隔得較遠。

紫天王與王旗牌，面見舅爺，只說了幾句話道：「我們出艙看看。」便叫林廷揚、顧金城租邀來的助手，一齊持兵刃，鑽出艙來，各據船頭，向四面窺看。四面黑乎乎的，只隱約瞥見後面港內三艘小船的影子，似正追上來。

紫天王冷笑一聲，說道：「王老爺，你瞧！」忙先將艙門掛的羊角燈摘下去，相了相地勢，辨了辨動靜，恍惚聽起馬蹄奔馳聲，似在背後西岸。他疾呼船家，把船靠東邊攏岸，一來搶上風，二來免得水陸兼顧，腹背受敵。又急急地將程金英喚出來，告訴幾句話，把前後情勢指給她看了，取一袋彈子，一張彈弓，都交給她。程金英應命入艙，專管保護內眷。鏢行、兵弁，也一一調度好了。

陸嗣清臨敵沉穩，布置井然，官弁到此方才心折。那王旗牌卻有點心亂，一籌莫展，出來進去的喊，彷彿口一出聲，氣便沉得住了。所幸頭一

天業已聞警知備，此時用不著多囑，各人預備各人的兵刃，各人釘著各人的事。

東北風正緊，四號官船並列著攏岸，彼此互相掩護，接舷處放著跳板，進退策應，都可自如。紫天王遂率所有御賊的人來，在這四隻船夾當中，分散開，各貼船艙登舷，頭探出艙頂外；各準備遠攻之具，分兩面注視岸上和水上。四桿火槍，一船一桿，都不放在船面明處；特由船窗口探出來，兩桿對著岸，兩桿對著江。雖分兩面，卻指著四方。只費了不大工夫，便已布置停當。紫天王親自把著一桿火槍，對準波心；如果有警，料賊人必打水面上撲過來，哪曉得他竟料錯！

江上的小船追出一段路，便即停住。也無火光，也無人聲。岸上的蹄聲竟疾如箭駛，奔到野渡口。紫天王在船上，急忙轉身，雙眸炯炯，注視對岸。對岸上馬蹄嘚嘚，不聞人語，更看不出動靜。那旗牌和兵卒俱都聽見，也隱約看見了，便要開槍轟擊。紫天王急忙攔住。隔過片刻，岸上忽然吱地響了一聲，馬蹄聲復起，又奔來路馳去。

王旗牌心一鬆，悄問紫天王：「這也許不是賊人，別是跑驛站的吧？」紫天王道：「跑驛站的哪有這些馬？」這動靜至少也在十匹以上。

馬蹄聲越跑越遠，旋又沉寂。旗牌吁了口氣道：「這一定不是賊了！」紫天王微微搖頭，一聲不響。轉臉來，手攏眼光，凝望來路。燈光下，只見他虯髯賁張，目光如電，有一種凜然難犯的神氣。王旗牌看見紫天王凝視注視，忙也順著眼光看去。岸上江心黑漆漆，任什麼看不見，而且風吼波動，任什麼也聽不見。

又俄延好久工夫，兵弁們忍不住七言八語講究起來。有的說：「哪有那麼大膽的賊人！」有的說：「咱們是官船，小蟊賊豈敢胡鬧！」

紫天王眉頭一皺道：「諸位老爺們別吵，賊人可是貼過來了！」

官弁駭然道：「真的麼？」紫天王道：「我看了這半天了。賊人正用小船渡馬過岸，已經渡過多一半了。」

官弁猶不盡信，也學著樣，攏目望江。王旗牌道：「哪有啊？」紫天王很不耐煩道：「你只凝住神，別錯眼珠，往江心看。」鏢客顧金城道：「王老爺瞧那江面，不是一閃一閃的發亮麼？你再看，又黑了。喂，又亮了，小船攏過來了！」

群卒伸脖瞪眼，依舊茫然一無所睹。忽有一兵叫道：「哧，我看見了，江心有火星了。」又一兵道：「不錯，是靠這邊！」

別一兵道：「哪有的事！……」

突然，聽凌空吱的一聲，飛起一支響箭。撲通，墜落江心，恰當官船後面。岸上蹄聲頓起，黃光如輪，破暗連閃，逐箭聲向官船照來。

群卒嘩噪，紫天王喝道：「噤聲！」命群卒掉轉火槍弓箭，道：「聽我招呼，別亂放！」一按兵刃，嗖地攀上桅杆。

第三十二章　飛蛇尋仇驚折臂

一支響箭破暗凌空，射落在船後。數道黃光從岸上，隨蹄聲，照向船頭，只一閃便住。船上的人一齊震動，到這時，方信鏢客之言非假，但是遲了，已沒法子向近處請兵求援。四隻官船依陸鏢頭之計，排成「冊冊」之形。男女官眷藏在艙內，把窗板關牢，燈火都掩住。程金英娘子橫劍佩彈，慰守夫人、小姐。船面上大小官弁手忙腳亂，把火槍弓箭，調對江心，和黃光來處。

少年英勇的獅子林廷揚和顧金城，昂然分立在前兩船夾縫，手按利刃，潛握箭鏢，凝眸注視前路。那孫、左二鏢客，早換了水衣靠，一持青鋼分水刀，一持鈎鐮槍，守護後兩船，專防後面水路，抵擋從暗影駛來的小舟。紫天王陸嗣清，虬髯怒張，目光閃動，收刀飛身攀上船桅，聚精會神，提防著西岸和東岸。四面布置，一齊準備抵禦來寇。

官船泊在東岸。岸高波低，如處盆底。賊人若要襲來，官船迎敵，勢須仰攻，形勢上顯見不利。獅子林廷揚認為吃虧，勸紫天王移船波心，可以專防水路。

但是紫天王也有一番打算，他選擇此處停舟，正因為這裡斷崖陡懸，上下不易，淺灘橫隔，越渡甚難。不但可恃地利拒賊，還可借沙灘設伏誘敵。萬一賊人大隊來擾，勢力不敵，那時候再把官船駛入江心，離岸避寇，也還不遲。紫天王料到賊人是旱路居多，水上小船僅三兩隻，比較易防。現在是最怕賊人水陸夾攻，或是賊人不從平地橫取，反從水底逆襲，鑿船潛攻，那就險了，卻幸邀來的這兩位鏢客，左文升和孫德臣，水上功夫都很好，看二人伏身舵後，閒閒伺敵的樣子，大概不弱。紫天王統籌全局，自覺拒賊還有把握，於是攀上桅杆頂，縱目前眺，船低岸高，僅得平視岸頂。

　　黑影中，那馬蹄聲初來甚驟，此時將近官船，忽然止步。

　　僅在來路躊躇迴旋，並不駛過來。黃光時逐蹄聲閃爍，猜是數盞孔明燈，返視後面小船。也只擺來擺去，欲前又卻，不肯撲近來。

　　船上的官兵都神聳口哆，佇候賊至，好久不見動靜，王旗牌把腦門的汗擦了擦，仰面問道：「陸鏢頭，這是怎的？歹人莫非走了麼？」一言未了，嗤地破空響了一下，撲通，又有一支響箭，從岸上射落江心，恰墜在官船兩三丈以外。群卒驚忙尋顧，嗡然互訊。

　　紫天王曉得賊人是要測一測官船上的人物和勢派，忙低囑群卒：「千萬別露頭，別聲嚷。他們這是試探虛實的。」

　　又半晌，蹄聲忽動，隨著火光一隱一現，由近而遠，似大寬轉，繞奔別處去了。官弁方覺得緊張的心情一舒，紫天王猛然從桅杆往下一溜，飄然跳到船面，挨近來低告眾人：「賊人大隊已然暫退，少時還來。可是他們已派蹚道的人過來了，一共兩個人，眼下就要蹭過來。你們就是看見他，也裝沒看見，千萬不要開槍，等我對付他。」說罷，又巡視各船，遍告鏢行。果然工夫不大，有兩個黑影，狗似的伏腰徐行，一晃一晃，貼岸溜來了。

　　這兩個人影踏著兩岸，輕輕挨近江邊，只一探頭，立即縮回去。直耗過半個時辰，還沒有什麼舉動。眾官弁唧唧噥噥，又浮起低議之聲。有的就要提孔明燈，上岸照看。

　　紫天王忍不住輕彈船板，怫然攔阻道：「眾位老爺們，點子正在岸上，你們又要做什麼？」他既恐賊人驟來奪舟，又恐群卒貿然開搶，只得再叮嚀一遍，然後離眾溜到船桅下。隱身桅後，腳登艙頂，輕輕一點，嗖地往上一拔，已躍上一丈多高。用右肩一找桅杆，雙把合攢，雙腿併攏，左腳蹬力，右腿盤桿，右把在上，左把在下，嗤嗤地往上捯去。剛剛捯上兩三把，忽聞唰的一聲，紫天王本已防到。他臉正對著堤岸，一抬頭，恰得平

視岸邊，岸上黑乎乎的破空劈風，發來一物，影隨聲到，已撲奔胸前，卻是衝著他頭部打來的。仗他攀登得快，嗤地往上猛一拔，又一轉，把腿蜷起來。錚的一聲響，一支暗箭釘上桅杆上，恰當腳下，鬏鬏的發響，力量竟這麼強。

紫天王立刻應招倒轉，唰的一撒把，「雲裡翻身」，疾如電光石火，頭下腳上，冒險翻轉過來。順手一拔，把這暗箭拔到掌心，原來是短弩射出來的。剎那間，又一撐把，陸鏢頭才滑下四五尺，挺腰垂足，把身子正過來，雙腳一盤，仍然賈勇盤竿，不肯下桅。百忙中，眼光向外一瞥：江岸斜坡上，兩團黑影，一高一矮，矮的蹲著，只露半頭；高的站著，只露及胸。

無疑的是那兩個蹚道的，悄悄地溜過來了。

紫天王猶恐暗器再來，厲聲喝道：「相好的！慢著，來的可是奚一刀奚舵主手下弟兄？」話未說完，忽見岸上人影一晃。

紫天王唰的又一撒把，飄身往舵頂墜下來。船桅上果又嚐地響了兩聲，一鏢一箭釘在桅上。

岸上兩個蹚道的賊人都站起來，往前一躥。本是在岸邊兩丈以外，現在竟撲到緊邊上了，仍然一聲不言語，籤籤地似乎整暗器。登時被船上的人一齊望見，有數人厲聲大喝道：「什麼人？」

紫天王陸嗣清也勃然大怒，險些失神把性命送在這兩箭一鏢上，重喝一聲道：「相好的，懂交情麼？我們有裡有面，怎麼一聲不言語，就施暗青子？呔，你可是姓奚的夥計麼？」

岸上不答，唰的一陣響，暗器橫飛。船上的兵卒幸被約束，沒有開火槍，也沒有開弓箭，鏢行人等聽動靜不對，知道已經動上了手。獅子林廷揚從艙後繞到這邊，程金英由艙內窗口探頭外看，夫妻倆各持彈弓，一開一張，登時嗖嗖地連發出十幾粒飛彈。

同時，伏在兩艙船舷中的官弁，頓有兩三個人大聲發喊道：「岸上幹什麼的？快說話，開槍了！」

火繩的星星火亮一閃，那岸上的雙影，擋不住林氏夫妻的彈丸如雨，更怕火器無情，竟唰的一退，離岸稍遠，伏身一蹲，船上立刻看不見了。二賊臨退時，仍不罷休，雙雙一揚手，船艙頂板上噹地兩響，釘上了兩支暗器。把王旗牌和兩個兵嚇了一大跳，以為賊人大隊已至，驚喊道：「賊人動手了，快開槍！」賊人一溜煙跑開了。

火槍已經對岸瞄準。紫天王衝著岸上恨罵了一聲，急忙回頭，低聲喝止道：「王老爺千萬別開槍，這才兩個賊，回頭還有大撥賊呢。你聽聽，這就撲來了！」

紫天王口說著，犯險登高，重又盤上船桅，極目望去。一對蹚道的賊人沒入岸上濃影之中，大概鑽入禾田地了。紫天王索性跳下來把眾人重囑一遍：「叫你們開槍，再開槍。王老爺，這不是鬧著玩的啊。賊人來了不少，咱們全靠火槍震嚇賊黨呢。先開槍，回頭賊黨全撲來，再想裝火藥，一個來不及，咱們可就吃虧沒得救應了。」

王旗牌到這時百依百順，忙問道：「咱們開弓可使得麼？」

紫天王道：「開弓使得。……可是王老爺，對不住，我可不敢支配諸位。我只爬在高處，給諸位老爺觀風。我在桅杆上看得見他們，你老聽我招呼。」王旗牌道：「我靜聽陸鏢頭的招呼就是了。」

紫天王見官弁已能同舟敵愾，任己調派，這才放心。忙又爬上桅頂，單腿登桅，一腿橫盤，用單扎旗，騰出一隻手來，攏眼光，遠瞭賊情。賊黨那邊又沉了半頓飯時，才突然發動。

馬蹄聲重起，黑乎乎一大片濃影，隨蹄聲從前路撲來。忽高忽低，閃出數道黃光，想是馬賊持孔明燈，照向江心。光微路遠，倒未必照清了官

船的虛實，只不過示出賊人的聲勢。

紫天王忙一敲桅杆，低呼道：「留神，全來了！」船上人仰問：「有多少？」

紫天王答道：「北面六七匹馬，或者八九匹馬，人大概比馬多。」又哼了一聲，一回頭道，「南面還有一大片人影，三個，五個，六個，八個，喝，十三四個！嗷，後邊還有，快快預備！」

陸嗣清自己盤在桅杆上，仍戀戀地欲觀究竟，不肯跳下來。忽聽北面嗖嗖的一聲，又是一支響箭掠空射過來，撲通一聲，直落江心。

獅子林廷揚、程金英夫妻和顧金城，孫、左二鏢客，一齊立身艙頂，向四面眺望。黑影中，瞥見岸上黃光隨蹚聲遊走，在江心也瞥見後邊兩三箭地外，似有小船駛行。「不好，賊人果然要水旱夾攻！」

紫天王慌忙跳下船桅，把火槍拿在手底下，把弩弓也放在旁邊。西岸上火光晃來晃去，越走越近，蹄聲也越來越大，轉眼間迫近了。馬從北面奔駛過來，南面有步行的人影，傍岸下坡，似欲進攻。

紫天王陸嗣清喝道：「看兩面，放箭！」唰的射出幾支箭，卻不防那四桿火槍，到底有兩桿開了火，轟的一聲大震，官船往下一坐，一溜火光，直向北面打去。紫天王忙叫道：「別開槍，快看後面，看南面！」

兩桿火槍對北面開了火，北面賊人連聲嘩叫，隱隱地聽見罵道：「托漂兒上的秧子，快給爺們攏岸，別叫爺們費事，是你的便宜，獻財買路，饒你不死！」

官船上的兵弁紛然騷動，任憑紫天王連聲喝阻，已經攔不住。南面上黑影亂晃，賊人果從步下襲來。登時火光又一閃，轟的一聲大響，兩溜煙火在黑影中，像兩條火龍似的爆散開，跟著弓弦啪啪連響，箭飛如雨，照南北射去。

群賊連聲唿嘯，抵擋不住火器，在一片濃煙霧中又浮起一陣蹄聲，賊人似要撤退下去。船上官弁一齊鼓噪，喊聲如雷。

在這曠野中，氣勢洶洶，不亞如二三百人似的。火槍如驚雷，一發過去，旋即波平浪靜。傾聽時，岸上聲息漸靜，賊人似已退淨了。

旗牌官直起腰來，探頭探腦，往岸上看了又看，道：「好賊！」回頭向陸嗣清叫道：「陸鏢頭，這夥馬賊叫咱們打跑了！」

紫天王陸嗣清皺眉答道：「賊人沒這麼老實的，你老多留神吧，這不算完。」

旗牌官一愣道：「怎麼？他們還要再來第二回麼？」紫天王賭氣不答。林廷揚隔艙說道：「剛才那撥賊人不是來動手的。那也是蹚道來的，我們不開槍就好了。」顧金城道：「你老要知道，火槍打一次，火藥少一些，一點也浪費不得。」王旗牌不信賊敢再來，可是兩眼離離即即的，直往岸邊江心看。

艙內的官眷為火槍所驚，坐在黑影裡，傾耳諦聽，非常驚恐。程金英提劍回艙，極力地安慰她們，把「不要緊，不要緊」說了許多遍。半晌沒有動靜，女眷們才呀了口氣。

舅爺命人問了下來。紫天王和林廷揚低聲回答道：「賊人還怕再來，裡面千萬不要點燈。」所有艙內的燈燭，有的吹熄，有的用東西遮掩住了。那旗牌官也回稟舅老爺，說是：「賊人來得不多，是馬賊，不是水賊。我們有火槍，絕不怕他們。」

舅老爺說：「這裡也許接近賊巢，我們可以開船，離開這裡。」陸嗣清道：「舅老爺，你老望安，往前途走，更不穩當。賊人真個要動手，還是在這裡等著他。這裡地勢很好，耗到天亮，就沒事了。」

舅老爺又打算派三兩個大膽兵丁，結伴上岸，找近處防營，報警請

兵。紫天王道：「使不得。岸上賊人還卡著呢。沒的請不成兵，叫賊人倚眾捉住，倒泄漏了船中的虛實。」

大家七言八語地講究，傾耳側目地張望，突然天氣又變，烏雲四合，狂風吹浪，四隻船在江面亂擺，聲勢有點驚人。船上人們口中說已把馬賊打跑，馬賊不會再來，卻是人人提心吊膽，惴惴不安。

忽然林廷揚低聲說了一句：「看小船！」眾人一齊回顧波心，黑乎乎的，哪裡看得見？旗牌官問道：「怎麼看不見啊，是在前面，還是在後面？」林廷揚道：「緊靠對岸，在咱們船後面兩三箭地以外，這不是正往江心划來了。」

眾人又復聳動，王旗牌道，「我怎麼還是看不見？李德桂，你過來看看。」林廷揚道：「你們凝眼神盯住了，一點一點往南邊尋，靠江葦那邊。……八叔，你老看見了沒有？」紫天王答聲道：「唔？」頓了一頓，說道：「我早看見了。這又是一隻！」

林廷揚道：「不錯，我也盯了這半晌了，好像這小船盡只打晃，沒有挪動地方，並且跟先前渡馬的小船不一樣，也許不是一夥，喂喂，八叔，你看見火亮沒有？」果然在後面江心，似有微光一閃。船遠光微，只有一兩個眼尖的看見了。

官船上的人不由互相詰問：「是賊船麼？」那旗牌官凝眸良久，最後也看出來了，說道：「這小船隻管擺來擺去。陸鏢頭，這和馬賊是一夥的麼？」他立刻吩咐手下人，把火槍調過來，對準小船，以防意外。

就在眾人轉面注視江心的時候，岸上的賊人悄悄地分從兩面，偷襲過來。斷崖淺灘，不好下腳，賊人卻早想好了辦法。

陸嗣清一眼瞥見，剛喊了一聲：「快看岸上。」

岸南頭，岸北頭，官船前，官船後，倏有兩對人影，同時往下面一探

頭，驀然退回去，陡又冒出來。林廷揚恰也瞥見，急叫：「快留神，岸上的賊人又來了！」

賊人的大隊已經來到，暫不進攻，距船數丈外，擇取一個較易落腳的地方，竟有三四個人影，冒險溜下岸來。身臨淺灘，腳踏峭岸，輕登巧縱，伏身而進。這先下來打衝鋒的賊人，乍前忽後，剛溜到灘邊，猛然在岸上又躥出一堆人，來打接應，每人提著一束草，照灘下擲來。

岸上叢莽亂生，群賊竟一聲不響，輪流持刀割草。這一個割草，那一個打捆，這一個運到岸邊、那一個往灘下擲送。立在灘前的衝鋒賊，就急急地提草捆往淺灘上放。十幾個人割草，捆草，運草，鋪草，川流不息，此往彼來。霎時，竟在淺灘上墊好了進攻官船的路。

紫天王大驚，把手中兵刃一揮，振吭大呼，道：「開槍！」

賊人竟冒著險，三三五五，分散開搶上來。全船登時震動，喧成一片。鏢客各提兵刃，奮起御賊。賊人的身法個個很快，右手揮刀，左手持類似盾牌之物，施展登萍渡水功，輕身提氣，腳登草捆。只一點一躥，一點一躥，眨眼間，渡過淺灘。為首兩賊更是兇猛，不要命地硬往船上跳，船離淺灘還有兩丈遠。

紫天王大吼，一躍當先，揮刀攔住上船的要道。抖手發出二隻錢鏢。賊人一俯身，斜撲上船。紫天王喝道：「下去！」刀光一晃，抖手又發出二隻錢鏢。

賊人來勢太猛，收不住腳；一擰身，刀先抽出來，身子復往旁躥。紫天王便又擺刀一送，賊人不能立足船舷，轉身躥下去，撲通，浪花飛濺，墜落江中。在這一剎那，第二個賊，第三個賊，竟乘機跟蹤而上，一抹地從背後斜躥上船頭。紫天王剛剛逼退第一賊，不意餘賊又已襲上，而且亂舞兵刃，把住船舷，正要接引第四賊、第五賊。紫天王又大吼一聲，跳起來，揮刀便掃。

刀起處，人尚未躥到，忽然一個賊失聲狂叫，又栽下船去。還當他是失腳，哪知是中了暗器。林廷揚、程金英夫婦，一個藏身艙後，一個探首船窗，拉開彈弓，照賊人連連發彈，乒乓幾下，賊人站不住腳，有的退下去，有的閃身跳躲。百忙中，來賊猜測彈弓的來路，急急跳到船艙的前面，躲到彈弓不及處，仍然揮刀便砍，揚鏢便打，口中連打呼哨。

岸上賊人猛然躥出援兵，約有五個人，握著三張弓，提著兩盞孔明燈，居高臨下，把燈光向官船上照射，賊人那弩弓就藉著光，刷唰的打開了，向船上一陣攢射，且射且厲聲呼喝，叫官船上的水手趕緊獻船。

船面上只有官弁和鏢行，水手船家早一個也不見，都受紫天王的吩咐，潛藏在艙中了。紫天王連喝開船，鏢客孫德臣、左文升，急急地起錨搖櫓，卻被岸上賊人舉起孔明燈，照了個正著，弩弓對準二鏢客，不住手射來，不許他們開船。

這時，船上、岸上，彈丸和箭客橫飛，驟如急雨。船上彈弓是近取，專攻搶船的賊黨，岸上弩弓是遠攻，距船較遠，箭發力弱。只是賊人的孔明燈十分厲害，把船上的情形照得清清楚楚。紫天王大惱，但賊已迫近，火槍無功，急將手中刀使得呼呼生風，只幾下，把賊人逼下兩個去。

紫天王仍在揮刀尋賊。賊人踐草渡灘，撲上船來的，先後竟有八人之多。四隻官船並列，賊人全搶聚在傍岸的這兩隻船上。人多船重，一路急躥，力量更猛，登時船身亂晃。賊黨連撲過三個人來，照著船上人，揮刀砍剁。孫德臣、左文升二人不遑起錨，揮分水刀、鉤鐮槍，挺身迎敵。岸上的短箭飛來，左文升受了傷，忙喊：「風硬！夥計快擋住岸上！」

三個賊人圍攻孫、左，林廷揚急從船艙中鑽出來，側身開弓，啪的一下，啪的又一下，一連四五彈。船頭地窄，三個賊閃展不開，兩個賊帶傷飛逃，往船下一跳，沒登著草捆，撲哧一下，陷入淺灘了，吱的一聲，口打呼哨，急忙呼救。賊的同伴伏在岸下灘前，忙又拋來數捆草，同時跳下

來二賊，拚命拖救同伴。

林廷揚大喜，開弓瞄準，彈打應救之賊。孔明燈照處，船上的賊忽然看見林獅飛彈，同黨難擋，立刻奔來阻擋。一個賊唰的一鉤鐮槍，照林廷揚挑來。孫德臣在旁望見，忙橫身招架。紫天王大吼趕來，搶先與賊人戰在一處。林廷揚側立在靠江心的船上，不住手開弓擊賊。

這一次劫船的形勢險得很，幾乎全靠鏢客應敵。二十幾個官兵和那一位王旗牌，只一味呼噪。賊人躥聚在傍岸的船右舷，官兵貼著左舷，把頭皮頂著艙板，從艙頂探出槍刀來，胡劃亂砍。也有的放出幾支箭來，又不敢近射，恐傷了自己人。

霎時把箭射完，只顧揮刃往外亂砍，保護自己。雖是自衛，對拒賊卻也有點用處。仗他們揮刀槍瞎比畫，倒把賊人阻在傍岸的船舷邊上，一時還不能跳過來。

四桿火槍本從艙內，探出船窗，向外開火。到這時果然不遑裝火藥了。眼看賊人亂竄，已經奪上船來。火槍手驚叫著：「守船要緊！」竟要關窗板拒賊。害得艙外的人坐受岸上賊人飛箭遠攻，空有利器，不得使用。

程金英娘子恨極，她本奉命守艙護眷，此時忍無可忍，竟奪過這一桿火槍，急急地裝鐵砂子，放火藥。任外面撲登的腳步亂跳，人聲亂噪，她不慌不忙，施展很快的手法，裝完一桿，再裝第二桿，一口氣，裝好了三桿火槍。

可惜程金英不會燃放火器，張著一雙星眸，意欲招呼她丈夫。她丈夫獅子林廷揚，卻也臨陣丟下他的護艙本責，搶出去應戰了。她有心招呼官兵，又惱這些臭男人鼠膽沒起色。可憐四個火槍手，一個個棄下火槍，抽出腰刀來，關上窗板，藏在船窗後，瞪著眼，只防備賊人，唯恐賊人不要命，硬往艙裡跳。賊人真要跳，也許給他一刀，他們是改攻為守，把艙外的護船眾人全丟在度外了。

程金英一發狠，夾起兩桿火槍，拿著一根火繩，從艙內移動，擇好地方，把船艙板打開，急急地向外張看。船上來攻的賊人，正和拒守的鏢客混戰，這不能開火槍轟打。最可恨的是岸上賊人那幾盞孔明燈，和那三張弩弓，把艙上的布置照得明明白白，弩弓又不住地照船上人多處射來。二十幾個官兵，有兩個受傷驚呼，引得餘眾全伏下身子。

　　程金英只一瞥，便全看出來了。她一咬牙，把火槍放下一桿，架起一桿，瞄好了準，將火繩一點，火光閃處，轟的一聲大震，一片鐵砂子凌空奔岸打去。一陣濃重的火藥氣息，瀰漫全船，程金英身子晃了晃，兩隻耳朵震得欲聾，火槍後坐的力量，想不到很大。本想雙管齊下，把兩桿火槍輪換點著，哪知這一桿轟炸，程金英就被震得失措鬆手了。

　　而且火槍震動，不比彈弓那麼好放，明明瞄得很準，竟冒了高。幸而冒了高，才沒打傷船頭上搏鬥的自己人。岸上持燈開弓的五個賊，卻也一個也沒打中，雖然沒打中，可是一震的餘威，居然把五個賊駭動。賊黨本已提防這一招，登時雙燈齊滅，三弓頓停。五賊喊一聲：「風緊！」立刻縮下身去，貼伏在岸上。更嚇壞了搶上船來的群賊，趨避不迭，火槍厲害，竟吶喊一聲。要奮勇來搶。

　　紫天王、顧金城、孫德臣、左文升四個鏢客各展兵刃迎敵，不讓賊人越過來。撲登的一聲響，又有一賊人，未墜落淺灘，閃了閃，竟墜落水中了。

　　一霎時，岸上、船上、水上，人聲喧騰，叫罵跳嚷不休。

　　程金英孤孤零零地放了這一槍。隔過一會兒，岸上賊人竟又出現叫罵，孔明燈又尋過來。程金英定定心神，緊咬銀牙，重整火槍。這一下連裝了四桿，這一次特別的小心，呼匐，呼匐；雙槍齊發，濃煙四散，鐵砂子飛打出去。一槍仰擊岸上，一槍平擊淺灘。槍煙過處，賊人鼓噪，孔明燈又滅，好像這一回至少打傷賊了。

程金英大喜，把那兩桿火槍也順手點放了，砰的一聲，掠空打去。雖仍不準，賊人覺得凜乎不可再留，齊呼：「風緊，扯活！」艙中的火槍手，見有人給他仗膽，這時也忙奔到船窗後，叫道：「林奶奶，程小姐，交給我們吧。」

程金英冷笑閃身，竟似不屑，丟下了火槍，重整彈弓，自言自語道：「往灘上瞄，打灘上的賊要緊！」意思是指點槍手，不要浪費火藥，空擊岸頭。

火槍手從窗口探頭，看清了賊影，裝好火槍，四個人各踞一窗，預備齊放。船頭的鏢客尚在躥前躍後，揮刀鬥賊。紫天王素知程金英不會使用火器，只道是火槍手開了火，心中歡喜，忙厲聲吆喝道：「咱們的人往這邊退。喂，開槍啊，轟個兔蛋的！」倏地邀伴退閃下來。

船上群賊越發心驚。但他們沖上船來的，全是些不畏死的悍寇。明知火槍難搪，進退都難，立刻也招呼一聲，跟蹤猛撲過來。紫天王抖手一鏢，打倒一賊。林廷揚開弓彈，也打傷一賊。兩面船舷夾縫的官兵，也放出幾支箭，船上賊人越發亂竄。忽然間，旱岸下、淺灘上，一聲怪吼，一個身形高大的賊人大叫：「老合別慌，我來了！」

黑影憧憧，由岸邊奔竄過來數條大漢。當此時，船上船下，均有賊人。劫船的群盜與護船的鏢行奔逐交錯，混做一團。彈弓火槍遠攻之器，登時無法施展，這一來賊人反倒得手。眾鏢客怒叱一聲，各掄兵刃，一面與上船的賊人打，一面拒住靠岸的船舷，不令賊人的接應再上來。已經搶上船的賊人，個個身手矯健，飛騰蹦跳，火槍轟擊後，他們招數一變，不與鏢客力戰，且鬥且繞，專來牽掣鏢行，借敵人掩護自身，同時奪船舷，接引自己人上船。鏢客早已看破賊計，且戰且拒，一齊湧到傍岸的右船舷這邊，極力阻撓續上之賊。

轉眼間，那數條大漢如飛趨到斜坡下。有一個身軀高大的賊人，掄鬼

頭刀，從淺灘上，登草捆一躍，往船尾跳來。這人正是浙南旱路盜魁蔡九成。

孫德臣、左文升兩個鏢客一左一右，恰從後艙，往這邊截來，一見賊黨接應又至，急忙貼艙搶過來。孫德臣先到，往前一墊步，擰鉤鐮槍，照賊首便扎。這凶悍的盜魁蔡九成，腳找船幫，剛剛提刀躍上來，正要往起直腰；孫德臣的鉤鐮槍已迎面刺到。蔡九成招疾眼快，急急往左一塌身，鬼頭刀往上一翻，倉的一聲，火星一爆，把孫德臣的鉤鐮槍反激回去。震得孫德臣虎口欲裂，身形亂晃，險些栽下船去。

賊首蔡九成登船進步，一個大鵬展翅，鬼頭刀唰的反遞過來，斜砍孫德臣的腰背。那左文升是從左首過來的，見夥伴勢急，賊人手黑，奮起全力，往起一縱，雙手捧劈水刀，躍起來，連人帶刀齊往下落，喝一聲：「躺下！」斜肩帶臂，往下狠劈。

賊首蔡九成才將手中刀送出去，忽覺背後金風襲到，忙用左腳往裡一滑船板，猛斜身，縮右足，往旁一轉。嚓的一聲，左文升用力過猛，收不住勢，一刀剁在船板上，盜魁蔡九成借勢一個扁身踩子腳，砰地踹著左文升的左肩頭，哎呀一聲，咕咚，摔倒船尾。

在船後梢，正有一個賊黨襲上船來，看見現成的便宜，立刻舉刀往下就扎。左文升拚命往外一翻，撲，墜入江心。這賊一刀取勝，提刀尋敵。突被林廷揚抖手一鏢，哎呀一聲，撲通一響，也墜落在波心了。左文升會水，賊人會水而不精，被落水的左文升就手一刀，扎死在水中，緊跟著呼隆一響，左文升復又躍上船頭。

這時候又有兩個賊人落水。紫天王陸嗣清卻倒吸了一口涼氣，心中驚恐，曉得今夜難免落敗。賊人已經奪灘上船，這一交手，只能迎敵登船之賊，已無暇兼阻岸上之盜了。

果然那盜魁蔡九成連聲吆喝：「併肩子，上啊，上啊！」揮動鬼頭刀，

且戰且催夥匪速上。這來的賊匪竟不止一夥，每夥不下十數人。黃光照處，岸上的賊人一個跟一個，跳到灘前。

灘前的賊一個跟一個，踏上草捆，再一縱身，便挨個搶上官船。而且賊人滿船飛騰亂竄，把官船登得飄搖亂晃。只有六個鏢客堪以迎敵，正在捨生忘死，閃展騰挪，阻艙門苦鬥。所有的官兵，一個個立不住腳，緊貼船艙，只有揮刀自救的分兒。

那盜首蔡九成又凶又悍，又狡猾，竟與兩賊奔搶跳板，要把跳板放下來，引渡群賊，上船打劫。鏢客顧金城、孫德臣竟截不住。紫天王把這情形看得明白，不由得轉驚為怒，大吼一聲，奔盜魁蔡九成撲來。

盜魁蔡九成一口刀邀住顧、孫二鏢客，二鏢客力不能敵，連連退蹕。旁邊二賊伸手就搶跳板。林廷揚從隔船開弓，唰的一彈，二賊俯腰埋頭，叫了一聲，似乎負傷。盜魁揮刀怒罵，搶奔第二隻船。

紫天王一聲斷喝：「好強徒，著刀！」嗖的一聲，人到刀到，照定賊首後腦劈來。盜魁蔡九成正是個走勢，竟欲越過艙頂，撲奔後船，把官船上發彈的人尋出一鬥。突聽側面聲似沉雷，迅若狂風撲到，連看也不看，一個蟒翻身，鬼頭刀斜著往上一翻，正找紫天王的刀鋒。

紫天王猛然撤刀，斜著往後一撲身，是個敗勢，一條左腿正賣給賊人。盜魁一刀翻空，左掌往外一穿，右手往外一甩刀片，金雞剔翎，鬼頭刀帶著風聲，照紫天王的左腿削來。紫天王右足一點船板，蓄勢用力，容得鬼頭刀遞出來。這才猛然一旋身，左腳翻轉來，微點船板，折鐵刀也隨著掄圓，展進步連環刀，接連兩個翻身，刀鋒照賊砍來。任憑賊人怎麼快，也退不出五尺去，折鐵刀悠起銳風，竟奔盜魁的上半身。

這盜魁蔡九成久經大敵，見來勢兇猛，忙用足力，往起一縱身，居然凌空跳起來。蹕是蹕起來了，卻限於船上地勢，不能盡力遠落。微斜身形，只蹕起六七尺，退出四五尺，已到船頭。蔡九成龐大的身軀才往船板

上一落，正有三個官兵躲在船頭，瞥見賊人被陸鏢頭逼到近處，大喝一聲，手裡三桿花槍齊往盜魁身上戳來。盜魁微一閃身，唰的奪住一桿槍桿，磕開兩桿槍，又輕輕一帶，把這官兵給帶趴在船頭，順手一掠，砍了一刀，其餘二官兵嚇得打跌怪叫。

盜魁蔡九成切齒進身，舉刀復砍，紫天王截救不及，急展折鐵刀，「烏龍出洞」，隨著挺身進步之勢，照盜魁的後心便點，卻先喝了一聲：「著招！」不為砍敵，實為救人。盜魁不是不懂，但仍得應聲回招。右腳上步，斜身半轉，「漁夫撒網」，鬼頭刀照紫天王硬砸。紫天王一翻腕子，唰的抽招探臂，一個「盤肘刺扎」，刀頭擦著盜魁的刀背遞進來，直奔心窩。賊人一領鬼頭刀，從左往右盤過來，唰的掄圓，照紫天王左肩頭削去，喝一聲：「呔！」

紫天王微一斜身，腳下連動也沒動，讓過賊人刀鋒，折鐵刀「鳳凰展翅」，下削盜魁雙腿。盜魁鬼頭刀往下一沉，用力想磕紫天王的刀鋒。紫天王這一招虛實莫測，容得盜魁這一刀封過來，立刻變實為虛，疾如閃電，往回一抽刀，半扭身軀，折鐵刀從右往左，一個翻身反手刀，劈頭蓋頂，猛砍賊人。

盜魁挺刀外封之力過大，應招變式稍遲，急急地收回，往上一架。沒容用上崩、封之式，紫天王的刀刃倏地落下來。盜魁的刀尖剛剛往上一挑，未免力量稍軟。倉的一聲，折鐵刀壓著盜魁的鬼頭刀劈下來。盜魁努力地往左一偏刀，喀嚓！折鐵刀驟從賊人的右上身，連肩帶背劈下。又劈啦一響，盜魁的鬼頭刀和半截手臂，全落在船板上。

熱血迸濺，一陣奇疼徹骨，盜魁好狠的漢子，只咬牙哼了一聲，往旁一閃。急彎腰，伸左手，把右腿綁的手叉子拔出來，疾如電掣，照紫天王猛扎。

紫天王不閃不躲，提刀就勢又一送，刀鋒再砍出來。盜魁猛然又一

閃，怪喊一聲：「好刀！」半身浴血，左手匕首一下跟一下，連向紫天王亂扎。紫天王側身連閃。船上群盜譁然大叫：「不好了，蔡大哥掛綵了！」一齊奔紫天王撲來。

林廷揚急急地搶上一步，掄劍橫刀，護住了紫天王。群賊也拚命地護住自己的首領，向林廷揚、紫天王猛搏。

浙南旱盜蔡九成右臂已斷，血流不止。抽身急退，眼望岸邊灘前，相距兩三丈。一咬牙，大叫一聲：「風緊，扯活！」嗖地一躥兩丈，如飛鷹下掠，身投淺灘，腳找草捆。卻是斜身旁躥，黑影中哪裡找得巧？撲哧一下，整個身子陷在淺灘裡。鏢客孫德臣大喜，抖手一鏢，照蔡九成便打。把風的賊大震，孔明燈一晃，立刻飛奔來數人，各舉草捆，紛紛亂投。倏然一個蒙面大漢，把瘦長的身軀一伏，揮手中刀，倏地一掠，疾如箭駛，奔向船來。另一個矮大漢，抱數捆草，輕登巧縱，馳到盜魁蔡九成失陷處的旁邊。鋪起草捆，坐地用力，把蔡九成拖出，轉身便走。

孫德臣唰的又一鏢，那蒙面大漢剛好奔來，揮刀一磕，當地一響，把鏢磕飛，這大漢竟猛如怒獅，躍上船頭，掄刀亂剁。孫德臣、左文升慌忙雙雙相拒。蒙面大漢怪吼一聲道：「著招！」撲登一聲，左文升又墜落入水中。孫德臣大吃一驚，蒙面大漢唰的又一刀，孫德臣不由倒退，蒙面大漢將刀一擺，搶奔紫天王。

那盜魁蔡九成只剩了半截右手臂，被拖出灘外。賊黨憤恨，一齊喊叫道：「併肩子，拚啊！瓢把子叫狗日的砍折手臂了！」立刻岸上群賊勢如潮湧，猛奔灘下，騰身亂踏草捆，往船上衝來。

蔡九成一聲也不呻吟，咬牙忍痛，吩咐同伴：「你們不要亂來！快退，船上太扎手，地方不得利。夥計們趁早扯活，回頭找場。」又振起喉嚨，對岸大叫：「鄧二哥風緊！不要戀戰，有帳明天算！」

但是那蒙面大漢竟在船上，和紫天王反覆惡鬥，西岸上突又躥過來一

個虬髯大漢，奮身上船，指名要會獅子林廷揚，岸上黃光閃照，這大漢竟尋見林廷揚，猛撲過來索鬥，林廷揚立刻揮劍迎敵，戰在一處。此人且戰且罵，不似劫財，直似尋仇。林廷揚毫不理會，只施展本領，抵住來人。

紫天王看出賊人心懷叵測，急命眾人：「快開火槍！」又向孫德臣發話，快快施展末一招。孫德臣也看出情形不對，竟撲咚地投入水中，與左文升泅水起錨，將船推動。兩個人一齊攢力。官船重大，雖不能推得遊走，卻已推得挪動了地方。艙中的火槍手，不知怎的又得連開了四槍，轟然大響，鐵砂子飛舞，縱然沒準頭，卻也嚇人。船上的賊不由亂叫，深恐退路截斷，被火槍打傷。

這時候蔡九成已由黨羽代為裹傷，他竟親自吹起呼哨，呼眾撤退。手下黨羽也一齊呼叫：「風緊，扯活！」蒙面大漢和虬髯大漢還想戀戰，但情勢已非。那虬髯大漢更不是林廷揚的敵手，心想拚命，無奈林廷揚的劍法迅捷，自己抵擋不住。一霎時，岸上群賊互相傳呼，紛紛撤退下來。

那虬髯大漢最後上船，也最後下船；向林廷揚連砍數刀，厲聲大罵：「托線的小子們，提防爺們的吧！姓林的小子，咱們再見！」手中刀驟如飛蛇亂探，接引群賊，一個個往船下跳。那灘前的賊人，也將飛蝗石子向船上亂打，借此掩護著同伴們退卻。群賊踐草捆，渡灘上岸，逐個逃走，眨眼間沒入黑影中了。

第三十三章　林獅護舟敗群賊

官船上的人，由兵弁以至鏢行，無不慶幸。群賊初搶上船來，船上人個個都曉得要遭大劫。不意賊酋斷臂負傷，群賊齊撤，大家都感激紫天王。紫天王抹去頭上汗，仍恐賊人不肯甘休，也不敢上岸追賊；慌慌張張盤上船桅，往四方張望了一眼，蹄聲大起，群賊退淨，黑影中還有兩個人影，在岸上打晃。

那後面小船，當群賊攻船時，竟會沒有過來助戰。此刻凝目看時，兩三艘小船還泊在半裡外，好像他們並非同夥。

紫天王為慎重計，急催眾人開船，先把船離開這裡，又提孔明燈，照看船上，查點傷亡。僥倖只傷了幾個官兵，都不是致命傷，一一扶入艙內，敷藥治傷。船板上血淋淋有半隻手臂，帶著一隻毛手，仍緊握著鬼頭刀，乃是盜魁蔡九成的右膊。船上人不由吐舌，這賊酋卸下半隻手臂，居然還那麼兇猛。

眾人都不知道這盜魁就是蔡九成，也不知道那蒙面大漢、虯髯大漢是誰。只有紫天王陸嗣清，揣情度理，料知群賊必是旱地強盜。紫天王遂和王旗牌進艙，向舅爺道驚，並報告御賊之情。艙內官眷早嚇得面目失色，程金英娘子極力安慰太太、小姐。

亂了一陣，紫天王仍然忙著布置，不便抱怨兵弁，只衝著手下鏢行發話道：「咱們全仗火槍御賊，不叫你們隨便開槍，你們怎麼還是瞎放，差一點毀了！」王旗牌聽了這話，忙告誡火槍手，務須與鏢行協力，務須聽陸鏢頭的指揮。

紫天王陸嗣清又說道：「這事還怕不了結，賊人先是來打搶，回頭還怕他們再來尋仇。我們得好好預備，這一回讓我來把著火槍吧。」竟向官

兵，把四桿槍全要過來。命林廷揚和自己，各持一桿。兩個鏢行和兩名火
槍兵，共管兩桿。重新分派好人，開槍的，裝火藥的，務要合了手。如果
放了一槍，來不及再放，就糟了。紫天王又道：「諸位別洩氣，不到天明，
咱們不能算脫險呀！」

把四隻船開出三四里地，離開賊人墊的草捆，仍擇險岸泊住。喘息未
定，忽聞江上風吹哨音，似有小船從後追來。紫天王、林廷揚一齊提心，
忙將火槍調好，切囑眾人，個個盯住了江上、岸上。

轉眼間，小船破浪駛來。紫天王持火槍伏在艙上，命趟子手，拿孔明
燈照看。相隔尚遠，看不真切，卻也看出是兩隻小船，凌波並行。紫天王
急急地告訴林廷揚等，又厲聲吆喝：「來船打住！」兩船毫不理會，反而加
緊疾駛過來，紫天王等忙把兩桿火槍對住，潛打了一個暗號；火門齊點，
轟然大震了兩聲，船上的人齊聲吶喊。火光過處，鐵砂子橫江射去，小船
突然停航，竟撥轉船頭，退回去了。

官船上的人吁了一口氣。那旗牌官見火槍卻敵有效，指手畫腳說道：
「早要這麼辦，也不會鬧這一場虛驚，絕不會叫賊人撲上來了。」

一個兵丁也說道：「那一來，咱們的人也不會受傷。」

紫天王、林廷揚暗嗤一聲道：「誰說不是！」趕忙的取過那裝實火藥的
兩桿槍，把空槍交給鏢行的夥計，立刻重裝上火藥，一面仍用孔明燈，照
看四面。江上岸上此時又沒動靜了。

耗過一刻，紫天王又鑽出船面，意欲攀桅瞭望。林廷揚搶先出來道：
「師叔歇歇，待我來吧。」攀桅而上，把四面情勢看了一晌，跳下來道：「岸
上的兩個人影退了，剛才那兩隻小船也走了，可是後面怎麼又過來一隻小
帆船？」

紫天王陸嗣清道：「唔？」忍不住親自出來，又用孔明燈照看。果然在

三四箭地以外，有一隻小帆船擺來擺去。官船貼在右岸停泊，這小船靠在左岸徐駛。

林廷揚和王旗牌齊向陸嗣清道：「快下來，還是快開火槍！」紫天王瞪大眼，看了好半晌道：「等一等！」忽引吭叫道：「相好的，我們只想借道，不想別的。昏天暗地，我們可認不出好朋友來，火槍又沒有眼！」

放了這幾句威嚇的話，再看來船，飄搖如葉，忽有一個清脆的嗓音叫道：「朋友，我們是走道的！」

紫天王冷笑道：「什麼時候還行船？朋友，歇下吧。再往前走，彼此不便。」來船叫道：「那是怎麼講，這裡是不讓走嗎？」

獅子林廷揚忍不住叫道：「朋友，你倒猜著了，剛才你難道沒有聽見火槍聲嗎？有老合照顧我們。我們對不住，不能不闖著走。」

來船也似乎笑出聲來，道：「好了，我們就不走了，有話明天再說。」紫天王急接過來道：「你說得對，有話明天說。」

來船竟攏岸泊在後面，相隔數箭地，也看不清這小船究有多少人，也不曉得他是做什麼的，更不曉得他與旱地賊黨是否通氣。

紫天王很惱怒，想了想，就算是水賊，好在官船傍岸而行，也不怕他們鑿船，遂吩咐照常開船。此時天將破曉，天陰如墨，夜色仍濃。四隻官船並檔而行，走出不多遠，紫天王回頭一著，帆船竟沒跟上來。

林廷揚道：「這船也許不是賊黨。」紫天王道：「不是賊黨，你想前有賊船橫江，他是怎麼過來的？」遂擇好泊岸的地方，仍將船停住。

轉瞬天色漸明，眾人方才吐了一口氣，覺得可以脫險了。

這一夜匪警，兩家官眷無不驚恐。現在天亮，料想無事了，舅老爺突然發怒，恨恨地說道：「這裡不知道歸哪一縣管？這縣官也太不稱職了，竟任盜匪縱橫。回頭告訴妹夫，定要參劾他。」

連道臺夫人更心中怏怏不快，自己聘女，卻路逢劫賊，居然明目張膽地動了手，這事太玄了。如今幸脫劫難，又覺得太不吉利，生恐自己女兒嫁到人家，因此受了褒貶，連太太心上很不好受。

舅太太看出意思來，連忙勸慰：「地面上不消停，這是沒法子的事，親家太太可別過意呀。」很說了些開解的話，程金英姑娘也極力慰藉。

紫天王和林廷揚等，倚刃待旦，通宵沒睡，天色已亮，還是不大放心。紫天王陸嗣清擦了擦臉，到艙面一看，又往後面一看，那隻小帆船也沒影了。這才吐了口氣，說道：「闖過一關了。」

王旗牌道：「完了吧？」紫天王搖頭道：「這可是那句話，走著看，誰知道呢。」賊首那隻斷臂已投入水中，紫天王悄告林廷揚道：「老侄你可知道，那隻手臂恐怕免不了惹禍。我只怕賊人不肯甘休，再綴下來尋仇！」林廷揚點頭無語。

船面上一場夜戰，頗有血漬，由水手們洗刷了。所有受傷的官兵，由舅老爺一一加以慰勞，又發下賞犒。當下把船開到隨近渡口，派機警的官兵，登岸報官，請兵護行，兼訪察賊蹤。

紫天王命林廷揚跟了去。但賊早遠颺，訪無形跡。此處荒僻，也沒有官廳防營，經向沿岸居民探問，居民昨夜已經聞槍知警，都說此地一向平安，素無大幫匪賊。這夥匪人，當然是外來的了。

林廷揚很訪了一回，毫無所得；又奔到昨夜御賊之處，也只剩下賊人渡灘的草捆，或陷在灘內，或浮在水上，此外未留什麼痕跡，也不見賊人的屍體，想當時他們落水，已經撈救走了。遂買了些乾糧，往回走來，忽遇見一個少年書生，面如冠玉，眉生朱痣，手指甲很長，從江邊徐徐踱來，和林廷揚抵面相逢，不由四目對視。林廷揚急急上前要向少年搭話，這少年驀地轉身走了。

林廷揚望著少年的背影。少年走出一段路，居然回頭，把林廷揚重掃了幾眼，方才揚長走開。林廷揚搖子搖頭，與官兵下岸登船，先向舅老爺稟告，此地沒有官廳防營。退下來，將路逢少年的話，告訴紫天王，說這荒江野渡，不會有書生出現，這書生很有點可疑。商量一陣，不便登陸勘尋，還是開船速走為妙。

　　眾人略進晨餐，立刻啟碇。順流急駛，再往前走，竟沒遇見可疑的情形。紫天王倒納悶起來。直走出多半天，忽然瞥見岸上有五匹馬，循江而走，紫天王心中一驚。馬上乘客赳赳勇猛，不似良民，手中只持馬鞭，未攜兵刃。紫天王藏在艙口，往外偷看，暗暗地關照林廷揚。林廷揚點頭默喻，一同提防。

　　這五匹馬只跟了二三里地，忽又不見了。紫天王提心吊膽，總以為這事還沒完結，除了小心戒備外，也別無他策。

　　當晚走了一程，照樣進碼頭停宿。次晨啟碇，走了一整天，到了嚴州地方。這是大碼頭，檣桅如林，航船甚多，不料風聲忽又緊起來。江岸上又有人伸頭探腦，打聽官船的來路和去路，被紫天王拿話頂回去。旋又望見一隻小帆船，看著非常眼熟。船中的客人不嫌氣悶，蜷臥在艙中。紫天王看了又看，只看不見此人的面貌。此時官船已入桐江，距杭州漸近。紫天王唯恐船近家門口，再出差錯，遂與林廷揚夫妻和顧金城，孫、左二鏢客，加意戒備，雖然船行在熱鬧碼頭上，仍不敢放鬆。

　　一宵無事，次早再往前走。只多半天，便入了桐廬境。劈頭忽來了幾隻大船，船頭上威風凜凜，站著幾個大漢，迎面喝問道：「來船可是由福建來的麼？」

　　水手們答對著，前面的人聲勢竟很嚴厲，一迭聲喝問：「是誰雇的船，船往哪裡去？」

　　紫天王吃了一驚，急急地從艙中鑽了出來一看，這幾個人全是官弁模

樣的人。紫天王還恐怕是賊人的挾詐，來冒充官人。哪曉得王旗牌也從艙中鑽出來，在身後答了腔。這迎面的大船，竟是毓巡撫派來接親的官船！紫天王陸嗣清這才一塊石頭落了地，和林廷揚相視一笑，如釋重負。不由得自己嘲笑自己道：「我的爺，我可有點三年叫蛇咬一口，見了草繩也打戰了！」

原來毓巡撫最近在蜀境內，破獲了一件盜案。浙、閩一帶有一幫水賊，勾結船戶，專做殺人劫貨的勾當。乘客如上了賊船，不但資財盡喪，性命難保，甚至還落得屍骨無存。他們把行客捆手塞口，兩腳裝在罈子裡，活活地投入波心。往往一船的男女客人，多者十幾口，少者二三名，看準資財多，值得下手，就一個活口不留，全給害了。手段險毒，做法機密，無辜良民慘死了很多。忽一日盜案破獲，因有一位上任官也被他們劫害，經有司勒限緝凶，適逢賊黨起了內訌，把全案揭穿。竟訊出賊人黨羽不下四五十人，尚且不算賊眷，被害的人前後竟達百十多口。

府縣把案子詳稟上來，毓巡撫不由心驚。想到自己派內弟夫妻，入閩迎娶兒媳，也要走水路的，登時後怕起來。因此，急忙地加派兵弁，僱船溯流，一路迎接上來。走得晚了幾天，兩邊船隻在桐廬相遇。探問起來，在路上沒遇見賊船，卻遇上了旱盜。多虧了鏢客力拒，才將賊人嚇走。毓巡撫曉得了，又驚又恐，一面辦喜事，一面嚴飭屬下，清鄉緝匪。

這期間最引為僥倖的，是鏢客紫天王陸嗣清。夜戰拒賊之後，沿途仍有歹人跟綴，他們已經明明看出來。可是這暗綴的小船，迭遇上好幾次可以動手的機會，全都放過去，好像不是劫綴官船的。猜想著也許是水上過路的綠林，但他們又緊綴不捨，正不知他們轉什麼念頭。紫天王兩次拿話點逗他們，他們也不搭茬。後綴的小船似分兩撥，有一個少年，自搭一隻小帆船。有幾個黑臉的、紫臉的大漢子，分乘兩船。他們都不願露出形跡來，總想法遮掩真面目。紫天王估計不透，斷不準，整懸了兩天兩夜的

心。距離地方越近，越擔心得厲害，恐怕情形迫切，賊人驟然下手。現在好了，官船已然迎上來。再往後面窺看，果然小船散了幫，不再跟綴了。

紫天王陸嗣清悄悄告訴了獅子林廷揚夫妻和孫、左二鏢客，大家一齊解嚴。這幾夜，把鏢行的人熬得人人眼紅，瞌睡異常。於是官船合在一處，直駛入錢塘江。到杭州，入撫院，酬謝鏢客，舉辦喜事。巡撫衙門自有一番熱鬧。紫天王陸嗣清和林廷揚、程金英夫婦，與顧金城，回轉鏢局，謝了當時幫忙的孫、左二鏢客。事後談虎色變，都說這一回護眷太險了。

但是蔡九成從陸路劫船，未免行徑可怪。那個乘船少年不即不離，空綴了好幾站路，到底不知他是誰，也不知他安著什麼心？陸嗣清幾次遞切語，這少年始終不答。既非寇仇，轉而一想，莫非是總鏢頭黑鷹晚輩的朋友，在暗中相助護行的？陸嗣清因詢問程金英：「你們老爺子可有這麼一個江湖朋友嗎？」

程金英娘子猜測不出來。林廷揚想了想，忽說道：「這少年什九是家岳的朋友，暗中助拳的。小侄卻敢斷定，另外那兩隻船上的人確是被他鎮住，才不敢動手的。」

陸嗣清道：「怎麼見得？」不等回答，「哦」的一聲道：「哦，我明白了，你看見他打手勢了吧？」林廷揚道：「正是。」陸嗣清尋思半晌，道：「不很像，這裡頭還怕另有別情。」

林廷揚夫妻和陸嗣清猜而又猜，猜不透這少年是仇是友？殊不知這少年既非仇，也非友，實在是那個七子湖邊獨行盜俠小白龍方靖。

信陽江畔，有一片荒原。在荒原一角落，有一座疏林，疏林中竟有幾間草房。這一座草房中，一夕聚集了許多夜行人物，圍著疏林，放下卡子，用孔明燈照著，忽然飛來一陣馬蹄聲，跟著從馬上扶下血淋淋一人，正是劫舟斷臂的旱地大盜蔡九成。旁邊還緊跟著兩個大漢，內中一蒙面大

漢，正是奚一刀；一個虬髯大漢，便是飛蛇鄧潮。眾人把蔡九成扶入草屋內，急急地給他治傷。

飛蛇鄧潮跪在地上，大哭道謝，連說：「我對不住蔡大哥，叫大哥落了殘疾！」

蔡九成和他手下的副賊，一點也不介意，齊說道；「這算什麼？鄧二爺不要小家子氣，咱們不過扔了一隻手臂！腦袋掉了，碗大的疤。幹這營生就是玩命。有勝就有敗，有死也有傷，怕什麼！」

蔡九成一聲不哼，也不肯躺下。由同伴忙著，用一塊白布，給他重敷好藥，紮緊創口。蔡九成這傢伙四十多歲的年紀，正在當年，猛如惡虎似的。別看唇白色慘，還是照常說笑。只是失血太多，口渴難熬。夥伴們給他燒水，他竟等不得，催著要涼水喝，連吞數碗涼水，手下群賊又調藥給他吃。

蔡九成精神稍定，反倒安慰起飛蛇鄧潮來，笑叫道：「鄧二爺，想不到這船上還真棘手。喂，那個姓陸的傢伙，真有兩下子，我倒很佩服他，他的手底下真俐落。」不但不呻痛，且不言諱敗，也不怨恨鏢行；反而連贊紫天王的刀法高，布置強。跟著說道：「這個紫天王是哪一派？我看他的刀法很像得到冀北神刀李的奧妙。」

副賊插話道：「聽說是十二金錢俞劍平的小徒弟。」蔡九成矍然道：「原來是太極俞的徒弟，怪不得我吃了他的虧，可是他怎麼耍刀呢？」左手撫摸著斷臂創口，側目睨視，笑吟吟地說：「我算賣得過，將來我一定要跟他交交手。」

群賊讙然挑大拇指道：「大哥真行！關老爺刮骨療毒，也沒有你英雄！你就放心看著吧，咱們不能放過姓陸的，早晚找他算帳。」一賊插言道：「至少弄掉他一隻手臂一條腿，咱們才夠本。」又一個賊道：「那一定，這怎麼也不能算完。」

閩北大盜奚一刀此次因關礙著鏢行義釋車伕謝二的交情，當時蒙面上場，也沒得著便宜。今見鄧飛蛇還在落淚，嗤地笑道：「鄧二爺，你怎麼娘們氣！我們記著討帳就完了，哭八缸淚，你也鍋不上蔡大哥這半截胳臂啊。」

鄧飛蛇收淚而止，在地上走來走去，恨罵不休，道：「奚大哥，不是別的，這回蔡大哥為朋友落了殘疾，我自己倒靠後，我太覺著對不住了。」說時，面對蔡九成道：「為了我一個人的私事，叫大哥受傷。我不恨別人，只恨小白龍。饒費了兩車話，求告他幫場，他到底咬緊牙關不點頭，一點江湖上的義氣也不顧。好容易把他晃蕩有點活動意思了，明明見他上場了，他還是晾臺！」

蔡九成把嘴一撇道：「人家是俠客，哪能跟咱哥們比。咱們不都是一夥子臭賊麼，自然你幫我，我幫你。咱們哪能比人家！」又道：「這回我蔡九成是栽了。二爺，我算對不住你。現在點子已經闖出線外去了，我又他娘的混丟了一隻胳臂。沒什麼說的，二爺，你原諒我個力不從心吧。將來，等我養好了傷，那時候咱哥們再聚會。勝字號鏢局反正跑不掉，不管姓陸的、姓林的，早晚我姓蔡的跟他交代交代，你瞧，是朋友總得有來往，來而不往非禮也。我總得還他一條手臂。」又哈哈大笑起來。

蔡九成儘管說笑，臉上慘無人色，笑聲磔磔，更比狼嚎還難聽。同伴連忙勸他躺下，阻止他再說話。奚一刀便與飛蛇鄧潮悄悄議論紫天王陸嗣清、獅子林廷揚的來歷、功夫，怎麼想法子找後帳。

群賊在這荒林廢宅稍停，未等到天明，旋即上馬，哄然作鳥獸散，各奔前程去了。那蔡九成，卻由副賊不知從何處抓來一輛駄轎，駄著他徑回本窯。奚一刀也告辭要回去。那旱路大盜聶四疤眼聶永奎，直到次日才趕到。那虬髯大漢飛蛇鄧潮，向群賊一一道勞，說了許多感情抱歉的話，把蔡九成、奚一刀這兩夥劇賊送走。然後他親率海燕桑七、降龍木胡金良、

黑牤牛蔡大來弟兄，邀同聶永奎一行大盜，依舊沿江飛奔，跟蹤不捨，緊緊地盯住了這四號官船。卻苦於不得下手，沿路太緊，船上太硬；跟著浙撫振兵迎接上來，越發的無望了。

飛蛇鄧潮仍不肯捨，還要再三再四煽動那可望而不可即的另一助手，盜俠小白龍。小白龍謝絕了，飛蛇仍不歇心，仍要設計慫恿，一次不成，兩次，兩次不成，三次。……私願不遂，兄仇未報，他誓不罷休。

但是，小白龍方靖到底不肯隨人擺布，他的確常常打劫，他卻不訪明事主，斷不肯魯莽下手。小白龍聽了飛蛇所派說客講的那一番話，口頭上拒絕，暗中卻怦然動念，也潛綴下來了。扮作書生模樣，裝作買舟閒游的雅人，溯流而行，把官船暗跟了好幾天。

小白龍明訪暗窺，已得底細。證明了邀他助拳人的話，全是一些印象之談，挑撥之語。這不是贓官回籍，不過是顯宦嫁娶。護行鏢客又很規矩，決沒有捉賊灌尿的事。費了很細密的心思，把官船動靜訪得真真切切。這才和邀助的人訂下約會，卻仍不肯當面予人以難堪，只將自己詢得的情形，寫成一封信，點破他們所訴不實。官既不是貪吏，鏢客也並未行兇。遂在嚴州地方，找到一家店房，擇了三間乾淨房間，住下了。到了晚上，故意的留下門戶，靜等人來。

三更以後，果然有兩條人影，飛躥入店。一個站在屋脊後巡風，一個徑直下來，彈窗三下。室中床上明明有人擁被而臥，外面把窗格連彈數次，人到底不醒不起，桌上殘燈只留著微光，燈下放著一封信。那來人喚不醒屋中人，竟輕輕一推窗，窗扇應手而開。於是來人一躥入內，略加尋看，把燈剔明，把信拿起，然後登桌一躥出窗。就借一躥之力，把燈扇滅了。房上的人嚅唇問話，窗前人低聲答道：「人走了，留下信了！」

這兩條人影便是飛蛇鄧潮的黨羽海燕桑七和黑牤牛。兩個人見小白龍不在屋內，與約定的話不符，就知道事情有了變化。兩人無可如何，揣信

離店，見了飛蛇鄧潮，拆信共讀。

信上的話，簡直六個字可以包括：「對不住！」、「辦不了！」

這四號官船，小白龍決計不肯攔劫，信上講得明白：「小弟濫竽江湖，誓以劫貪懲暴為懷。官船四艘，既無萬金之巨贓，亦無應誅之惡吏；不過婦人女子、遣嫁之新娘耳。護行群卒又皆庸流，未聞劣跡；鏢客六人沿途細察，亦均安分。恐諸君不察，訪聞失實。若劫良孺，無仇無怨，非弟本懷矣。弟草茅下士，武技淺薄，即欲助君一臂，又知力不能敵，敬謝諸君，良用歉然！」

飛蛇鄧潮啪的將信拍在桌上，跳腳大罵道：「小白龍鬼種！難為我磕頭禮拜的求你，你到底不幫忙！我跟獅子林沒仇。小白龍，咱們是仇人！」

飛蛇鄧潮深惱小白龍拒人太甚，與群賊商議，以後該當如何？海燕桑七說道：「鄧二哥，別鑽死葫蘆頭，咱們不會另訪別人麼？」

但向武林中拳師、鏢客們求助，誰也不肯幫一個劇賊，報私仇，殺鏢客。這只能從同道線上的朋友，訪求能人。飛蛇計較良久，立刻打定第二步做法。聽說四川大盜飛來雁葉武鵬，功夫最好，和獅子林一派又有磕口。飛蛇鄧潮立刻拜訪下去。

又探聞獅子林廷揚還有兩個仇人，飛蛇就打發同黨前去邀請。

要糾合在一處，一同設法算計這林廷揚。鄧飛蛇為報兄仇，連年奔走，多方搜求，偏偏趕上獅子林正走紅運。這些綠林劇賊，不幫拳便罷，一幫就遭殃。飛蛇鄧潮氣得直踩腳，依然無計可施。

降龍木胡金良，最佩服小白龍的武功，對鄧飛蛇說：「鄧二哥，你這麼亂鑽，白耽誤時候，若依我想，你如果認定獅子林武功強勁，只有小白龍和飛來雁能鬥得過他，那麼你還是對這兩位下苦工夫。你要以情面打動

他，情面打不動，你要拿利誘他。要不然，你想法子，給他們攏對。常言說，一塊石頭也能把它抱化了，抵不上工夫長，總能把他二人拉出一個來。」

飛蛇鄧潮看了看海燕桑七和降龍木胡金良，點頭不語，目光炯炯，望著南方半晌，忽然仰頭吁了一口氣，道：「噓！」

這時候飛蛇的嫂子和侄兒別有遇合，也正在計劃著報仇的事，卻寄來一封信，把飛蛇給罵了一頓。總而言之，是怪他懼敵，恨他忘仇，嫌他小心過分。鄧飛蛇於無人時流淚苦思，飛來雁葉武鵬既然難找，咬一咬牙，喬裝改扮，第二次又重入太湖七子山。

這一回鄧飛蛇不是空手去的，他竟劫了一票好買賣，足有二三千金，又把預蓄的贓物，一股腦變賣了，共湊足五六千兩銀子。帶著這數千兩銀子，跑到七子山，埋頭做起工夫來。手下仍有幾個至好，替他跑腿幫忙，隨時探訪林廷揚的動靜。而且，鄧飛蛇將他一把金背刀，也不分晝夜，苦苦地精練起來，還有暗器，也下了一番苦功。

（全書完）

整理後記

　　本書是白羽「錢鏢四部作」之四，系作者抗戰後撰寫的第二部武俠小說。白羽在 1940 年代初一直認可「十二金錢鏢三部作」（即《十二金錢鏢》、《血滌寒光劍》、《武林爭雄記》，1949 年 8 月在《十二金錢鏢》滬版中首次提出「錢鏢四部稿」，雖沒明確「之四」指哪部，但同時出版的《獅林三鳥》的「自序」中明確指出「……《聯鏢記》，是為『錢鏢四部稿』。」

　　本書 1939 年初在《北京實報》連載，1939 年 6 月卷一單行本由天津正華出版部印行，至 1942 年 2 月陸續出版六卷 36 章，但故事未結束。1942 年底，白羽在北京《立言畫刊》以《大澤龍蛇傳》篇名續撰。當時，《立言畫刊》為保持故事的完整性，認為本書第 33 章正好一個故事告一段落，故在連載時，重新刊登了第 34 章至 36 章，才續載新稿。1943 年正華出版部出版《大澤龍蛇傳》三卷本，即包括了《聯鏢記》第 34 至 36 章的內容。本書此次整理出版，以正華版為底本，把第 34 章至 36 章刪去，移植為《大澤龍蛇傳》在偽滿康德九年長春新京書店曾經再版。

整理後記

第十七章　鄧飛蛇激眾奮戰

第十八章　小辛集群寇攻莊

第十九章　尋仇客歧路亡羊

第二十一章　獅子林聯鏢搏虎

整理後記

第二十三章　高雌虎攜子訪藝

第二十四章　小白龍脫劫遇豔

第二十五章　楊春芳救難乘龍

第二十六章　小白龍迎娶春芳

整理後記

第二十八章　鄧飛蛇延賢被拒

第二十九章　程黑鷹選婿聯鏢

280

第三十一章　紫天王憑舟御賊

第三十三章　林獅護舟敗群賊

聯鏢記——鄧飛蛇延賢尋仇，小白龍脫劫迎親

作　　者：白羽

發 行 人：黃振庭

出 版 者：崧燁文化事業有限公司

發 行 者：崧燁文化事業有限公司

E-mail：sonbookservice@gmail.com

粉 絲 頁：https://www.facebook.com/
　　　　　sonbookss/

網　　址：https://sonbook.net/

地　　址：台北市中正區重慶南路一段六十一號八
　　　　　樓 815 室

Rm. 815, 8F., No.61, Sec. 1, Chongqing S. Rd.,
Zhongzheng Dist., Taipei City 100, Taiwan

電　　話：(02)2370-3310

傳　　真：(02)2388-1990

印　　刷：京峯數位服務有限公司

律師顧問：廣華律師事務所 張珮琦律師

定　　價：370 元

發行日期：2024 年 01 月第一版

◎本書以 POD 印製

Design Assets from Freepik.com

國家圖書館出版品預行編目資料

聯鏢記——鄧飛蛇延賢尋仇，小白
龍脫劫迎親 / 白羽 著 . -- 第一版 .
-- 臺北市：崧燁文化事業有限公司，
2024.01
面；　公分
POD 版
ISBN 978-626-357-904-0(平裝)
857.9　　112021572

電子書購買

臉書

爽讀 APP